新民说

成
为
更
好
的
人

好狗朱迪

［英］达米恩·路易斯 著

康太一 译

DAMIEN LEWIS

JUDY *A DOG IN A MILLION*

GUANGXI NORMAL UNIVERSITY PRESS

广西师范大学出版社

· 桂林 ·

好狗朱迪
Haogou Zhudi

图书在版编目（CIP）数据

好狗朱迪 /（英）达米恩·路易斯著；康太一译 . 一桂林：广西师范大学出版社，2018.7
书名原文：JUDY：A Dog in a Million
ISBN 978-7-5598-0801-1

Ⅰ. ①好… Ⅱ. ①达…②康… Ⅲ. ①长篇小说－英国－现代 Ⅳ. ①I561.45

中国版本图书馆 CIP 数据核字（2018）第 072528 号

广西师范大学出版社出版发行

（广西桂林市五里店路 9 号　邮政编码：541004）
网址：http://www.bbtpress.com
出版人：张艺兵
全国新华书店经销
长沙鸿发印务实业有限公司印刷
（湖南省长沙县黄花镇黄垅村黄花工业园 3 号　邮政编码：410137）
开本：880 mm × 1 240 mm　1/32
印张：9.5　　字数：220 千字
2018 年 7 月第 1 版　　2018 年 7 月第 1 次印刷
定价：43. 00 元

如发现印装质量问题，影响阅读，请与印刷厂联系调换。

致 谢

在此特别感谢以下诸位为这本书的完成与出版所做的贡献。我的文学版权代理人安娜贝尔·麦鲁罗和她的助理劳拉·威廉斯，以及瑞秋·米尔斯、亚历山德拉·克里夫和PFD[1]文学版权代理公司的所有团队成员。我的电影版权代理人卢克·斯皮德。我在英国栎树出版社的编辑理查德·米尔纳和乔舒亚·艾尔兰，以及出版社的整个团队——大卫·诺斯、帕特里克·卡朋特、简·哈里斯、卡罗琳·普劳德、戴夫·墨菲和罗恩·比尔德等人。衷心感谢你们所有人。此外，我还要感谢西蒙·弗劳尔，多谢你利用自身扎实的专业研究能力为我提供的帮助。同时感谢蒂恩·罗伯茨在联系幸存者及其家属的工作中所提供的帮助。

由衷感谢以下各位为这个故事能够跃然于纸上所不吝付出的时间、提供的专业意见以及与我分享的人生经历。首先也是最需要感谢的是劳斯·沃伊西，谢谢他将自己非凡的人生经历与我分享。劳斯，我欠你太多了，永远也还不清。乔治·W.达菲船长，谢谢你与我分享你惊心动魄的人生故事，你出色的自述与书写能力于我助益良多，感谢你一直以来对我的支持与鼓励。感谢彼得·法因斯和弗格斯·安克霍恩，《桂河上的魔术师》[2]的作者与主人公原型，他们的书中讲述

---

1 PFD全称为Peters Fraser + Dunlop Literary Agents，是伦敦历史最悠久也最优秀的文学版权代理公司之一。

2 Peter Fyans, *Captivity, Slavery and Survival as a Far East POW: The Conjuror on the Kwai*, London: Pen & Sword Military, 2011.

了弗格斯的生平包括他作为日本战俘营少数幸存者的超凡经历。感谢你们为我的书所付出的时间，与我分享的回忆以及给予我的帮助。你们从过去到现在给了我很多启发。莉齐·奥利弗，感谢你的热情以及带给我的灵感，感谢你与我分享你祖父的记录与回忆，并帮我阅读各种手稿。梅格·帕克斯，感谢你无与伦比的专业知识并与我分享你父亲的日记，感谢你一直支持我到最后。菲利普·沃恩，感谢你代表我与某些重要知情人联系，我们由此获得的信息如今证明是无价之宝。米尔文学节[1]的主办人，阿德里安娜·霍威尔，感谢你无私地介绍我认识那些对本书写作给予巨大帮助的人们。大卫·泰特，谢谢你将从战俘营寄出的珍贵的明信片与书信收集成册。亨克·霍温格，感谢你坚持要将自己的书分享与我，也感谢你对我坚定不移的支持与提供的建议。莱斯·帕森斯，感谢你与我分享你叔祖父做日军战俘时的一些经历。伊莫金·霍姆斯，感谢你与我分享那些你父亲做日军战俘时的经历。托尼·斯佩罗，感谢你与我分享你父亲做日军战俘时的那些经历。泰森·米尔恩，谢谢你与我分享你祖父作为日军战俘时的经历。阿曼达·法雷尔和乔纳森·莫法特，感谢你们在研究中给予我帮助，并为我提供了宝贵的联系人信息。我还要在此感谢那些虽不愿在此公开姓名，但帮助过我的人们。

最后，特别感谢我的妻子伊娃，还有我的孩子们：大卫、小达米恩和斯安娜，谢谢你们一再容忍爸爸把自己锁在书房写作时的坏脾气，就如此刻。

1　米尔文学节（The Mere Literary Festival）开始于1997年，后于每年10月在英国威尔特郡米尔小镇举办，届时会邀请来自各国的与当地的作家和表演艺术家共聚一堂，进行研讨、创作与展示等活动，活动收益用于资助当地慈善。

作者手记

从二战前的几年到二战期间，这个故事的主角好狗朱迪曾被许多人类同伴所收养。只可惜，他们中仅有极少数人从战争岁月中幸存下来。在这本书的前期调研与写作期间，我已竭尽所能去联系朱迪曾经的人类同伴们，以及她那些已经离世的朋友仍健在的家人。若还有人见证了她的传奇故事并愿意分享，请务必与我联系。我会在之后的版本中加入这些对好狗朱迪的追忆。

特别是在战俘营中的那些年，相关的文字记录少之又少。许多人记得朱迪和她的同伴，以及他们的奇遇，但却很少有人将这些记忆写成文字。这并不难理解。毕竟，对那些盟军战士而言，作为日本战俘的岁月是极其痛苦的，那段过往不堪回首，许多人不愿再提，而是选择将他们的故事带进坟墓。也因此，我非常感激几位仍旧健在的亲历者愿意对我讲述过往。当然，每个人的记忆本不尽相同，他们对远东战俘营的记忆就更是如此，因为那里的日子灰暗绝望，日复一日没有尽头，亦没有什么转折点能帮助他们准确记录流逝的时间。

几十年时光荏苒，记忆也会变得更加模糊。现存仅有的那点文字记录也会在事件的细节上有所出入。一系列事情所发生的地点与时间往往是不精准的。这意味着，我必须尽我所能给出合理的时间与地点，并将它们融入故事的叙述中。特别对于战俘营那些年的写作，我用来重构事件发生的方法是做"最有可能的"情景假设。如果有两个或两个以上的证词或资料指向同一时间和地点，我会选择使用这个记录作为当时最有可能的情况。有时，为了故事整体流畅，我也会编写一些对话片段。

　　尽管有上述种种缘由，书中任何的错误仍是我一人所为，我也愿意在今后的版本中加以改正。

献给英国森宁西尔的一切

感谢这个小天堂

给予

大卫、小达米恩和斯安娜

可以成为他们自己的机会

目录

CONTENTS

前言 / I

第一章 / 001

第二章 / 009

第三章 / 019

第四章 / 035

第五章 / 053

第六章 / 067

第七章 / 079

第八章 / 091

第九章 / 101

第十章 / 113

第十一章 / 125

第十二章 / 139

第十三章 / 149

第十四章 / 159

第十五章 / 169

第十六章 / 181

第十七章 / 193

第十八章 / 207

第十九章 / 221

第二十章 / 233

第二十一章 / 245

第二十二章 / 257

第二十三章 / 265

尾声 / 273

前言

第二次世界大战期间，仅有一只动物成为日本的官方战俘。不知道这对她算不算是一种特殊的"荣誉"。而她，是一只狗，一只美丽又有着王者风范的英国指示犬，一只或许是上天恩赐我们的最特别而超凡的忠犬伴侣。

1942年9月，她有了一个日本战俘编号——"81A-棉兰[1]"。

她本名朱迪，同船的战友们则称她为"萨塞克斯[2]的朱迪"。因其大部分的服役生涯都是在英国皇家炮舰"蠓虫号"和"蚱蜢号"上度过的，大家都当她是炮舰的吉祥物。不过，萨塞克斯的朱迪可绝不仅仅是一只船上的狗那么简单。关于她的故事，我本是偶然闻知，但却被其深深吸引，并且坚信这绝对是个值得一讲的好故事。

1　棉兰（Medan），是印度尼西亚苏门答腊岛东北部一个城市，又译为麦丹。

2　萨塞克斯（Sussex），原是英国英格兰东南部的一个郡，分布西两地，南临英吉利海峡。《1888年地方政府法案》颁布后，东、西两部分升格为行政郡，有独立郡议会，但并未废除萨塞克斯郡，仍将其看作名誉郡。《1972年地方政府法案》生效后，萨塞克斯郡丧失名誉郡地位，被正式废除；东、西萨塞克斯分获名誉郡，以及新设的非都市郡地位。

2013年春季，我写了一本名为《飞行战犬》[1]的书（不过我更喜欢我的美国出版商给它取的名字——《会飞的狗狗》）。故事的主角叫安特，一只非比寻常的德国牧羊犬，幼时从无人地带被救回，后于二战期间跟随英国皇家空军执行多次空袭任务。为表彰他在战时的英雄壮举，安特（后又被取名为安蒂斯）被授予"迪肯勋章"，也就是众所周知的"动物界的维多利亚十字勋章"。

安特的主人罗伯特·博兹杰赫原是捷克飞行员，后来加入英国籍。安特追随主人参加了英国皇家空军的轰炸作战行动，负过伤，也曾遭遇迫降，几经生死。在战后迪肯勋章颁授仪式的多张照片中，我发现有一张照片拍摄了同安特一起受奖的另外两只狗。她，在照片的右边，是一只引人注目的白底赤肝色斑点英国指示犬。

那张照片和照片上的那只狗激发了我的兴趣——就好像经过了几十年，那只狗非同寻常的勇气与精神依旧能够穿越时空，感人心怀。后来我见到了博兹杰赫的家人，也就是他还健在的子女。我们一起在大姐皮普位于德文郡的美丽农场举办家庭聚会，庆祝他们父亲和安特的故事成书出版。席间，我给他们看了那张照片，询问他们是否知晓那只神秘的狗。

皮普看了一眼照片，说："我想应该是朱迪。对，就是她。她是不是很可爱？她是另一位迪肯勋章的获得者，她的故事是最棒的……"

皮普将她所知不多的关于朱迪战时的故事告诉了我。果然不同凡响。我好奇心大发，暗下决心，一定要找到更多关于这只狗的故事。只不过当时我正在写另一本书，追寻朱迪过往经历的想法便搁置下来，直到第二个契机的出现。

1　《飞行战犬》已于2017年12月由广西师范大学出版社出版。——编者注

几个月后，我应邀来到绿草茵茵、林木繁茂的萨默塞特郡[1]，并在精彩纷呈的米尔文学节上做了一个演讲。演讲过后，我偶然间向文学节的组织者，可爱的阿德里安娜·霍威尔提到我对这只日本唯一的动物战俘的故事充满兴趣。她听闻后，向我投来敏锐而审慎的目光，好像在斟酌她究竟该告诉我多少内情。

　　而后，阿德里安娜说道："嗯，你知道，米尔这个地方和日本在远东的战俘颇有渊源，"她停了一会儿，又继续说，"事实上，我叔叔就是其中之一……而这个区域也还有一些战俘家庭。不过，你最应该跟菲利普·沃恩聊聊。他的父亲沃恩牧师同我叔叔一起做过战俘，也是他埋葬了我叔叔，并把他的死讯带回给我祖父母的。"

　　阿德里安娜非常好心地提出要向我引荐菲利普·沃恩。据她所说，菲利普在远东战俘营非常活跃。

　　"当然，"她补充道，"我们都听过朱迪的故事。她绝对是只了不起的狗。非同寻常。她在舰船上和战俘营里所做的，怎么说呢，应该算得上是举世无双的。"

　　两次偶然的谈话，两个人却都与我说了同一件事——朱迪绝对是只非同寻常的狗。这加深了我对这个故事的兴趣。如阿德里安娜所料，菲利普·沃恩对我非常友善并且乐于助人。他建议我说，在其他需要联系的人当中，有一位莉齐·奥利弗，是我绝对需要谈一谈的对象。莉齐的外祖父斯坦利·罗素是与朱迪同营的战俘，也是她在战俘营时的众多同伴之一。几乎令人难以置信的是，斯坦利不知用了什么方法，竟然保留下一本关于他在战俘营时期的秘密日记，要知道，当

1　萨默塞特郡（Somerset），是英国英格兰西南部的一个郡，北临布里斯托湾，郡内最大的城市为巴斯（Bath），此郡紧邻米尔文学节的举办地，即米尔镇（Mere）所在的威尔特郡（Wiltshire）。

时一旦被日本和朝鲜籍守卫发现，他便会为此付出生命的代价。

　　莉齐与我如约在前线俱乐部见了面。这是书写、报道和研究前线战事的人们在伦敦的一个老据点。在俱乐部极为安静的木质聚会室里，莉齐向我解释说，她关于远东战俘营的博士论文正处于最后阶段，其中很多内容都受她外祖父的日记启发而来。

　　紧接着，她向我表述了如下观点："只要提到苏门答腊铁路或那里的战俘营，所有人都会说：哦，你说的是与那只狗相关的铁路吗？朱迪，对吗？真的很不可思议，你跟所有记得她的人聊天，他们都会表露出这样的情感，无一例外。"她笑了笑，又说："在那里，人和狗一样饱受摧残，但她好像比那条铁路或那里的战俘营都更加有名！不过这也从另一个角度证明了，凡是遇到过她的人，有多么爱她。"

　　莉齐说得有道理。在那段兵荒马乱、战火纷飞的岁月里，朱迪在英国皇家海军长江炮舰上服役期间已经历过多次轰炸与沉船的危险，最后也没能幸免，沦落至印度尼西亚北苏门答腊岛的战俘营。她和她战俘营的同伴们被迫修建一条称得上"地狱之路"的铁路——那是一条需要穿过死亡雨林与悬崖峭壁的单向铁路，它所在的区域后来成为荒无人烟之地，可谓名副其实的"失落的世界"。

　　这条铁路并非今天已经逐渐为人所知的泰缅死亡铁路。泰缅铁路因1957年的电影《桂河大桥》而为世人铭记，又在最近由科林·弗斯主演的《铁路劳工》中再次登上银幕。而我们这里所说的却是另一条"死亡铁路"——它在距离泰缅铁路2000公里以外的苏门答腊岛，却同样是由日本人奴役盟军战俘与当地劳工修建而成的。

　　如果说两者有何不同，那可能就是这条铁路的故事更加黑暗残酷且鲜为人知。今天几乎极少有人听说过苏门答腊的地狱铁路，抑或在那里发生过的极端恐怖的事情，但却很可能听说过这只战俘营的狗——朱迪！

　　带着几分敬意，莉齐从包里取出一本又厚又沉的大书——原来那就是她外祖父的日记。"我想给你看些东西，"她说着便打开了日记，翻到之前放了书签的位置，"在这儿。"她指着那一页，满脸骄傲与自豪，"认出来了吗？你觉得这是谁？她就是朱迪，绝不会错。还有哪只狗会是这样呢？"

　　我依言看去，半页纸的空间里手绘了一只漂亮的英国指示犬，白色底毛上夹杂着赤肝色斑点。她正在热带灌木丛里嗅来嗅去，看起来好像是在一间竹子搭的临时营房附近寻找一只老鼠。而这种临时营房就是当时战俘们被迫居住的地方，里面拥挤不堪，犹如沙丁鱼罐头。

　　"这个题材几乎没人写过。"莉齐说道，"很多故事写战俘营的恐怖，写那些战俘所遭受的难以言喻的摧残与暴行。但那些都是他们被迫承受的痛苦。确实，他们别无选择，可那并不是他们的生存之道。从某种程度上说，他们能够活下来，靠的是他们自己创造的选择，比如养一只狗或者其他宠物，这才是支撑他们活下来的东西。它就好像一条线，可以把他们拉回到稍稍正常的状态之中。它是他们熬过白天艰辛劳作的动力，是一天到头还能觉得自己是活着的证明。它能给他们一种暗示，好似他们还在过家庭生活，有家人在侧，有家养宠物，就像是在家里。"

　　莉齐跟我说，一定要去见见劳斯·沃伊西。劳斯是一位现年92岁的英国老兵，他曾为日本战俘。据莉齐所知，他也是参与苏门答腊铁路建造的最后一位健在的英国幸存者。因此，关于那条被遗忘的死亡铁路和那只人名鼎鼎的狗，应该没人比他更有资格去述说其中的原委与细节了。不过，见他之前，莉齐建议我先见见梅格·帕克斯。梅格的父亲也曾是日本战俘，并且以几乎令人难以置信的方式保留下了当年他对战俘营生活的详尽记录。

少数战俘当年保存这些日记的经历本身就是一个个惊心动魄的传奇故事。他们的日记多半是深夜在碎纸片上匆匆写就，之后便悄悄塞进旧果酱瓶或罐头盒里，埋在战俘营的墓地中。当时的日本守卫看来只害怕两种人：疯子和死人——他们会躲开那些精神失常的战俘，而任何与死人相关的事也都要避讳。那是他们对死亡的一种极端恐惧——害怕死亡，也害怕死尸——而这恰恰使墓地变成了藏匿违禁日记的绝佳地点。

没过多久，我见到了梅格。她非常友善，还给了我一份她父亲日记的副本，那里面讲述了她父亲和战俘营里一只宠物猫非同寻常的深厚情谊。梅格向我回应了莉齐之前的看法：关于战俘是如何依靠动物的支持与帮助度过地狱般苦难的那段历史，确实没有人写过。事实上，当年在战俘营里，有战俘曾驯养过信鸽，帮助他们与外面的世界互通消息，有时是确认信息，有时就是告诉外面的世界他们还活着。

这简直不可思议。

梅格参与了一个很棒的学校项目，是同约克郡的潘斯比女子高中合作的。因为这个项目，汤姆·鲍德曼，一位当时92岁高龄的战俘营幸存者来到学校，向学生们讲述自己的经历。他让这些十一二岁的孩子们写一首小诗，想象自己成为战俘营里的任何一种动物。梅格给我看了由这些孩子们的诗歌摘录集结而成的小册子，出乎我意料的是，里面充满辛酸：

> "那只猫说……战俘们抚摸我，然后想起家。我喜欢如此，但是我怕面对他们眼中的饥渴。"（艾莲娜·戴维斯）
>
> "那只狗叫道……我们为何在这里？我们中的一些人

又为何消失不见了？"（苏菲·伯恩斯）

"那只鸽子说……我会承载他们悲伤的消息。我是他们的家人，他们也是我的家人。"（爱丽丝·伦肖）

"当然，没有谁的故事可以与朱迪相比。"梅格补充道，"她是真正万里挑一的好狗。"与莉齐一样，梅格也建议我一定要去见见劳斯·沃伊西。于是，不久之后，我驱车来到诺福克郡的乡村，拜访了劳斯本人。

那天，我的卫星导航把我带到了一幢漂亮的小屋前，从小屋处眺望，越过一片野生树林和波涛般此起彼伏的田地，目光延伸处可见一排整齐的房屋，劳斯的家就在那里。劳斯显然一直在等我到来。他站在花园小阶上跟我打招呼，看起来精神矍铄，92岁了依旧硬朗有型。我们握了握手。他迅速地打量了一下我，目光敏锐而犀利，好像是在评估眼前这个"年轻人"，大老远开车跑来找他谈七十年前的尘封往事，不知究竟水准如何。

他瞥了一眼屋前的风光，冬日正午的阳光仍旧略显黯淡。"你知道，有些时候鸟鸣的声响太大，以至于我都听不到自己隔着栅栏和邻居打招呼的声音。"他笑着说，"我爱这里。欢迎你来。"他抬起手，指向半开着的门，说道："快请进，请进。"

说劳斯非同凡人，都是比较委婉的描述了。要知道，他不仅是苏门答腊铁路那个人间地狱的幸存者，他还熬过了一个据他说是日军手中"最残酷"的奴役性劳动项目。那个项目逼迫他和其他一些盟军战俘清理哈拉古[1]珊瑚岛上的丛林，为的是要在裸礁上开出一条供飞机

1　哈拉古（Haruku），位于印度尼西亚东北部的马鲁古群岛中部地区。

着陆的跑道——这是为日本帝国入侵澳大利亚的计划做准备，当然这个计划最终并未实现。哈拉古本是号称"香料群岛"的马鲁古群岛[1]中的一个岛屿，但是在令人头晕目眩的烈日之下修建这条跑道，让劳斯皮肤灼伤，灰头土脸，感到快要被折磨死了，别无他念。而他的许多同伴都死在了那里。

这还不是劳斯所经历的全部，他还曾乘坐其中一艘日本帝国的"地狱之船"——那是一些生了锈的旧船，专门用来将战俘从一个劳动项目运往另一个，就像旧时运输奴隶一样——劳斯当时一直害怕这趟死亡陷阱一般的旅程会是他的最后一程。他当时病得很重，所以从上船到那艘名为"顺阳丸"（*Junyo Maru*）[2]的货船被英国潜艇击沉，旅程如何他已毫无印象。不过，在当时因其庞大的死亡数字，那场事故可谓历史上最可怕的海难：约5600名战俘和当地被奴役的劳工葬身海底。

无论如何，劳斯从那次海难中幸存下来了，但也从此来到苏门答腊，这个奴役了成百上千战俘的人间地狱。也是从那时起，他第一次听说朱迪，这个苏门答腊跨岛铁路真正的吉祥物。与之前谈到朱迪的人一样，劳斯提起或回忆朱迪时，会面带温暖的微笑。

他瞥了一眼挂在客厅墙上的爱犬照片，她已经离他而去了。"那是我的狗，肖娜。她是一只三色英国雪达犬。她是你所能想到的最有爱、最令人愉悦的伴侣。我曾经在工作时间把她带到办公室去，她就

1　马鲁古群岛（Moluccas），是印度尼西亚东北部岛屿，山岭险峻，多火山，有许多海拔千米以上的山峰，赤道横贯岛屿，故气候分干、雨两季；此群岛古时盛产丁香、豆蔻与胡椒，以香料闻名于世，故得"香料群岛"的美名。

2　"顺阳丸"是一艘日本货船。太平洋战争时期作为运输战俘与劳工的运输船使用。1944年9月18日在苏门答腊外海被英国潜艇"贸易风"号（*Tradewind*）击沉，5620人死于那次船难，仅723人生还。

乖乖地在我书桌下面睡觉。她有最可爱善良的天性。有一次我的椅子腿儿不小心压到了她的大耳朵，她并没有冲我咆哮或吼叫，而只是翻了翻眼睛，发牢骚似的嘟囔了两声，好像是说——嘿，你要知道，这真的很疼。肖娜死后，我再没有养过狗。我不能，不能在她之后再养狗。而朱迪，她也是这样的狗。无可取代，独一无二。"

劳斯继续和我分享他在战俘营时期的故事，那些他与战友们以及他们的营犬朱迪在一起的故事。他以前从未与人谈起过这些往事，即使是对他前不久刚刚过世的妻子，也没说过。谈话的最后，劳斯对我说："我曾经惊讶于那只狗是怎么活下来的。朱迪居然能够在那个鬼地方活那么久，简直太不可思议了。特别是那些朝鲜籍守卫，他们惯常吃狗肉，又掌握着我们所有人的生杀大权。所以你一定很好奇，他们怎么会放过朱迪，让她一直存活下来。当然，这也是她的故事最为传奇之所在。"

我离开劳斯的小屋时，手里多了一个堆得满满的箱子，里面都是发黄的报纸文章、折了角的旧书、照片以及关于战俘营幸存者的报道——几乎是劳斯经年累月建立起的"图书馆"全部的资料。当我再次问他是否真的乐意把他的"图书馆"暂借给我时，劳斯如是说："是的，是的。都拿上吧。我这把年纪也不太用得上这些东西了。当然，如果你需要再来找我聊聊，随时欢迎。我现在一个人在这儿，除了天天看着这个箱子，也没什么其他事情可做——如今对我而言，除了重温往昔，已经再没任何事情了！"

我把这个宝贝箱子抱到汽车后座上，最后一次向劳斯道别时，他却伸出一只手拉住了我，说道："其实你知道，有一个问题你提都没提，但却是人们经常想问我的：*经过这一切，我是否恨日本人？* 我宁愿你是觉得不需要问我这个。"

劳斯摇了摇头，眼神放空，又沉浸在对过往的回忆之中。"不，不。我还是不恨日本人。你怎么可能去恨一个民族的所有人？我只恨那些对我们施加非人道暴行的守卫们。但我没法说我恨那个民族的所有人。我想仇恨会吞噬一个人，会将你毁灭殆尽。"他笑着说道："或许这就是为何我能活到这把年纪的原因吧。"

拜访过劳斯之后，我又约见了战俘营的其他幸存者以及他们的家人，尽可能对这个让我越发着迷的故事了解得更多。弗格斯·安克霍恩，现年95岁却依旧青春洋溢，当年他是靠变魔术才从战俘营幸存下来的。他曾经是充满传奇的"魔术圈"[1]俱乐部最年轻的会员，而今则是其中最年长的魔术师。弗格斯向我讲述了他与战俘营的宠物们非同寻常的深厚情谊，其中包括一只狗，一群猴子，甚至还有一只变色龙！每晚他入睡后，那只变色龙就趴在他胸膛上，伸出长长的舌头捕捉蚊子，简直就是他最有效的蚊帐！

"要知道，是那些宠物让我们能够保持正常的状态。它们是我们所熟悉的那个世界的一点点缩影，代表着我们所了解的事物和我们的家。所以无论如何，你都得活下来，在一天的艰辛劳作之后回到驻地去照看你的狗或者猴子，或是任何一种忠诚地等待着你的小动物。你必须为它们活着。"

弗格斯告诉了我宠物对于维持战俘们的士气——或者更准确地说是他们求生的意志——有多么重要。很多时候，战俘宁可将他们微薄的配给分给自己的宠物，也不舍得看着它们饿死。弗格斯非常喜欢狗，他曾与它们结下深厚长久的情谊。当然，他也爱猫。

"有一次我在灌木丛里发现了一只像是麻雀的小鸟，"弗格斯对

1　"魔法圈"（The Magic Circle），是全世界最有声望的顶级魔术师俱乐部。

我说道，他总是充满调皮与欢乐的眼睛流露出一丝罕有的悲伤，"我用手和膝盖跪撑着，悄悄接近那只鸟。这时灌木丛的另一边来了一只消瘦的猫。于是这便成了我与它的一场竞赛。我看见那只猫一跃而起，那只鸟则飞起挣脱——"啪"——我在半空中抓住了那一小团长满羽毛的生物。那天深夜，我把那只小鸟煮熟吃了。但那之后，当我看着地上剩下的一小堆骨头时，我为自己让那只猫挨饿而深感内疚。我从不曾忘记这件事，也一直没有原谅自己。"

同劳斯一样，弗格斯也认为那些仇恨日本人的战俘最终会被他们自己的仇恨所毁掉，而那些愿意选择原谅的人则活得更长久也更幸福。弗格斯和其他许多受访人都向我说明了宠物对战俘有多么重要，它们就好像是一群战俘营里的无名英雄。只不过，这些从地狱般的战俘营里传出的故事还鲜为人知，而若说起来，朱迪无疑是其中最具代表性的一个。

接下来就让我们说说朱迪的故事。故事开始于二战爆发前几年的上海，那时的英国炮舰队还在浩瀚的长江上巡航。一开始她只是一个充满好奇、离家出走的"小可爱"，后来便成了勇猛的英国皇家海军炮舰"蠓虫号"上的吉祥物。再之后，她与她的同伴们从长江到苏门答腊的地狱铁路，辗转多年，几经生死危难，其间种种都会在这本书中为你一一道来。

人们常说，事实往往比虚构的故事还要光怪陆离。毋庸置疑，萨塞克斯的朱迪的故事就是如此奇妙非凡，任何人都编造不来。

于我而言，能够为你讲述这样一个故事，是我的无上荣幸。

达米恩·路易斯

2013年12月于爱尔兰科克

第一章

　　一只很小的小狗把她的鼻子从铁丝网下探了出去，左右摆动着又向外伸出了一点点。

　　猎犬天生极佳的周边视力让她可以一心二用，同时留意着身后——她的兄弟姐妹们以及绝不会乐意看到任何出逃尝试的养狗场员工。在她面前，一呼一吸间就是外面的世界——熙熙攘攘、热闹非凡，然而她和她的小狗同伴们看起来却似乎永远被禁足于那个世界。

　　只是这一切如此之近，近在眼前。

　　这家英国人经营的养狗场专门饲养漂亮的白底赤肝色斑点英国指示犬，以供日后在上海居住的各色英国绅士们选作猎狗使用。不过，这只小狗似乎有其他想法。1936年的上海好似混沌之海，波涛汹涌，而这个养狗场就像这海上的一个平静的小岛。但这外面的混乱喧嚣，对这只铁丝网下正探出身的小狗而言，却是难以抗拒的诱惑。

　　此时，就在她鼻尖儿前，黄包车——一种由人力拉拽前行的老式木质两轮车——正拉载着靠礼帽与燕尾服撑起体面的上海人奔波于尘土飞扬的街道，来来往往，穿梭如织。它们摇摇晃晃地在有轨电车与公共汽车间抢出一条路来，然后轧轧作响地经过路边卖现炸现烹美食的小吃摊。大街小巷的商铺都在门前挂出鲜红的条幅，上面用毛笔书写他们所售商品的广告，有的是官话，有的则是上海话。

在她的兄弟姐妹中，为何只有她感到了如此难以遏制的渴望，想要看一看、闻一闻、尝试一番这外面更广阔的世界呢？想要逃跑？她不知道。不过，自出生以来，这只还没有名字的小狗就格外有好奇心。此时此刻，她闪亮的鼻头已伸出铁丝网下，贪婪地嗅着那迎面袭来的令人迷醉的气息，而胖圆的小屁股还留在养狗场的安全界限内，但只需再摆动几下，最后一挤，她就能冲破藩篱获得自由了。

毫无疑问，这只小狗的脑中有一个声音在对她说：别这么干！但另一个同样尖锐的声音却在怂恿她：去吧，姑娘！就在她从铁丝网下审视四周，犹豫不决之时，身后传来警告的叫声。她被发现了！是李明，一个上海当地的女孩，她母亲在养狗场工作，也住在这里。李明行动敏捷，转瞬之间就能抓住她，除非她现在马上行动。

于是，一对小前爪开始在地上猛刨，她想奋力从铁丝网下钻出去，肚子也压得很低，身体摇摆得像条挂在鱼钩上的肥鱼，连背上的脂肪都卷起了层层褶皱。一条毫无遮蔽的小尾巴拖在身后，像一根又长又硬的手指，时而抽搐，时而摇摆，看得出为了冲破藩篱，她已拼尽全力。

在她身后，李明突然停了下来，伸手要去抓这只不听话的小狗，但就在此时，这团小东西体内不可抑制的能量爆发出如赫拉克勒斯[1]

1　赫拉克勒斯（Hercules），古希腊罗马神话中的大力神，宙斯与阿尔克墨涅之子，神勇无比，完成了12项被誉为"不可能完成"的任务，还解救了被缚的普罗米修斯。在西方文化中，Hercules一词等同于大力神与壮汉，而衍生词Herculean则表示力大无穷的或困难艰巨的。

般的一击——她冲出去了。惊惶地蹦跳扑腾了几下之后，这只四条腿的小家伙像会飞似的，转眼便不见了，踪影湮没在上海闹市区的喧嚣红尘与杂乱无章之中。

李明盯着小狗消失的方向愣了好一阵子，心中沮丧极了。这个城市的街头巷尾到处都潜伏着各种各样的危险，她简直都不敢往下想。如果说这只小狗最缺乏的是什么，那绝对是在这个现代化大城市生存的能力。她轻率又糊涂，很可能在街上被黄包车碾压。她一害怕慌张，则很可能跌落进这城市中数不清的开放式下水道里。而最糟糕的莫过于，一只像她这样又胖又圆的小狗很可能成为偏爱吃狗肉的人的一顿美餐，要知道很多当地人都喜欢吃狗肉。

在1936年的上海，人类最好的朋友——狗，被当作一道"甜美"的佳肴，人们趋之若鹜。一只年幼温顺的狗若看起来没有主人又无人看管，就会被默认是捕杀的对象。李明转身走向养狗场中心那幢殖民地风格的大房子，到前台接待处汇报了小狗逃跑的坏消息，并且帮着召集了尽可能多的人手去寻找这只任性的小狗。然而，即便如此，她还是心情沉重，预感不好。

她很担心他们再也见不到这只逃跑的小狗了。

上海——这只小狗逃往的花花世界，可容不下任何不能自卫的人，更不用说一只仅有几个星期大的英国指示犬了。作为一座拥有300万人口的繁华都市，这里同时也充满了残酷的弱肉强食。上海是位于中国东海岸线中心的港口城市，地处亚洲最长的江河——浩瀚长江的入海口，是中国广阔内陆全关重要的贸易与商业渠道。也正因如此，英国、美国和法国很早便在这座城市建立了贸易结算点。

几十年来，上海一直以"东方巴黎"之名著称于世，可是近几年，她却成了一座麻烦缠身的城市。中国的内部斗争使得黑帮势力日渐强大，匪患严重，而各路军阀则割据了中国内陆的大片土地。随之而来的是，英国、美国和法国逐渐向长江流域加派炮舰，以确保他们利润丰厚的丝绸、棉花、茶叶及其他贵重商品的交易不会受到这些非法势力的干扰。

然而最近，麻烦却接踵而至，特别是在中国的宿敌——日本，崛起之后。一系列逐渐升级的流血冲突发生后，日本海军轰炸了上海。由此，中国被迫与日本帝国签订了一个条约，这个条约同中国与英国及其他"列强"所签的条约类似，即允许日本人在上海这个"通商口岸"建立永久性驻地。日本帝国对其想要攻取并征服全中国的野心丝毫不加掩饰，而上海正是通往当时中国之首都南京的大门。

这就是当时的上海，那只从养狗场逃跑的小狗所逃往的地方：黑帮匪患肆意横行，大街小巷则被越来越多的日本士兵所践踏，他们时刻表现出对当地居民难以掩饰的轻蔑与不屑。所以说，在这只小狗戏剧性地出逃几个星期后，她居然还能活着，有口气在，简直就是个奇迹。

当然，她曾经柔滑丰腴的体魄已经不再。取而代之的是失去光泽的白底赤肝色毛皮下突出的根根纤细的肋骨。她的鼻子出现干裂，显然身体状况非常糟糕。只是那一双眼睛，依旧闪亮，像是她独有的标志，暴露出其倔强的个性。这个性使她从出生就与众不同，却也可能是她走到如今这般尴尬困境的导因。不过，尽管这次从开始就注定要倒霉的"逃跑"之行让她遭了不少罪，她的双眼仍旧闪耀着对生活强烈的好奇与热情。只是，如今她的目光里多了些东西——不确定与脆弱。看来，在付出了代价之后，这只小狗终于意识到并非每一个人都是她自然而然的朋友和同盟。

现在她得承认，当初逃跑是件多蠢的事。她放弃了舒适豪华的狗舍，换来的却是一个上海小巷里臭气熏天、蝇虫飞舞的破旧纸板箱。她舍弃了兄弟姐妹们的陪伴与嬉闹，换来的却是独自游走于大街小巷的孤独寂寞。她离开了狗场主人对她发自内心的关爱与呵护，转而面对的却是这座拥挤的人类动物园里，每个角落都充斥的残忍与虐待。

　　只有一个人例外——苏先生。不知为何，苏先生这个保守的中国商人很喜欢狗。她的破纸箱狗窝就搁在苏先生店铺的后面，自从她来了以后，忙完一天工作的苏先生到晚上总会给她带一点儿食物。那些食物几乎没有什么是她自小在狗场里吃惯的东西，但至少能让她活着。

　　同许多中国人一样，无论是出于本心还是考虑家庭传统，苏先生都不打算在家养一只狗当宠物。在1936年的中国，狗必须通过完成工作任务才能获得生存机会，否则多半会沦为盘中餐食。事实上，在中国，吃狗肉的历史可以追溯到几千年前，狗肉一直被认为具有神秘的药性。

　　好在苏先生并非偏爱吃狗肉的那类人，而这只从上海养狗场走失的小狗能在机缘巧合下得到他的庇护，真是幸运。

　　但是今夜，这一切都将改变。

　　凭借独有的第六感（这后来成了她最显著的特征），这只孤单的小狗能够觉察到包括苏先生在内的任何人都未看见或听闻的危险。一艘日本军舰已经停靠上海码头，日本天皇军舰的船员们正吵吵嚷嚷地走过苏先生店铺所在的街道，毫无疑问，他们是在找酒喝，抑或想找当地老百姓宣泄他们的暴脾气。已经很晚了，但勤劳的苏先生还没有下班，他的店是这条街上仅有的几家仍在营业的商铺，而这却足以成为这些炮舰船员发起突袭的理由。

当日本船员开始用言语辱骂苏先生，并随便拿取他店里的商品时，他当然要抗议。愤怒使他提高了声调，日本船员却并未停手。几分钟之内，苏先生的店就被洗劫一空，本就不稳当的木架子也被拽倒在地，摔成碎片。苏先生则遭到了这群越来越怒不可遏的日本船员的殴打。

听到她在这个世界上唯一的保护者被如此残忍地毒打，这只还未成年的小狗偷偷跑出了巷子，潜伏在角落里默默观察，想看看自己是否能做些什么来救她的苏先生。这些穿着肥大裤子和黑色高靴的怪人正在对她的保护者拳打脚踢，而她则匍匐在地，缓缓寸进。因为恐惧，她时而呜咽，却还试图发出她最具威胁的低吼。

这时，其中一个侵略者发现了这只畏缩的小狗。他从苏先生身边走开，快步向小狗走来。紧接着，一只擦得雪亮的靴子便朝着小狗的中腹部踢来，这重重的一脚将她从石板路上直接踢飞到对街最远端的一个垃圾堆里。躺在垃圾堆里的她低声呜咽，痛苦不堪，只能期望这些穿着奇怪军服的残忍的人不要再过来找她。

等到这些施暴者离去，苏先生已经被打得遍体鳞伤，以至于要在他人的搀扶下才能离开现场。而这只到现在仍视他为保护者的小狗，不得不到附近一个门廊下的空隙里避难。她缓缓爬进狭窄的空间里，身上被踢的地方阵阵作痛，又饥肠辘辘，身心的创伤和即将来临的漫长寒夜让她麻木又沮丧。

尽管那些日本船员早已走远，这只孤独的小狗还是觉得她当初从养狗场出逃的那个美梦已经跌入最黑暗的梦魇——但世事往往如此，最黑暗的时刻之后就是黎明。

当太阳攀上那宏伟的殖民地风格的城市天际线时，一个熟悉的身影出现在小狗栖身的街道上。孤单的小狗正浑身颤抖，独自呜咽着，沉浸于自己的痛苦不幸中，以至于她都没有注意到那沙沙的脚步声停了下来，冲着她的方向惊呼道：

"舒迪？舒迪？哦，舒迪！发生什么了？你跑去哪儿了？"

这只指示犬长长的尾巴因为在街头流浪沾满了尘土与烟灰，污迹斑斑，不再雪白，甚至连摇摆以表达相识都做不到。但小狗还是认出了那轻柔的声音，如此确定，就像这个养狗场的小女孩也认出了神情恍惚的她一般。她有着独特的标记：头部是赤肝色光滑的皮毛，肩部披着一个类似颜色的马鞍形状的斑迹，另外右侧腹上还有一大片好似泼溅上去的不规则斑点——这些让李明一下子就认出了她。

毫无疑问，这就是那只出逃的小狗！

在一个约有300万人口的无序扩张的城市里，上海养狗场的这个女孩在那天早晨选择从这只迷路又受伤的小狗暂时栖身的门前经过，纯属巧合！李明弯腰抱起小狗，把她塞进了自己的夹克深处。她带着怀中的小狗奔跑起来，越过一条条无人的大街，迫不及待地想要把她的发现告诉养狗场的英国女主人。

跑到养狗场院子中央的那幢大房子，她拉开夹克拉链，发现小狗已经沉沉睡去。

"看啊！看啊！我找到舒迪了！"小女孩既兴奋又高兴地宣布着。

坐在高台后面的英国女主人一脸怀疑地凝视着小女孩。她一边端详着那只小狗，一边将信将疑地伸出手，从小女孩展开的臂弯里接过了它。她把小狗放在近前，一边抚摸它，一边摩挲它的耳后，检查它身上的标记，并试着与自己印象中的样子核对。这时，小狗慵懒地睁开了一只眼，看了看自己在什么地方，好像挤出了一个疲惫的微笑，就又坠入了甜美的梦乡。

此刻，轮到英国女主人微笑了。"就是她。确实是那只跑掉的小

—— // ∧ \\ ——

狗。"她瞥了一眼一旁已经喜笑颜开的李明，说道："那么，我想现在你该给她好好洗个澡，再好好喂她吃一顿了，对吗？"

李明兴奋地点了点头。现在，她最愿意做的事就是喂饱和照料这只任性的小狗。她伸出双臂准备接回"舒迪"，以便尽快给她一些亟须的温柔呵护。

女主人把小狗交到李明手上，好奇地看着她说："不过，你得告诉我，为什么你叫她舒迪？"

李明把那团温暖又疲惫的小东西放回到自己的夹克里，羞涩地答道："我一直叫她'舒迪'，'舒迪'有安静的意思。你看她现在多安静啊，是不是？"

女主人伸出手，怜爱地摸了摸李明的脸，说："是的，她的确很安静。李明，从今往后，她就叫'Judy'（朱迪）吧。"

就这样，这只逃而复还、历经艰险的小狗从此有了一个或许与她的本性最不相称的名字——无论是中文里表示安静的"舒迪"，还是给她未来某个幸运的英国主人准备的英译名"Judy"（朱迪）。

当小女孩把舒迪——或是朱迪——抱走悉心照料时，年幼的她根本不会意识到这只从一开始就遭遇不幸的小狗会在即将来临的这场血腥残酷、几乎毁灭一切的战争中脱颖而出。而李明当时更不可能会料到，这只来自上海养狗场的小狗将在第二次世界大战结束后闻名于世。

第二章

即使距离太平洋战争开战还有四年光景，1936年的夏天，日本帝国侵略的迹象也已经逐渐遍布上海的大街小巷，甚至延伸至中国更广泛的地区。

日本帝国在上海用兵，好像意在敲山震虎，给上海一拳，却打在中国首都南京的心上——而"南京"这个地名后来因为那场悲剧，成为惨不堪言的恐怖与暴行的同义词。不过眼下那样的黑暗恐怖还远未到来，上海市区以及长江沿岸的大部分地区仍在英国与盟军炮舰船队的管辖之下。

这里的英国炮舰均属"昆虫级"[1]，而这个名字掩藏了它们原本的真实目的——在大英帝国受战火波及的浅海与江河流域巡航护卫。

1　"昆虫级"炮舰（Insect Class gunboats），是英国皇家海军专为巡航浅水流域与登陆所特别设计的战舰。最早于一战出现在美索不达米亚战役（Mesopotamian campaign）的四艘成员舰为："蠓虫号（Gnat）""螳螂号（Mantis）""飞蛾号（Moth）"和"狼蛛号（Tarantula）"。

"昆虫级"炮舰均由苏格兰克莱德河[1]畔的罗布尼兹船厂制造，从第一次世界大战期间开始服役，曾在美索不达米亚（现今的伊拉克）境内的底格里斯河和幼发拉底河巡航。

到1936年，这些"昆虫级"炮舰已经20岁了，各方面都不再是最新水平，但它们仍旧相对快速灵活，装备良好。这些舰船底部平，吃水浅，是专为在像长江这样水流湍急的内河作业而特别设计的。俗称"中国大炮舰"的它们有引以为荣的两套亚罗引擎和锅炉[2]，每套动能装置驱动一个单独的螺旋桨，螺旋桨连接的轴承内嵌于船体，可以将在河流浅滩中触礁的概率降到最低。

当舒迪——朱迪——回到狗场，再次过上幸福舒适的生活之时，这些英国炮舰中的一艘刚好在上海码头完成了它的年度例行休整。很快这艘炮舰就将重返巡航作业，以遏制长江下游一千六百公里流域内的水贼与土匪。

英国皇家海军"蠓虫号"最近一段时间的舰上气氛可不怎么愉快，航行生活中最重要的两个方面如今都明显供应不足，这让大多数船员都深感焦虑。首先是舰上的啤酒储备。在英国皇家海军中，在中国的炮舰有随船带酒的特权，每次出任务，每个船员都有每日定量的啤酒配给。然而，就如"蠓虫号"的舰长，海军少校沃尔格雷夫在航行日志上所写的一样，即使采用最严格的全面控量配给，舰上剩下的"珍贵酿造"也供应不了几个星期了。

1　克莱德河（Clyde），是苏格兰的主要入海河流，地处印弗克莱德（Inver Clyde）行政区，曾是苏格兰乃至英国最重要的造船业基地。

2　亚罗锅炉是高压水管锅炉中很重要的一类，由（伦敦）亚罗造船与工程建造公司【Yarrow & Co. (London), Shipbuilders and Engineers】发明建造，广泛运用于船只动力系统，尤其是军舰。

最近有一艘美国海军的炮舰停靠在"蠓虫号"旁边。友军的长官和船员被邀请来舰上做客——主要是来分享啤酒，但为了尽量保留储备，也只能是每周六晚上共享一次。礼尚往来，"蠓虫号"上的长官和船员则被邀请到美国舰船上每周放映三次电影的电影院里，休闲放松。

第二个问题在长江流域巡航的英国炮舰小队中只有"蠓虫号"才有：它缺少一只舰船吉祥物，这简直比没有啤酒更让人难以接受。在它的姐妹舰船——英国皇家海军"蟋蟀号""蝉号""瓢虫号"和旗舰"蜜蜂号"上，有各种猫猫狗狗，甚至还有一只猴子。然而，"蠓虫号"舰上的船员们却没有任何毛茸茸、四条腿的宠物，甚至连一只披着羽毛的朋友都没有。于是，舰长给他的下级尉官指派了任务，让他去找一只舰船吉祥物回来。

这名尉官依次拜访了"蠓虫号"食堂委员会的各位成员，以决定究竟什么种类的鸟、哺乳动物或爬行动物最适合成为本舰甲板上的风采动物。提名众多，汹涌而来，不过许多提名——比如中国软壳龟、大熊猫和短吻鳄之类的——只能当个笑料听听，实际既不可操作，也不合适。

经食堂委员会决议，认为"蠓虫号"的吉祥物应该具备以下三个必要素质：首先，鉴于本舰上的军官和船员真的需要有女性陪伴，所以她应该是位"小姐"；其次，她必须是个漂亮姑娘；第三，从实际原因考虑，她必须有能力完成一定的任务来挣取自己的配给。于是，1943年11月初的一个下午，"蠓虫号"的一个尉官代表团造访了上海养狗场。

像大多数"猎犬"一样，英国指示犬的精力很旺盛，这是天赋恩赐，又或许是祸因所在。它们被培育得强壮有力，机警敏捷，无论在什么地形、境况下执行任务，都不知疲倦。只有具备这样素质的狗才能够完成定位、追捕、驱赶以及经常需要的寻回物体的任务。指示犬本就是一种猎犬，所以它们时刻准备着要一跃而出。

当朱迪钻出养狗场的铁丝网逃跑时，显然已经证明她准备好要一跃而出了。即使在像指示犬这样精力极其旺盛的群体中，她也格外突出，好像有非凡的劲头儿。初一想，这些或许并不是一只舰船吉祥物理想的素质——毕竟它要被限制在一艘从船头到船尾只有237英尺[1]长、36英尺宽的船舰上。但神奇的是，"蠓虫号"的尉官们一看到朱迪就确信了，她就是他们要找的。

这时的朱迪快6个月大了，并且已经从之前上海街头流浪狗的窘态中完全恢复了过来。她相貌出众，姿态端庄，看起来血统纯正。她高昂着头，脖颈的弧线优雅而有力，如黑炭般闪亮的双眼比例合宜地出现在她长长的口鼻后方，甚为标致。她凝视着这些穿着漂亮制服来审视她的陌生男人们，显露出雌性指示犬才有的害羞。

沉浸在喜悦之中的"蠓虫号"代表团并没注意到朱迪史诗般的逃跑过往和在上海后街小巷长久逗留的经历，对他们而言，她看起来像是位完美的女士。况且她还是一只猎犬，简直就是额外的福利，这意味着将来为确保后厨有鲜肉可做而举办的任何岸上的狩猎活动，他们都可以放狗搜寻并带回战利品。尽管指示犬并不是专门用来寻猎的品种，但是可以训练它们追击并把射中的猎物聚集——或者至少，理论上是这样的。

回到"蠓虫号"上，舰船最后一批储备与军需品正在往甲板下面装载，为即将来临的离港做准备——包括面包、牛肉，燃料（汽油和

1　1英尺等于0.3048米。

煤油），还有煤炭的补给。为了遮盖船身上部奇怪的锈斑所进行的粉刷也到了收尾阶段。在当地雇佣的帮厨和煮茶的中国小伙子们已从岸上返回，正在准备回船后的第一泡茶。

一群乱哄哄的船员在一锅粥似的甲板上穿来走去，回到了位于船头的住处，准备为他们在岸上的最后几夜换套崭新的白色制服。不一会儿，负责掌舵和管理船员的总舵手出现在主甲板通往船舱的门口，并宣布："十分钟以后所有人上甲板集合！"

当水手们穿戴整齐，他们开始好奇岸上可能发生了什么。应该不会是什么阻止他们享受上岸的最后几夜的事儿吧？上海的狂野与异域风情声名在外，无疑是最佳的聚会城市，况且没人会想远离那些有源源不绝啤酒供应的酒吧——尤其是当"蠓虫号"上的供应越来越少的时候。

大家焦虑地聚集在前甲板上，在长长的帆布天篷下站成了两排。天篷差不多从船的一头延伸到另一头，使舰船看起来有些奇怪。如此冗长的遮盖好似一个屋顶，远远看去，"蠓虫号"就像是一辆行驶于海上的加长版电车。不过，实践证明，这个天篷在长江流域长途巡航中非常有用，它可以为主甲板提供阴凉，还可以抵挡横扫整个长江流域的季风雨。

全员一到齐，总舵手便下令："立正——！"随后向站在近前的一人报告道："舰船所有成员集合完毕，长官。"

"蠓虫号"海军中尉R.海恩斯向前一步，站上了平时用来装运7.7mm马克沁重机枪的木制弹药箱。这种轻机枪如今已经成为保护大英帝国殖民利益的同义词，在"蠓虫号"的每一面都设有三支，使其具备强大的全方位火力。不过，这一刻中尉心里想的却远不是战火枪械之类的事情。在下令"稍息"后，他开始向船员们演说，一丝若隐若现的微笑划过他平时令人捉摸不透的脸庞。

"几周前我作为会长参加了食堂委员会的会议，会上通过了一项决议，决定我们要有一只舰船宠物。"他停了一下，仿佛手里有要检查的讲稿似的，那一丝隐约的微笑此时已爬上他的眼角。他继续说道："提醒你们一下，我们决定要一位'女性伴侣'，一位既美貌又可以完成一定的任务来挣取自己配给的'女士'。我已经仔细研究过你们一些非常有趣的提议，很遗憾，大多数都不可行。"

中尉看着排在他面前的一列海员，"'蜜蜂号'他们有两只猫，"他继续说道，"'蟋蟀号'上有一只狗——某品种的。'蝉号'上有一只猴子——天呐，帮帮他们吧！"一阵又长又严肃的停顿后，中尉说道："至于我们'蠓虫号'，从这一刻往后，将没人能够在狩猎聚会后回船谎称自己打到了23只鹌鹑，但那真打中的一只倒是可以被寻回了。"

他转过身，喊道："军需官！"

一个人从他身后的门口出现，来到船身上部，上达船桥。在他身后几步的距离，一个头影出现在大概膝盖高的位置，好奇地凝视着门框周围。在军需官——舰船的储备管理员——轻轻拉拽牵引之下，这个身影才完全显现。她是一只四条腿的小家伙——一只英国指示犬，头上和身上有着引人注目的赤肝色斑点。

军需官走到大家都能看到她的地方。所有的眼睛都注视着这只狗。她还没有完全长大，走起路来有点奇怪，但绵软又摇晃的步伐讨人喜欢。看她一步一步轻轻走过甲板，相对于她小小的身躯，她的爪子貌似有些太大了。军需官和狗停在了中尉和前排列队的船员之间。朱迪一屁股就坐在了甲板上，一条软软的粉色大舌头从咧着傻笑的嘴里耷拉出来，她的教养和淑女气质瞬间荡然无存。

这一刻，大伙儿能做的就是尽可能不笑出来。

中尉像演戏似的伸出手臂，指向这只蹲在他面前的狗，说："这就是她，先生们，来见过我们炮舰上的第一位女士——皇家海军朱迪！"

朱迪受到了"蠓虫号"全体成员的热烈欢迎。他们给她起了个绰号，叫"萨塞克斯的朱迪"，以彰显她的纯正血统与贵族气质。之所以选萨塞克斯入名，是因为它离上海非常遥远，也因为有不少船员是从英格兰的那个区域起航的。

"舰船之狗饲养员"的重任自然落在了二等水兵堂吉·库珀身上。堂吉负责船上的食物储存和供水，但更重要的是，他还是船上的屠夫，这意味着他随手可得一定量的肉骨头。

通过堂吉，朱迪被分派了一个敞口的箱子——一个空的木质弹药箱——放置在船桥附近，外加一条舰船标配的毯子作为她的住处。不过，在之后的几周甚至几个月里，她经常不是在其他地方，就很可能是蜷缩在一个船员身边昏睡过去了。

朱迪甚至还得到了一个官方的舰船成员编号。每一个在英国皇家海军服役的军人都会有一套指定的字母与数字编号——比如"JX125001"。它可以证明一名军人属于下列薪资等级之一：1. 水手和通信员；2. 司炉；3. 军官、厨师和管理员；4. 其他。朱迪的编号以"MX"为前缀，表示她属于"其他"，且她是在1925年之后才服役，因为在那之前，海军所使用的是另一个不同的编号系统。

按理说，朱迪现在的编号意味着她没有任何相应的薪资收入，因为她还没有正式在海军部注册。但若"蠓虫号"的长官们想要，他们无疑可以不管这些，毕竟编号系统是出了名的混乱，以前是，现在也是。许多皇家海军水手的编号与别人的一样，只是前缀差一个字母，这才得以区分。

不过任何情况下，朱迪都不会需要钱，更何况她现在是在"蠓虫号"上。一只舰船狗的生活简直好比在狗狗天堂一样幸福——或者至少在最初几个月是这样的。在"蠓虫号"上，萨塞克斯的朱迪将拥有钱能买到的以及她想要的一切，包括充足的食物、好伙伴、温暖和友情。

作为一只将来要"自食其力"的猎犬，朱迪好像应该远离船员，安置到长官们位于船舱最前方的不同寻常的住处去。的确，是舰长沃尔格雷夫少校和海军上士查尔斯·杰弗瑞代表全舰成员出钱买下了她。依此，他们思忖着自己绝对有权把她留在他们的住处，并且"为狩猎"训练她——使她像一只舰船长官的猎犬。

指示犬，犬如其名，会被培育成能够指出猎物所在的猎犬。无论何时何地闻到猎物，一只指示犬都应该能够采取准确的站位与姿态。尽管它们彼此会有差异，但受过正规训练的英国指示犬一般来说应该采取如下姿态：低下头，尾巴伸直，与头保持在同一水平线，一条前腿抬起，腕关节略弯，爪子指向猎物以引导猎人。

但是，"蠓虫号"上军官们的餐厅服务生首先指出，朱迪看起来在她的"指引"能力方面有些致命的缺陷。在她上船之后的头48小时里，她看起来只对一件事认真固执且指示明确：每当她闻到"蠓虫号"上美味的晚餐香飘四溢时，她就会准确无误地冲向厨房。

没关系，舰船长官们辩解道。他们会训练她指出正确对象的——比如鸭子、鹌鹑、羚羊和瞪羚这些他们在长江江畔热衷狩猎的主要目标。不过，现在看来，根本没办法控制这一团精力充沛的小东西下一刻在船上会发现什么目标。她好奇的鼻子东闻西闻，不放过任何犄角旮旯，不过看起来只有一个地方——中国厨师和服务生的所在——并不怎么欢迎她的到访。

无论长官们如何打算，全船人从一开始就把朱迪当成一只惹人喜爱的宠物。她好像是船上每一个人的伙伴。当然，作为舰船之狗，她也应该是。她不属于任何个人，却又是船上所有人的狗，这使得任何想要为狩猎训练她的尝试都重重受阻。同样的，堂吉·库珀严控其饮食量的努力也以失败告终。只要他一回身，就可能有几块巧克力，甚至是杯中剩下的啤酒，不知不觉跑到了小狗那里。

　　到1936年11月的第二周，也就是英国皇家海军"蠓虫号"准备离开上海时，舰长和上士这两个最初将朱迪买回的人虽不情愿，但也还是有风度地接受了她的所有缺点。她首先是一只舰船之狗，而不是猎狗，在这一点上她已经成功地证明了自己。"蠓虫号"上没有人不宠爱她，而她的到来也刚好鼓舞了大家的士气。

　　"蠓虫号"是英国皇家海军长江炮舰队中的"一员猛将"，而在上海险恶的街巷中存活下来的朱迪看起来已准备好要在此开始她幸福长久的生活。可谁曾想，朱迪与致命危险的下一次近距离接触竟然没等舰船多转几个弯就发生了。

　　而这一次，又是因为她的好奇心让她差点送命。

第三章

几十年来，对于狗的科学研究以及大量关于训练它们的理论都基于它们古老的祖先——狼，所提供的例证。尽管这看起来不太像真的，但所有现代犬类——从京巴狗到大丹犬——确实都是同一物种。狼，也就是灰狼的后代。狗与狼的基因99.96%是相同的。

但是，长达30000年的选择性培育，更关键的是"驯化"，已经将这些基因完全覆盖。好几万年以前，人类和狗就开始建立伙伴关系，而这种关系可谓"人与动物"伙伴关系中最长也最持久的。狗是我们最先驯化的动物，而今天它们与人类关系之紧密也是其他任何生物都不可企及的。

人们相信如果没有人类的影响，狗会出现返祖，行为似狼，而这一观念长久以来决定了我们训练犬类伙伴的方式。研究表明，狼是群居动物，狼群通常会以两只成年狼为首，一公一母。有威胁的攻击或驱逐行为是人类征服狼群的方法。如果狗的本质是狼，按照这一说法，人类若想控制他们的犬类宠物就必须证明自己才是"群体的主人"。

近些年，随着观念革新，许多类似的想法都改变了。以前大多数关于狼群的研究都是在圈养环境下进行的，通常是在动物园里。而圈养的狼群是被随机组合的并不和谐的动物群体，与野生环境中的狼群大相径庭。近期关于自然界中出现的狼"群"研究证明，它们并非险恶群体，而不过是扩大了的家庭单位。

在自然界中，一个狼群通常由一对父母构建，再加上它们尚未成年的子女，而这些子女也会帮助父母养育新生的幼狼。狼群可能会变得暴力，但只是针对试图侵占它们领地的其他狼群。因此，狼本性友善，注重家庭。在一个家庭单位中——也就是所谓"狼群"中——它们彼此建立合作关系，互助友爱，互相关心。

同样的，大多数狗也只是简单地想成为家里的一分子，并享受家庭生活，一如家庭单位中的其他成员——无论是人类还是犬类。如此看来，以控制、威胁，甚至是体罚的方式来训练狗有时就像教育孩子一样。狗反响最好的相处方式还是爱、奖励和玩耍——最重要的是，让它们觉得自己是家里不可或缺的一分子。朱迪很幸运，刚好进入了一个她所能期盼到的最欢乐有趣的大家庭。

在长江炮舰上生活，需要大家紧密团结，犹如家人。不算中国厨师和帮厨的小伙子们，"蠓虫号"上总共有五十多个船员，这个数目并未超出一般狼群的数量。大多数这样的狼群都是幸福和睦的大家庭，有时会意见相左，但通常都能协调解决。这里的生存法则是合作，而非威压强迫。

朱迪在"蠓虫号"上还没找到自己两条腿的"专属主人"，但上船几天不到的时间里，她已经和所有船员打成了一片。她是所有人的家人。待到"蠓虫号"扬帆起航之时，萨塞克斯的朱迪看来已经完全适应了船上生活。她好像找到了自己在海上的立足之地，并对驶往中国内陆的长途旅行跃跃欲试。

1936年11月10日早晨8点，"蠓虫号"的船员们将最后一批储备搬入船舱，准备离港。上午9点，执勤水手和负责缆绳的小组准备解开缆绳启航。作为一只狗，朱迪有能够读懂人类肢体语言与行为举止的神奇能力。当缆绳被解开，护舷板被收起时，她兴奋地在"蠓虫号"上跑来跑去，四处查看。

十分钟后，"蠓虫号"起锚，一对引擎跳动起来，使甲板也跟着摇晃震颤。二十分钟后，舰船再次靠岸，停在亚洲石油公司的码头，并在此泵入68.1吨燃油。朱迪就这样经历了她生平第一次短暂的"海上"之旅，而她的良好表现让全船人员印象深刻。不过，所有这些都还仅限于上海港附近相对封闭的水域内。当然，"上海"这个地名本就意味着"在海上"，而这座城市就坐落在长江与中国东海的交汇处。

加好油后，舰船掉头航行，中午12点20分时驶入另一个码头补充弹药。除了安装在船桥尾端的6挺马克沁机枪外，"蠓虫号"还配有一门可发射12磅炮弹的高射炮以及一对可发射45公斤级炮弹、射程可达10公里的152.4mm马克VII舰炮。要知道，这样152.4mm口径的舰炮对当时在长江巡航的任何炮舰而言，都是最大口径的配备，看起来"昆虫级"舰船的雄厚实力被它们的名称所掩饰了。

长江炮舰上的生活丰富多彩，但也充满危险。江面上敌舰的威胁时刻存在；而长江水流湍急，许多流域水况不可估测，舰船很容易搁浅或是被途经的江底岩石撞个粉碎。持续不断的紧张与危险带来了不可避免的后果，那就是年轻的船员们亟须有品质的休假来解压放松，而上海狂野的酒吧与地下俱乐部恰好能为他们提供充足的机会。

不过，每次年轻的船员们上岸聚会，其中总有些人对岸上的欢愉恋恋不舍。几天前，舰长沃尔格雷夫就被迫将"蠓虫号"的两名船员送到了在上海的英国军事拘留所，处以拘留30天的惩罚。毫无疑问，这俩船员一定是在哪儿找到了"蠓虫号"上正缺乏的啤酒供应，又或许是跟当地姑娘告别的时候被绊住了，以致归队延迟。

与此同时，舰长也找到了充分的理由给船员们颁发品行优良勋章。看记录，他已经颁发了至少一枚这样的勋章。总的来说，船员们还是齐心协力、团结一致的，而舰长将这美好的现状部分归功于"蠓虫号"的新到成员——朱迪——她带给了大家极大的快乐以及一种全新的目的感。然而，她也即将证明自己同样可以带给大家不少麻烦。

11月14日的早晨，"蠓虫号"终于离开了停泊处，前往长江上游开始长途旅程。它先是向东航行至海上，然后向西转向，驶入造就广阔长江三角洲的汹涌河口。得益于其可达14节[1]的航速和三个方向舵，"蠓虫号"可以转过小弯，而这对驶向长江上游狭窄江面尤为重要——在入海口流速10节的浪涛中，"蠓虫号"开始逆流而上。

浩瀚的长江在这里汇入东海，形成了超过20英里[2]宽的三角洲，大约相当于英吉利海峡最窄处的宽度。凝望这11月份灰色的江水，人和狗都需要提醒自己，这是一条江河，而不是海洋。翻滚的漩涡和湍急的水流扫过"蠓虫号"平坦的船底，如海上巨浪一般的汹涌波涛拍打着船体两侧，奔腾而过，轰隆作响。冰冷、浑浊、灰黄色的江水裹挟着大量的泥沙，一路航行，时不时就可见到涡流旋转着将水中无数碎片残骸吸入江底。

随着上海这个港口城市渐行渐远，淡出视线，陆地也几乎看不到

1　节（Kn），也称航速节，是船员测量船速的速度单位。1节（kn）=1海里/时=1.852公里/小时。

2　1英里等于1.6093公里。

了。在船员们的耳中，上海港那每天熙熙攘攘的喧嚣之声已不再，取而代之的是一种新的声音。这是江水急流所发出的一种神秘空旷的声响，而"蠓虫号"正在其间逆流而上，穿过长江入海口堆积的沙坝和泥滩。每当平坦的船底划过水深差不多只有1英尺的最窄浅滩时，这声响就会变成震耳欲聋的咆哮，然后又在河床陡降至100英尺或更深时，逐渐平息。

在上海街头游荡的那几个星期让朱迪已经习惯了城市的喧嚣——引擎声、说话声、工业制造与人类劳作的声音，嘈杂刺耳，无休无止。然而，眼下却是完全不同的另一种声音。这是世界第三大河流——一条狂野的河流——所发出的声声低吼，它在近前撩拨着你，却又让人心生敬畏。这令人惊叹的自然力量凝聚成澎湃的江水，狂野不羁，新奇陌生，让朱迪不知不觉沉迷其中——就好像那扑向烈火的飞蛾。

杰弗瑞上士第一个意识到了危险的临近。他正往舰尾走，突然发现那只他出了一半钱买来的狗正在护栏边闻来闻去。他大喊一声以示警告，却只见她从护栏下面滑了出去，停在了甲板狭窄的外沿，舷外光滑的铁板上。此时的朱迪仍旧凝望着脚下翻腾的江水，似乎完全没有注意到杰弗瑞的警告声，就像几个月前她在上海养狗场对李明的呼喊充耳不闻一样。

朱迪手舞足蹈，蹦蹦跳跳，兴奋地冲着自己岔开的脚下几十英尺处那翻腾咆哮、震耳欲聋的灰色怪兽汪汪吠叫。可是不一会儿，她就完全站不住了，随着一声绝望的惨叫，一头栽下船去，不见踪影。是谁说的好奇害死猫，他们肯定从没见识过这只"蠓虫号"的舰船之狗！

面如土色的杰弗瑞转过头，用尽全力向船桥方向大声呼喊：

"狗落水了！狗落水了！狗落水了！"

—— // ∧ \\ ——

有人落水的呼喊声是所有在海上航行的船员最不愿意听到的话之一，而在长江这样的航道上，这无疑更是噩耗。将水流速度与"蠓虫号"前进速度相加，就可知这只舰船吉祥物正在以约14节，甚或超过16英里每小时的速度被甩在船后，越来越远。所有听到杰弗瑞呼喊"狗落水了"的人都同样难受，因为船员们对这位犬类伙伴的珍爱之情已经越来越深。

　　幸运的是，舰长听到了呼喊声，并立即采取了行动。"停止前进，全速后退！停止前进，全速后退！"

　　沃尔格雷夫舰长清楚地知道，如果舰船不迅速反航向后倒退会发生什么。时间紧迫，他根本来不及让舰船掉头。中国中东部地区的气候与欧洲大陆相似：温度四季分明，春暖、夏热、秋凉、冬寒。11月份的长江冰冷刺骨，即使是最强健的狗，在凶猛的水流与漩涡中挣扎，体能也会迅速消耗殆尽。等到他调转了船头，朱迪早就被冰冷的江水冲到下游很远的地方，找不到了。

　　她从船尾围栏处落下，离江面差不多只有12英尺高一点，可即便如此，她也会沉入水下，再加上淡水浮力远远小于海水，这就使落水物体漂浮回水面的可能性大大降低。舰长只能寄希望于朱迪是个游泳健将，有上天赋予猎犬的求生本能——至少能坚持到他们赶来救援。但即使如此，他也不敢把她存活的概率估得太高。如果他们不能在几分钟内找到她，萨塞克斯的朱迪就将葬身于这冰冷的江水之中。

　　待舰长下令停船时，行动果断的一等兵维克·奥利弗已经准备好放下"蠓虫号"上的小艇。小艇由奥利弗掌舵，另外一名船员操控引擎，还有一个不愿上阵，名叫吴钩的中国水手被安排坐在船头，负责打捞这只行为不端的狗。小艇被翻转到船体一侧外，渐渐入水，可是等到小艇着水时，奥利弗已经完全看不到狗的踪影了。

他最后看到的她是远处一个被冲往下游的小黑点。他试图在脑中确定她的方位，如此他才能控制小艇前往的大方向。朱迪已经在他们的视线中消失了，他只能朝着他所能想起的大致方位进发。自身的启动速度加上水流速度让沿江而下的小艇好像刚开的香槟瓶塞一样，飞冲而去。

小艇猛力前冲，强行穿过波涛汹涌的江面。江水看起来就像一锅浓稠的甜橙南瓜汤，在船头周围沸腾起层层泡沫。奥利弗估算，小艇入水之时，朱迪可能在"蠓虫号"后面半英里的地方。按照小艇现在的航行速度，他估计两分钟之内他们就能赶上她——只要他判断的方位没错。

奥利弗完全知道，如果他判断失误，他们不会有第二次机会。许多人曾命丧长江，而在这种看不到岸的地方坠入江中往往就意味着生命的结束。奥利弗根本不敢想，一只尚未长成的狗会有几分生还的希望。

每一分每一秒的拖延都显得分外恐怖。小艇奋力驶过江面，但看起来却好像用了一个世纪的时间。突然，就在他们冲上一个浪尖，疾驰而过时，刚好可以从小艇左舷看到一个小黑点。驶近些时，小艇上的人看到，小家伙白色的前爪在水中疯狂地拍打扑腾，挣扎着不让自己沉入水中，一双睁大的眼睛里满是恐惧。她让自己的头一直露出浑浊的江面，但也只是将将露出而已。

奥利弗赶紧大喊鼓励的言辞，同时让小艇急转弯。这次，他们冲着朱迪的方位往回行驶，逆流而上，想要在中途拦截她。此时，小艇前进的速度放慢了很多，也更可控了，奥利弗以为这次他们一定能够抓住在波涛汹涌中挣扎的朱迪。然而，当他们放慢速度，吴钩从小艇一侧俯身去抓朱迪的项圈时，小艇被一个大浪击中，吴钩瞬间也掉入了江中。这下，小水手和舰船之狗都坠落江中，不见踪影了。

奥利弗立刻掉转船头，回到吴钩的落水点，但既不见吴钩，也未见朱迪。突然，江面被打破了，两个绝望的身躯终于露了出来。奥利弗急忙用船钩将他们拖到近前，小艇上的人也都从船侧伸出手来……于是，一个浑身湿透的中国水手和一只淹得半死的舰船之狗被抓住项背，拖上了小艇。

此时，"蠓虫号"的甲板上迸发出参差不齐的欢呼声，阵阵回响从江面上传来，看来全船的人都聚集到了甲板上，目睹了刚刚发生的那一幕。奥利弗向他们挥手致意，然后再次发动小艇，转头回程，驶向"蠓虫号"。他就好像一个天生的表演者，用双膝夹住舵柄，然后双手举起船上的旗语用旗，通过旗子的不同位置对应不同字母，发送出了一个简短的确认信息：

"**洗礼完成**。"这可真是短小却恰如其分的信息传递。

朱迪和吴钩浑身又湿又脏，头发、眼睛和耳朵里满是长江泥沙，所以最先被抬上了舰船。一回到"蠓虫号"，他们马上被带下船舱洗热水澡。杰弗瑞上士亲自上阵，为朱迪刷洗，现在他已经成了她最重要的保护人之一。按照随舰医生的嘱咐，洗澡水里加了些消毒剂，因为长江里不仅含有大量的淤泥与沙土，还有沿岸众多城镇排入的污水。

杰弗瑞用自己的毛巾把朱迪擦干，然后决定带她在舰上四处转转，向她指出所有显见的危险所在。学习乘船就好像学习骑马一样：如果你跌落或是坠入水中，你必须立刻回到马背上或船上。一开始，朱迪明显不敢上甲板。她害怕得瑟瑟发抖，同舰船护栏保持着尽可能远的距离。"蠓虫号"继续前行，她却再也不愿多瞄一眼那船体两侧奔流而去的浪涌。

—— // ∧ \\ ——

对此，杰弗瑞露出了满意的微笑。至少她看起来已经学乖了。

当天下午6点，沃尔格雷夫舰长将他们差点儿出现的损失记入了航行日志：一人意外落水，后被救生艇小组救起。朱迪的"意外落水事件"就好像发生在人类船员身上一样，被如此正式地记录下来，正反映出"蠓虫号"全体成员对待他们这只舰船之狗的态度。不过，尽管大家对这位新同伴的喜爱之情越来越深，许多人还是开始质疑她是否能够满足他们当初对她的第三条要求——有些能耐。"意外"发生的当晚，颤抖的朱迪睡在了军官舱里，她紧贴着杰弗瑞的铺位横卧，为了能多一分安心。通常在生活中，人会选择自己的狗。只是偶尔，狗才会去选择她的主人。经过这次长江里的濒死体验，朱迪确实需要真正的抚慰。但她仍旧保留着这份选择自己主人——或者不如说是长久的生活伙伴——的权利，等待一个她所认为的最好时机。"蠓虫号"上有许多现成的候选人，舰长、杰弗瑞上士和堂吉·库珀，只是其中几个。然而，在萨塞克斯的朱迪看来，那个最合适的人还没出现呢。

所幸，"蠓虫号"上的这个夜晚相对宁静，既没有折磨人的江水冲击船身的咆哮声，也没有舰船螺旋桨拍打江水的声音，抑或引擎在甲板下轰隆作响的声音。像所有长江炮舰一样，"蠓虫号"只在白天航行，因为这时船员们才能看到并抵御潜伏在长江之中的危险。当夜幕降临，她要么停泊于浅滩，要么驶入长江河道上星星点点的码头或船坞里。

怎么看长江都是一条繁忙的水上通道，大多数当地的舢板和平底小船都会定期来往于此，有些传统的木质帆船甚至不分昼夜地在此漂泊。通常情况下，船只在夜间应该在左舷挂红灯、右舷挂绿灯以为警示，但这些中国船只极少会这么做。如此一来，与一只看不见的小船相撞的危险无处不在。

不过，除此以外更严重的是，夜晚时分的江面更易受到黑恶势力的威胁——这也是为什么太阳落山以后，长江炮舰的舰长们都更愿意找个江边码头停靠舰船。但即使如此，仍旧危机四伏。武装土匪在长江三角洲一带富饶的大地上四处游荡，而这一区域河道、沼泽、稻田纵横交错如迷宫一般，"蠓虫号"要穿过这里可能会需要一周甚至更久的时间。越向内陆航行，平原、河谷与湖岸就越少，继而出现的是内陆地区的崇山峻岭与茂密山林，而这些地方往往为军阀和受他们控制的凶残黑帮袭扰已久。

因此，即便是夜晚停泊时，"蠓虫号"全员也必须随时准备起床应战。当舰船汽笛响起尖厉的声音，并且有人喊出"驱逐登船者！驱逐登船者！"的口令时，意味着麻烦就在眼前。听到"驱逐登船者"的口令后，卡宾枪会被从军械库中取出，马克沁机枪也会瞄准，士兵会列队于舰船受到攻击的一侧。但是，真正的第一道防线是舰上的蒸汽软管——滚烫的热水是可以逐退任何侵犯者的非致命性武器。

与所有英国炮舰一样，"蠓虫号"的舰长遵照命令，无论在哪里都要尽可能减少人员伤亡。好在，朱迪经历惊险洗礼的当晚，长江之上一片安宁，而这正是她恢复所需的一剂良药。

黎明破晓，"蠓虫号"向上游航行的第二天也就此开始了，舰上的号手吹起了刺耳的起床号，叫醒了全船人。此时是早上6点，是时候将舰船准备就绪，向长江上游进发了。

此时，厨房与船桥前方，位于船头的军官舱里，杰弗瑞上士被前来送早茶的中国服务生叫醒了。与蜷缩在身畔这个漂亮的小家伙分享了一点儿温热香甜的茶之后，他开始猜想今天会发生些什么事，但愿这只根本管不住的舰船之狗不会再有什么倒霉的遭遇了。

—— // ∧ \\ ——

他一开舱门，朱迪就从门缝挤了出去，蹦蹦跳跳地冲到了甲板上，然后低下头，鼻子用力吸着，好像能捕捉从厨房传来的食物香味。啊，鸡蛋。炒得刚刚好，正如我所爱。

她轻轻走过鸡笼，深深吸了一口气。这些鸡是为了给这次航程提供些新鲜肉食从上海带上船的。杰弗瑞倒是希望朱迪对舰上家禽的浓厚兴趣能反映出她对捕猎的天然亲近，以及她作为一只猎狗在接下来的几周里即将会有的职责表现。

堂吉·库珀，舰船之狗的正式看护人，一大早就开始监管朱迪，并给她准备早饭。同杰弗瑞一样，堂吉也热衷狩猎，所以朱迪一吃完早饭，他就决定要对她的捕猎本领进行第一次真正的测试。他蹲下身子，目光平视这只体态轻盈的狗，看起来极有耐心地开始向她详细讲解，一只英国指示犬在外出捕猎时需要做什么。

晨曦透过帆布天篷映照在朱迪的眼中，使它们看上去没那么乌黑了，倒像是闪耀着热切的火焰，堂吉凝视着这双眼睛，感觉她好像听得懂自己的话。她又长又软的耳朵垂在脸颊两侧，表情看起来有点儿忧伤凝重，但很快她又画风突变，歪嘴一笑，或是把粉色的长舌头摆出来，憨憨地喘着粗气。

如今，朱迪还没完全长大，但堂吉认为她会有足够的时间来证明自己作为一只猎狗的价值。找一块适合实践演练的场地是必要的，他觉得鸡笼就不错，毕竟这些鸡是现在"蠓虫号"上离她最近的捕猎对象，于是他开始模仿指示犬的动作，"指向"笼子里的鸡。

朱迪盯着他看了很久，疑惑地歪着头。看堂吉的肢体语言，她知道他一定要做什么很重要的事，但是以她的小脑袋瓜，完全想象不出那究竟是什么。堂吉尽可能久地保持着这个姿势——看，就像这样——直到朱迪认真地摇了摇头，用鼻子吭一声，看起来一副对此嗤之以鼻的样子。然后，她把鼻子转向了有诱人香味飘出的舰船厨房，这个意思一目了然：信息既没收到也不明白！

堂吉并没有因此气馁退却，而是决心每天早饭后都重复演示这个姿势，直到朱迪弄明白为止。不过他心里也在嘀咕，不知道朱迪是不是一直在嘲笑他金鸡独立、摇摇晃晃地想要教一只英国指示犬如何指示猎物。

一切准备就绪，"蠓虫号"便解开缆绳，驶进了长江的主河道。航行中，引擎的声响再次升到了大家熟悉的阵阵轰鸣。朱迪在确定自己离舰船护栏有一段距离后，站上了扬起的船头，迎风嗅着。就在他们前进了还不到一英里时，"蠓虫号"的这只吉祥物已经嗅到了前方的麻烦。

中午刚过——确切地说是12点零3分——一艘日本海军炮舰就经过"蠓虫号"，向相反的方向驶去。仅仅一个小时后，法国炮舰"弗朗西斯·卡尼尔号（*Francis Garnier*）"[1]紧跟而来，也是驶向上海。随后不久，第三艘外国军舰经过"蠓虫号"，是法国炮舰"拜尼号"，不过这次的方向是驶往上游，进入中国内陆。毫无疑问，随着敌对国家为抢占这些水域的商贸控制权所发起的武力竞争，长江之上将会越来越热闹。

不过，此刻"蠓虫号"即将面对另一种严重的威胁。站在最前方的朱迪从她的位置首先对危险给出了预警。她抬起头，长长地吸了一口气，然后便开始冲着远方吠叫。只见前方有一艘船将将现身，正慢慢悠悠地向下游漂来。这艘船有两根桅杆，分别挂着一面

1　法国炮舰"弗朗西斯·卡尼尔号"1926年建造，1927年12月启用，是在中国江河流域活动的最大的炮舰。1945年3月9日，为了不被日军俘获，此舰自沉于柬埔寨桔井（湄公河流域）。

灰色的方帆和一面暗褐色的方帆，高悬于船头之上。这种木制平底帆船好像一下子把人带回了"黑暗时代"[1]，与钢铁船身的现代炮舰形成鲜明对比。

"蠓虫号"的船员们曾经看到过这种船由一帮"苦力"拖过长江最危险的浅滩。船身被几十条与岸边连接的绳索拴住，光着膀子的男人们弓起身子，弯下腰，使劲拉拽这些绳索，拖着船只，一步比一步艰难地蹚过浅滩——当然所有的步伐都是跟着雇他们出来拖船的工头所喊的有节奏的号子。"蠓虫号"的船员们对这种古旧的场景已经见怪不怪了，但是他们前面这艘船的样子却让他们非常不喜欢。

这艘古旧模样的木船吃水很深，这意味着它装载了很沉的货物。船员们本来都不确定那究竟是什么，但当朱迪在船头乱蹦乱跳，兴奋大叫时，他们知道一定是什么难对付的东西正向他们逼近。他们的狗以前从没这样过，即便是不小心摔入冰冷翻腾的长江，也不曾如此。那艘船上一定有什么吓到她了。

沃尔格雷夫舰长睁大了眼睛望向远处的那艘船，然后扭头转向了杰弗瑞上士。他撇了撇嘴，流露出一丝不易察觉、极其轻微的不悦与厌烦。杰弗瑞则马上拿出了望远镜拉近观察。通过这副八倍望远镜，他可以看到这艘船的更多细节——有深色的物体露天放置于船舱里——这时，杰弗瑞已有九成把握确定船里装的是什么。

正向"蠓虫号"驶来的是一艘可怕的运粪船，而朱迪看起来早在任何船员有细微察觉以前就感觉到了。舰长改变了航向，并从船桥上

1　"黑暗时代"（Dark Ages）指的是西罗马帝国灭亡（公元476年）之后，到欧洲文艺复兴（15世纪末）开始之前的欧洲中世纪。这个时期的欧洲没有一个强有力的政权来统治，割据带来频繁的战争，造成科技和生产力发展停滞，传统上被认为是欧洲文明史上发展比较缓慢的时期。

下令封闭所有舱口、舱门和舷窗，使船舱尽可能密不透风。随后，让所有人员尽快撤离到甲板之下。

这些长江上的运粪船运送的是人类粪便——从来都是完全腐烂、臭气熏天的，它们会被送到长江下游远离主要城镇的地方倾倒。通常情况下，它们会被用来给长江沿岸的稻田施肥。"蠓虫号"正临近一个名为镇江的江边城市，毫无疑问，这艘装满了腐烂的人类排泄物的船是来自那里的。

多亏了朱迪的叫声，当那令人作呕的臭气袭来时，大部分人员已经躲进了船舱里——当然这其中也包括这只刚刚证明了自己有意外才能的舰船之狗。运粪船永远都是长江下游流域的一大危害。如果那恶臭钻入船舱，就会黏在人的头发上、衣服上，甚至附着在家具上，好多天都挥之不去。而朱迪恰好借此机会证明了自己就是"蠓虫号"上的预警系统。

朱迪能这样做得益于她超常灵敏的嗅觉。狗的世界与人类世界不同，它们的世界几乎全是靠气味来认知界定的。这就好比它们在从另一种完全不同于我们的纬度体验世界——一个由数不清的气味层次所构成的世界。因此，它们对气味的探测能力远远强于我们。

人类拥有500万个嗅觉细胞，而像朱迪这样的猎犬则拥有将近3亿个嗅觉细胞。所以，这样的狗可以区分超过100万种不同的气味，并且是在浓度极低的情况下。而我们人类大概只能区分差不多1000种而已。因为泪腺一直延伸到鼻尖，所以朱迪的口鼻总是潮潮的，而她恰能借此辨别风向，分辨出气味从哪个方向而来。同时，鼻子上的湿气还会分解微小的气味分子，之后嗅觉受体细胞就可以识别它们了。

不过，朱迪的气味感知能力比这个还要先进得多。人主要靠视觉来引导方位，因此我们脑中有很大一个区域是用来处理视觉信息的。而狗大脑中的嗅觉中枢却比人类的发达40倍。也就是说，甚至连狗细细的胡须都可以感知气味，然后将它们传输给大脑。再加上，狗还有一个气味感知器官——位于口腔顶部的"吞咽前识别器官"（voremonasal），是人类根本没有的。

对朱迪而言，气味就是她的宇宙，嗅觉就是她解读周围世界的首要官能。在这长江之上，她的鼻子就是气味过滤器，会帮她筛选出所有与气味相关的信息，以便她能更好地理解并应对所有新鲜的、新奇的、有时甚至是危及生命的环境。因此，觉察到一英里以外的长江上有一艘运粪船对于一只有如此敏锐嗅觉的狗而言，根本不成问题。

这一次，朱迪的犬类嗅觉帮了全船人，但只不过是让大家躲过了几个小时令人作呕的恶臭。

然而，即将来临的下一次危机，朱迪则需要运用她令人难以置信的犬类能力拯救"蠓虫号"上所有人的性命。

—— // ∧ \\ ——

第四章

　　"蠓虫号"继续向上游前行，途中又遇到了四艘日本军舰。每一艘日本军舰的尾部都拖曳着一面鲜红的太阳旗。觊觎中国许久的日本帝国，其势力在中国内陆地区越来越频繁地出现，这可不是什么好兆头。很显然，一场大麻烦正在酝酿中，即将到来。对此，"蠓虫号"的船员们都有预感。

　　11月20日，这艘英国炮舰到达了彼时中国杂乱无序的首都——南京，不过只是短暂停留，以接回一名之前在上海进行营养治疗的船员。之后，"蠓虫号"继续向前挺进，到达了长江边一个小城市——芜湖。在这里，"蠓虫号"与她的姊妹舰"瓢虫号"如约会合了。

　　"蠓虫号"驶进码头，停在了"瓢虫号"的旁边。两艘炮舰都有一对高高的烟囱和一条从船头延伸至船尾的帆布天棚，这样并排看起来就好像彼此的影像一般。此外，它们在另一个重要方面也惊人得相似，那就是"瓢虫号"与现在的"蠓虫号"都有一只狗作为舰船吉祥物。

　　"瓢虫号"的军官和船员们受邀登上了"蠓虫号"，双方人员分享了舰上的朗姆酒，也交换了情报。这是"蠓虫号"舰长打探前方潜在危险的绝好时机，因为"瓢虫号"之前一直在长江上游逗留，现在才要前往上海。

不过，"瓢虫号"上有个家伙却是绝对不受欢迎的，那就是它们的舰船之狗——邦佐。邦佐是一只大型拳师犬的杂交犬。自打"蠓虫号"驶来，出现在海平线上，他就开始行为极其异常：疯了似的在甲板上奔来跑去，反复撕咬，一刻不停。当他的鼻子始终朝向"蠓虫号"盯住不放时，根本用不着动脑筋，大家都知道是怎么回事了。他嗅到他们的姊妹舰上有一只美丽迷人的小母狗，并想对她发起求爱攻势。

意识到有这样的威胁后，沃尔格雷夫舰长马上命令舰船之狗的看护者堂吉把朱迪锁起来，严加看管。他们现在最不想要的就是一群拳师犬与英国指示犬生的杂交小狗。萨塞克斯的朱迪显然不怎么乐意被这样拘束，毕竟她已经习惯了在舰船上自由自在地跑来跑去，也不懂这么做是为了她好。可是，她还是被安全地关了起来，直到"瓢虫号"离开，前往下游，邦佐那不怎么光彩的企图也被完全挫败了。

邦佐离开后，朱迪便可自由地追随"蠓虫号"的船员们上岸探险了。芜湖码头有一家海军餐厅，最令人高兴的是，那里的啤酒无限供应。不知何故，这个餐厅貌似还不限量供应朱迪所偏爱的食物——冰激凌。船员们一进餐厅，朱迪就摆出一副高贵的样子，而鼻子却指向装着美味甜品的箱子。

有一天晚上，大家忘记按惯例给她盛上一满盘的冰激凌。她等来等去，失去了耐心，于是就偷偷潜入餐厅酒吧的后面，用嘴钳住冰激凌箱子的把手，把它拖到了房间中央。然后转头对着刚刚一直在喝酒、现在一脸惊讶的船员们叫了一声，以示要求，让他们速速给她按例上冰激凌。

从芜湖向上的长江明显窄了许多，离开了长江三角洲的平原河段，两岸也变成了陡峭险峻的山谷。再往前还会有三处险隘：西陵峡、巫峡和瞿塘峡。在那里，两岸高耸入云的悬崖峭壁绵延数百里，如漏斗一般汇聚江水，川流而下。而这样的地形恰可为长江流域声名狼藉的水匪提供绝佳的隐蔽场所——尽管"瓢虫号"对这种危险并没有给出明确的警告。

离开芜湖两天后，"蠓虫号"驶入了回声荡漾的西陵峡。这里山石林立，峭壁高耸，植被稀疏的斜坡一冲而下，延伸进湍急的江水之中，异常险峻。临近傍晚，舰长决定在此停船过夜。于是，他将舰船调入稍浅的水域，下令抛锚。此时，"蠓虫号"烟囱里冒出的滚滚浓烟横穿了整个峡谷，而峡谷映衬下的舰船却显得又矮又小。

待"蠓虫号"停稳，沃尔格雷夫舰长即宣布："舰船安全，准备喝茶。"在长江上航行了漫长的一天之后，是时候该喝杯茶，提提神了。

在这样荒野偏僻、人烟稀少的地方，船员们本能地更加警觉。不过，当他们头顶那一抹天空随着落日变成了天鹅绒般的紫色时，周围渐黑渐暗的江水好像并没有任何危机潜伏的迹象。一切似乎都很平静，直到凌晨三点，在船桥自己的箱床里睡觉的朱迪猛然坐起身来。她把自己的毯子扔在了一旁，竖起了耳朵。不一会儿，她便四肢腾跃，跳了起来，向船桥的开翼狂冲而去。

她都来不及停下来去确认威胁临近的具体方位，就开始冲着黑暗中的某个点狂吠起来。一时间，值班的军官不禁想，是不是另一艘运粪船搅扰了朱迪的好梦。但是很快他便明白了，朱迪这一次的态度和行为与之前完全不同。她的叫声非常猛烈，还具有攻击性，这是他之前从没听到过的。

"蠓虫号"的船员们现在已经学会要给予他们的狗应有的重视，所以值班军官立即采取了行动。他拿起了最近处的手提闪光信号灯——一盏非常亮的手提灯，通常用于船只间的信号传递——并点亮了它，转而向让朱迪狂怒的方向照去。一瞬间，她行为异常的原因便明了了：两艘大型中式平底帆船正悄无声息地漂近"蠓虫号"——不过，看来还是不够悄然，不足以逃过犬类超常敏锐的听力探测。

　　值班军官一秒都没有迟疑，拔出随身手枪就向黑暗的天空开了一枪，子弹划破山谷的炸裂声在沉睡的舰船周围回荡，把全船人都惊醒了。穿着睡衣的船员们从各个方向的舱口与门口仓促奔出，手持上好膛的步枪、手枪和其他准备好的各类武器，迅速到达各自的预定地点，准备击退敌人。

　　与此同时，值班军官命令朱迪保持安静。现在，他们已知要面临的威胁是什么，由于朱迪的提前警示，使大家获得了一个绝佳机会，以战胜这帮初次遇到的敌人——满满两大船令人闻风丧胆的长江水匪。

　　水匪正以其典型方式向"蠓虫号"逼近——两艘平底木船用一条粗大的竹缆相连，悄无声息，齐头并进。一旦缆索挂住"蠓虫号"的船头，它就会将水匪的船拉近"蠓虫号"，只要船身贴近接触，等待已久的水匪就会跳上仍在沉睡的舰船，杀害船员并肆意掠夺战利品。至少，这是朱迪在冷冷夜风中察觉到他们的踪迹以前他们本来的意图。

　　时间一分一秒地过去，"蠓虫号"上的紧张气氛也愈加明显。随着一声微弱的，几乎听不到的"当啷"之响，竹缆挂上了"蠓虫号"的船头。这时，沃尔格雷夫舰长开始在船桥上指挥行动，兴致勃勃。江水在两艘木船凸出的船身下汩汩作响，随着它们摇摇晃晃，越靠越近，他命令船员们各就各位。其中一名船员是个司炉，刚才时间紧迫，他只披上了自己猩红色的睡衣，抄了一把消防斧子，就赶来应对这临近的威胁了。

在第一艘匪船碰触到"蠓虫号"之前，舰长下令架在两个烟囱后面平台上的马克沁机枪开火。于是，几挺机枪尽情地向匪船船侧扫射了十秒，木质船身被打得纷纷碎裂，崩起的碎木片接连入水。舰船两侧各安置的三挺马克沁机枪本来主要是针对敌机使用的，但在这一刻，它们也是表明"蠓虫号"态度的最佳武器。

水匪们此刻肯定知道，他们的目标已有预警，更不用说是全副武装的，但缆索拉着他们的船，步步漂近"蠓虫号"，根本停不下来。于是，第一艘船"砰"的一声，撞上了舰船一侧。几个模糊的人影猛地跳起，企图登舰，但他们遇到的是一连串的炮火——外加一个大声咆哮的司炉，勇猛地在头顶挥舞着一把消防斧，还有一只愤怒狂吠的舰船之狗。

毫无疑问，战斗已经打响了。

两名"蠓虫号"的船员守在船头，正奋力地砍着水匪抛来的缆索。随着最后几缕竹缆被割断，两艘木船再无"拘束"，瞬间便被水流拖走，消失在黑夜之中。剩下的水匪赶忙转身逃跑，跳入此刻空荡的江中，拼命追赶他们正迅速消失的木船。

而那些没来得及跳水的水匪看来要在这汹涌翻腾的江水中横渡西陵峡了——这可比萨塞克斯的朱迪几天前经历的那场洗礼要危险多了。随着水匪的木船越漂越远，湮没在黑暗之中，"蠓虫号"的甲板上响起了一片胜利的欢呼声。舰上的人都有一种相同的感受：是他们英勇无畏的舰船之狗提前预警，才使大家能够完胜敌人。

朱迪在狩猎方面是否有些本事，尚不得而知，但是今晚她已证明了自己高于狩猎十倍的价值——因为她的行为已经称得上是个真正的救生者。

被人类驯化以前，狗用它们敏锐的听觉在野外追踪猎物。它们能够感知到比人类听力范围大得多的声音频率，并且是在距离远得多的条件下。同时，它们还能准确地定位声音来源——正如朱迪刚刚所做的那样。事实上，狗的听觉效能比我们的要强上十倍：同一个声音，人可能在距离20米的位置还听得见，狗却可以在距离200米的地方仍听得清楚。如果"蠓虫号"上住着一只老鼠的话，朱迪隔着老远就能听到它吱吱的叫声。

运用它们大大的、可活动的耳朵，狗几乎可以即时判断出声音的来源——只要1/600秒就够了。所以，朱迪在"蠓虫号"上的迅速行动才使船员们击败了水匪，避免了死伤。在西陵峡一战中，是朱迪的犬类感官让大家转危为安。

接下来的一周里，这艘英国皇家海军舰队中体型级别最小的战舰，继续向西推进，穿过了巫峡与瞿塘峡，又转而进入湖南省西北边界上复杂的湖泊、湿地以及支流系统中。熙熙攘攘的通商口岸汉口（现在的武汉），纵深内陆约900公里，那里是"蠓虫号"此行第一个重要的中途停留地，也是她可能准备掉头回航的地点。不过，在到达那里之前，"蠓虫号"要按计划先与它们这支英国炮舰小分队的旗舰"蜜蜂号"会合。

作为舰队的旗舰，"蜜蜂号"拆掉了一些主炮以提供更多空间给军官们住宿。尽管如此，在几次巡航中，杰出的"蜜蜂号"还是深入了长江流域的中国内陆，西达宜昌，南至长沙，均距上海与东海约1500公里。那是真正进入偏远与未知之地的航行。

一般来说，英国皇家海军的长江炮舰都倾向于单独巡航，并独立作战，各自为营的它们往往在航程相距许多天甚至好几个星期的地点巡航。这样，它们的指挥官和船员们基本不会受到高级官员的监察审视。如此使得舰上气氛团结紧密，好似一个大家庭，而这种程度的独立行动状态在英国皇家海军中也是比较罕见的。

　　但是，如果不严格执行规章程序以确保炮舰井然有序，在长江上游数周隔绝独立的航行也能使这样一艘忙碌又拥挤的舰船变成一个令人很不愉快的地方。如所有炮舰指挥官一样，沃尔格雷夫舰长就有一套严格的规章程序来保证"蠓虫号"的干净整洁。船员们被要求每日清洁——冲洗甲板，抛光黄铜器具，补刷油漆，整体清扫甲板，安装齿轮，擦亮并抛光舰船上所有金属部件以及保养马克沁机枪。

　　因为"蠓虫号"舰长很清楚，海军部一年两次的检阅视察可能随时降临到任何一艘长江炮舰上。"蠓虫号"停靠在"蜜蜂号"旁边时，海军少将雷金纳德·霍尔特，长江舰队的高级海军军官（SNO），碰巧就在"蜜蜂号"上。他一定在想，择日不如撞日，现在就是考查这艘刚入港炮舰的最好时机。不必说，这将是"蠓虫号"携同她的新成员——萨塞克斯的朱迪——在船上第一次接受如此正式的检阅。

　　天一破晓，有副官陪同的海军少将便登上了"蠓虫号"，这预示着一场突击检阅的来临。舰船上的军官和船员们立刻就明白了他们即将面临什么。这位海军少将将会从船头到船尾，四处查找舰船上违规的蛛丝马迹。他还要检查舰上每个成员、每个部门的表现，以确保"蠓虫号"正处于最佳状态——如有必要，可随时出战。

　　或者，用朱迪的看护人堂吉·库珀的话来说——他来舰上，就是要让他们经受"考验"！

首先接受检阅的是船员们。全体船员在主甲板上分列两排，接受所谓的"全员列队检阅"。接着，海军少将继续检查了他们的衣物、装备和寝具，所有物品都要干净整洁地摆好，每一件上面都贴有物主的名字。最后，他终于来到"蠓虫号"的新成员朱迪面前。她站在堂吉·库珀和自己的弹药箱床之间，面前整齐地叠放着她的军用毛毯。

海军少将低下头，用极具穿透力的目光凝视着这只蹲坐在他面前的狗。她也仰着头回望他，只是舌头耷拉着，脸上又露出了她招牌式的傻笑模样，好像是为船上所有正式场合所准备的保留表情。她的脚边盘绕着两条备用牵引绳，外加一个项圈，上面清清楚楚地印着她的名字——朱迪。一切看起来都很齐备且井然有序，所以海军少将什么也没说，面无表情地走了过去，他的副官紧随其后。

随后，舰船各处都接受了类似的检阅视察，比如住舱甲板、贮藏室、仓库、轮机舱和厨房，以及舰船上几乎所有可见的地方，都被检查了一个遍。最终的检查结果看起来还是比较令人满意的，于是海军少将与他的副官回到了他们开始检查的地方——船桥。在那里，他开始下令全体船员操练所有已知的长江舰队演习项目，外加一些似乎还未创造完成的项目。

对于一个碰巧路过观摩的人而言，"蠓虫号"将会呈现出一团混乱，但对于沃尔格雷夫舰长来说，这可是严格有序的混乱。每一个人都知道自己的位置与任务，随着滑轮组吱嘎作响，滑轮呼呼上升，舰船被"装扮"停当——一根挂满鲜亮色彩旗帜的晾衣绳被升了起来，从船头延伸至船尾——然后，中桅降下，舰船发电机被拆下，再重新组装，诸如此类。

这些都完成后，海军少将发出了"武装护卫队登陆"的指令，于是载人汽艇被放下，开离"蠓虫号"。汽艇刚一离开，他又宣布"有人落水"——这让船员们有些疑惑，不知该如何在汽艇已经前往岸边奇袭那些看不见的敌人之时，营救眼下这个虚构的受害者。

"那他只能在水里一直游，游到那该死的汽艇开回来啦！"一个大汗淋漓的船员一边嘟囔抱怨着，一边奔向了新任务。

命令一个接着一个，先是"各就各位"，再是"全体开火"，场面蔚为壮观，连帮助舰船在狭窄的河口或江面进行演练的轻型辅助类"小锚"都用上了。这时，"蠓虫号"的船员们已经变得有些恼怒了，朱迪觉得该是她出手的时候了。在未来的日子里，有许多次，只要朱迪感到她的"家庭"处于危难之中，她总会找到办法帮助他们。

她突然仰起她漂亮的头，没有任何预兆地冲着船桥上方的天空叫了起来：

"嗷呜……嗷呜……嗷呜……嗷呜……"这叫声持续不断，而且迫切紧急，船员们立刻意识到——这是一个警告。随着叫声越来越强烈，他们渐渐确定，某种危险正在逼近他们——虽然没有水匪船只敢在光天化日之下袭击两艘英国炮舰，但天空之中似乎有危险袭来。

至于海军少将，他所发出的指令都被这只狗疯狂的吠叫声给淹没了。此刻，他的脸色明显阴沉了下来，气得有些发紫。正当他看起来要失控，迁怒于朱迪时，她焦虑的原因变得显而易见了。一架日本战机突然从看起来空空如也的天空中俯冲下来，直奔英国战舰而来。它掠过"蠓虫号"的头顶，又飞过"蜜蜂号"，飞行高度仅将将高于舰船的桅杆，然后陡然攀升，消失不见了。

此前，还没有日本战机与英国或盟军舰船在长江交手，但是这次"嗡嗡作响"的飞行用意已经非常明显：只要他们想，日本飞行员就可以轰炸或扫射英国炮舰，轻而易举。日本在中国上空差不多拥有绝对的空中优势。可怜的中国空军装备不良，人才匮乏，而盟军没有飞机能够飞到这么深入中国内陆的地方进行巡察。

直到日本飞机在地平线上缩小成一个黑点，朱迪才停止了吠叫。然后，她做了一件非常奇怪的事情：她开始围着一个点旋转，好像在疯狂地追逐自己的尾巴似的。当她确定自己已经完全吸引了海军少将的注意力之后，她便在他的脚边盘成了一团。

海军少将盯着了朱迪看了几秒钟。在经历了刚刚的吠叫与旋转之后，她舒服地蜷缩在他锃亮的鞋尖旁，似乎就要沉沉睡去了。他瞥了一眼旁边沃尔格雷夫舰长严峻的面孔，扬起了一条粗粗的眉毛。

"你们这里有一只非凡的舰船之狗。声音振动，想来是这样。她刚刚就是这样做到的。"一个沉重的停顿之后，他又说："不过，大战在即，恐怕到时候我们所有的船桥上都需要有这样的一只狗站岗。"

海军少将一定是意识到了，他的全套指令项目都没法跟朱迪提前预警的表现相比，于是海军部的检阅就这样匆匆宣告结束了。"蠓虫号"的全体军官与船员都通过了检查，且表现出色——包括一只天生具有神奇犬类雷达功能的非同寻常的舰船之狗。

狗有十八块单独的肌肉来抬高、降低和旋转它们的耳朵，以确保它们能够精准地判断声音来自哪个方向。通过洞察日本战机的所在，朱迪已经展现了这些肌肉所驱动的耳朵可以多么有效地追踪远距离的声音。但是，朱迪不仅发现了那架飞机，更意识到了它所带来的威胁，这一能力已经远远超越了单纯的身体结构范畴。

不知为什么，朱迪就是觉得这空中雷鸣般的噪音等同于危险，而之前她从未遭遇过任何空袭，因此并没有什么明显的缘由让她如此认为。同上次发现水匪的船只一样，她好像就是能够感知危险所在——而恰是这一点，让她给海军少将留下了深刻的印象……更不用说她所

—— // ∧ \\ ——

有的船员同伴了。

"蠓虫号"通过海军部检阅后几天便驶入了汉口港，这一路上都没有水匪，没有日本战机，甚至没有运粪船——阻碍舰船在长江航行。在这里，"蠓虫号"加入许多英国、美国、法国和日本炮舰的停泊群体中，另外还有一些奇怪的意大利和德国舰船也在这一水域巡航。

在汉口，舰长的命令非常简单。他让"蠓虫号"挂起英国国旗，隆重出场，看起来要既有实力又足够勇武，以表明他们可以在这座至关重要的江边城市威慑并阻止任何麻烦的发生。过去八十年，长江流域一直有外国军舰巡航，汉口也因此成长为重要的通商口岸与炮舰枢纽，这主要是由于其正处于长江航线的中心地带，是绝佳的战略位置。也正因如此，这座城市能够提供像"蠓虫号"这样的舰船上所缺乏的一切享乐与奢华。

昆虫级舰船上指定的军官食堂，相对其船只大小而言，已经是非常不错的了。"蠓虫号"上甚至还有一个军官起居室，位于船舱前部，挤在舰长船舱与燃油舱之间。这个军官起居室被设计得好像一个小型的英国绅士俱乐部，配备了舒服的扶手椅，铺着一尘不染的垫布，旁边的茶几上摆放着几份纸页泛黄的《泰晤士报》，还有身着白色上衣的中国侍应生，时刻准备着为你斟满粉色的杜松子酒。

不过，尽管舰上有如此舒适的条件，汉口还是有着"蠓虫号"军官和船员们非常向往的岸上美好时光。汉口与那时经典的欧洲城市有许多类似之处，无论是它宏大的殖民地风格建筑，还是它的规划布局与城市氛围。时髦的汉口俱乐部供应美味的晚餐和上好的饮品，有卡巴莱歌舞表演、桥牌聚会、网球运动，外加在周围灌木丛狩猎的好机会。汉口甚至还拥有一个赛马俱乐部，类似于英国皇家爱斯科赛马会，在此时最黑暗的中国，有这样的规模和经营状况实属难得。

汉口外滩——"蠓虫号"停泊的江边港口区域——被设计成一条滨江散步大道，就好像在任何时髦的欧洲港口城市都可看到的那样。外滩最具特色的建筑是海关总署（江汉关大楼）的钟楼和汇丰银行壮观的白色石柱廊。银行的一层被改造成了吧台和俱乐部聚会室，配备了台球桌以及会说英语的中国酒保。

每两周，酒吧就会举办一场海军歌会，来自不同编队的皇家海军船员会邀请民众一起唱歌，活动的润滑剂就是酒吧供应的大量当地啤酒——怡和（EWO）皮尔森啤酒。这种啤酒由在上海的怡和啤酒厂[1]出品，散发着一股奇怪的洋葱味，但酒劲儿很大。

自从酒吧供应这种有劲儿的洋葱味啤酒给大家畅饮后，它便得了"最强者俱乐部"的绰号。新人若想加入这个俱乐部，必须通过严格的入会仪式。新来的菜鸟们要站在三人审核小组面前，完成流行的饮酒游戏"红衣主教吹"在长江流域的演变版本。

他要左手端着啤酒，说祝酒词"为了'红衣主教吹'的健康"，然后用右手拍一下桌子，跺跺双脚，敲一下桌上的啤酒杯，再将自己杯中的啤酒一饮而尽。接下来的一轮他要再拿一杯新啤酒，重复之前的步骤，只不过这一次他得为"红衣主教吹吹"的健康祝酒，然后将之前所有的动作重复两遍。第三次成功的演绎——需要把所有动作都做三遍，完成"红衣主教吹吹吹"——然后，他就能获准入会了。但

1　怡和啤酒厂（The EWO Brewery Ltd.）于1935年由当时远东最大的贸易公司英国怡和洋行（也称渣甸洋行）在上海开办。1936年开始销售啤酒，年产约2000吨"EWO"啤酒。其中皮尔森（Pilsner）和慕尼黑（Munich）种类的啤酒被认为最适合远东地区的气候而大量生产。

是，如果中间出了任何差错——说错词，做错动作，或者用错误的手举杯饮酒——人群中都会发出嘈杂的嘲笑与奚落声。如此，这个不幸的新手就算是输了，必须从头来过。

在向长江上游进发的长途航行中，朱迪渐渐有些喜欢上了她的啤酒。现在的她，已经是一名非常成熟的船员了——她甚至已经在长江里接受了形式上需要的洗礼——所以，如此轻松愉快的夜晚，怎么能少了她呢。因此，堂吉·库珀为朱迪特别准备了一套重组后的"最强者俱乐部"入会仪式。她需要在聚集的人群面前先叫一声，然后两声，最后连续叫三声，每组叫声的间隙都要呼噜噜地在某人的杯子里狂饮一番。

这些都完成后，萨塞克斯的朱迪便获准入会了。她现在可以像尊贵的公主一样，在人群中悠闲自得地走来走去，不是从这里谁的手上叼来一小把花生，就是从那边谁的杯中舔上几口洋葱味的啤酒。如此欢腾的夜晚往往都要以演绎传统歌曲《长江颂歌》来结束，每当此时，朱迪都会昂起头，随着歌词号叫，为大家送上极富感情的伴奏。

> 我们都是最强者
> 在这浑浊的长江之上
> 无论"炮舰"还是"巡航舰"
> 我们共聚这里，只为狂欢

"最强者俱乐部"绝大部分会员都是男性，而朱迪是获准加入的极少数"女性"之一。而她用自己特别的方式，似乎能够理解这意味着什么——"蠓虫号"这个全是男性的温暖大家庭已经完全接纳了她。从在苏先生店铺后面那艰苦的上海街巷里孤独游荡，到如今与

"蠓虫号"的同伴们一起在"最强者俱乐部"里大合唱，朱迪走过了一条漫长的路，终于找到了她的部族、她的家。

杰弗瑞上士，朱迪现在最亲密的伙伴，相信他们的舰船之狗生发出了"人的头脑"，或者至少是开发出了一种特别的方法，让她可以如水手一样看待长江炮舰上的世界。她似乎能够听懂你对她说的每一个字，读懂每一个手势与表情，并且看起来好像以前新来的人类船员一样，对炮舰上生活的细微变化都能轻松适应。

一天清晨，杰弗瑞带着朱迪在汉口一家漂亮的酒店庭院里散步，那里是许多来访的欧洲人都很喜欢的地方。之后，一人一狗沿着引道向外，溜达了差不多一英里，茂密的灌木在左手边，伴随了他们一路。突然，朱迪飞奔着冲进了灌木丛。杰弗瑞猜想她大概是闻到了什么猎物的味道——很有可能是只鹿，因为早晨他刚刚发现了它们的踪迹。

不一会儿，他听到灌木丛中传来惊恐的叫声。他立即听出，那是朱迪。他急忙喊她的名字，召她回来，很快她便从灌木丛里露出了头。只不过，她显然是被吓坏了，从头到脚都在颤抖。杰弗瑞从未见过她如此，哪怕是她上次落入长江差点淹死，都没有这样。他唤她到身边来，可是她却头也不回地直奔酒店方向而去，他也只好快步跟上。

就在他匆匆离去时，可能是第六感让他沿着右肩方向瞥了一眼。灌木丛的外围居然有一只硕大的豹子。他的脑中瞬间有了一个闪念——应该就是它吓坏了朱迪。之后，直到抵达了酒店的安全地带，杰弗瑞才允许自己想象另一种可能——朱迪闻到了那只大猫的气味，于是故意跳入林中以分散其注意力，因为事实上，那只豹子一直在偷偷潜近，想要攻击他！

—// ∧ \\—

杰弗瑞永远都没法确认哪一种猜测才是事实真相。但是，有一点是可以确定的——无论何时，只要朱迪感觉她的大家庭有人遇到了危险，她都会不顾一切地去保护他们。

虽和豹子来了个近距离偶遇，杰弗瑞上士却依旧泰然自若，并且决定要好好利用他们在汉口停留休整的机会，检验一下朱迪是否能成为他们所预期的猎狗。如今的她，近八个月大，已经长成一只漂亮的大狗——肌肉强健，体形优美，毛色光亮得就好像穿了件闪闪发光的外套一样，而且精力旺盛，时刻准备着东跑西逛。

事实上，汉口给她提供了许多锻炼身体的机会，因为各个舰船的船员们总会举办船际足球、英式橄榄球和曲棍球比赛。足球和橄榄球对于朱迪而言都有点大，不好掌控，曲棍球却使她成了一个彻头彻尾的"小恶魔"。她会用嘴巴叼住球，然后飞快地奔向离自己最近的球门，完全没留心自己究竟支持的是哪一边。如此，她倒成了一个绝对公正的球员，尽管算不上是一个能为"蠓虫号"加分的帮手。

杰弗瑞上士对朱迪能否成为猎狗的事很上心，于是组织了一次黎明狩猎活动。狩猎小组的成员有杰弗瑞、堂吉·库珀，外加四个热衷打猎的船员，他们提早在舰船上用过早餐后，便在朱迪昂首阔步的引领下出发了。在汉口远郊的灌木丛中有大量的蓝胸鹑——一种与野鸡同科的猎禽——也正是狩猎活动捕猎的对象。

这种鹑有亮橙色的双脚和蓝色渐变的羽毛，极易辨认，第一眼见到它们飞向天空，枪声便响起了。然而，当蓝胸鹑被击中，从天空坠落时，朱迪却只是无动于衷地看着，既没有上前"指示"方位的举动，也没有叼回猎物的行为。于是，狩猎小组成员开始轮番射击，其余人则假装是"寻回犬"，将坠落的猎鸟捡回来，朱迪看起来却依旧没有理解这种提示，也没有加入他们的行动。

终于，堂吉·库珀忍不下去了。他屈身正视朱迪的双眼，和她聊了一会儿，向她解释他们想要她做什么。

然后，他指向一只刚刚被击落的鸟，说道："好姑娘！去捡回来！捡回来！"

朱迪看来终于明白了大家的期待，兴奋地摇摆后臀，低下头，冲进了灌木丛里。她长长的白色尾巴时不时从灌木丛下突然冒出，越过厚厚的灌木时也会偶尔闪现她白底赤肝色的身影。过了一会儿，她似乎就要取得巨大的进展了，却突然一下不见了踪影，也没有了声息。在一旁关注的狩猎小组为确保枪支安全还要耽搁几分钟，于是堂吉主动请缨，前去寻她。

他刚刚出发就听到一声极其痛苦的哀号在前方回荡。他一下便听出那是朱迪，虽然他从未听她发出过如此痛苦的叫声。随着又一声令人揪心的号叫，堂吉急忙向前赶去，他担心会有什么极糟糕的事发生。他们的舰船之狗是不是被什么捕兽夹夹住了，堂吉猜想着，又或是更糟，被一只森林野豹饥饿的血盆大口撕咬着？

堂吉一边用耳朵听音辨位，一边挤过高草丛，不顾一切地奔向朱迪的所在。不一会儿，他跌跌撞撞地，总算找到了她。此时，他的脚边有个类似小池塘的洼地，朱迪不知怎么掉了进去。更糟的是，这个池塘看起来好像充满了一层厚厚的、令人倒胃口的泥，以至于朱迪被困其中，无法脱身。她正绝望地看着他，乞求他的帮助，于是堂吉毫不犹豫，直接跳了进去。

一落下脚，他就开始在齐腰的泥泞狼藉中跋涉。然而，就在此时，覆盖在池塘表面的厚厚皮层在撕扯下四分五裂，一股难以置信的恶臭扑面袭来。由于被太阳暴晒得干脆易碎的表皮裂开了，其下早已"成熟"的东西便暴露于空气之中，泄露出其本来的气味。原来，朱迪前脚坠入、堂吉后脚跟进的是一个露天污水坑。

　　惊恐的情绪和这无法阻挡的、令人窒息的恶臭几乎让人瘫软——这可是在汉口烈日下暴晒了数月的人类粪便。堂吉站在那儿，只是一瞬，便做了如朱迪之前一般的举动，痛苦哀号。但很快他意识到：他尚可站在齐腰深的令人作呕的粪便中，可怜的朱迪却不得不一直狗刨——事实上是不断踩着池中粪水，才不致陷入这苦不堪言的痛苦泥沼中。

　　他强迫自己的大脑和身体要行动起来——暂时将恐惧抛在脑后——抓住朱迪的项圈，把她扔上岸，然后再自己蹚出池沼。堂吉站在污水坑边，他的腿上、下半身以及胳膊上都覆盖了一层恶心的粪便。因为刚刚用手去抓朱迪的项圈，所以现在他连手上都沾满了黏糊糊的东西，他甚至可以听到这些恶心的东西在他的靴子里邪恶地吧唧作响。

　　但是，朱迪的情况甚至更糟：除了头，她全身都浸在那个邪恶的坑里了。堂吉抓了一大把草，用它们尽可能地擦除身上的污物。把自己擦得差不多了，他又用同样的方法试着帮朱迪擦干净。可是，尽管指示犬的毛发相对短，朱迪的皮毛还是渗入了厚厚一层黑色的脏东西，赫然在目，完全不可能清理干净。

　　没辙，他们只能尽快赶回"蠓虫号"，那里才有掺了消毒液的热水可以洗澡。如此，一人一狗，面带愧色，匆匆前去与狩猎小组碰头——然而，小组同伴们根本没法靠近他们，至少要保持二十英尺以上的距离才行。此刻，堂吉既沮丧又恶心，却没法顾及那么多，只能领着朱迪返回港口，而贪婪的苍蝇如一团乌云般，穿过灌木丛，一路尾随他们。

　　离"蠓虫号"还很远时，堂吉就听到舰上警铃叮当响。狩猎小组中显然已经有人比他们早一步回到舰上。当他们沿着汉口外滩快步向前时，一个声音迎面飘来。是军需官，他正用洪亮的声音反复喊道："不干净！不干净！不干净！"

再看舰船上，早已升起黄色的Q旗帜——表明进入检疫隔离期——此刻，身处窘境的一人一狗，已完全笑不出来了。

朱迪二次消毒清洗后，好像过了几个月，身上那可怕的味道才基本消除。即便如此，还是过了好多天大家才认可她已通过检疫，并且适宜回到大家庭的怀抱中。至于堂吉，为了彻底消除身上残余的苦不堪言的臭味，竭尽全力地刷洗了自己几个小时，搞得浑身粉红，像只大龙虾。在这个过程中，他做了一个重大决定：从今以后，再不逼着朱迪成为一只猎狗了，绝不。

作为"蠓虫号"最早的预警系统，朱迪已经证明了自己是无人能及的。但就其本来的传统职责"指示"而言，堂吉·库珀总结，那就是方枘圆凿，难当此任。她可能是帮"蠓虫号"避开了长江上的运粪船，但是在汉口，她却带着堂吉掉进了粪坑的中心，这也是无人能比了！

"蠓虫号"在汉口驻留，直到过完圣诞节与新年，之后"蜜蜂号"驶入汉口港，接替了她的任务。于是，1937年初的冰冷冬月里，"蠓虫号"转头向东，开始了向下游上海的返航之旅。

他们都不知道，"蠓虫号"将要驶入一片血雨腥风之中——事实上，整个英国长江炮舰队都被卷入其中。这场即将降临的斗争会让"蠓虫号"之前遇到长江水匪的经历黯然失色，或者说，它会比"蠓虫号"过往任何经历都要更加残酷刺激。

而很快，萨塞克斯的朱迪就将被命运召唤，一次又一次地拯救他们的生命。

第五章

1937年春末，日本帝国武装部队开始行动了。在北平（如今的北京）附近，日军开始演习部署，调动大量地面部队。局势越来越紧张，已无可转圜，而中国军队的指挥官们也在紧盯着日军士兵的一举一动，以及逐渐变化的势态与展露出的端倪。

最终，日军在卢沟桥[1]附近进行的一次夜间演习中与中方交了火。卢沟桥是一座跨越永定河的花岗岩古桥，桥栏上有许多精美的龙纹雕饰。这里是通往北平的必经之处，故而战略意义非常。冲突最初只是混乱、零星的交火，但很快便升级为全面战斗，双方均有人员伤亡。

这正是日本帝国一直在等的口实。日本借机要求所有中国军队从这一区域撤离——这无疑是命令中国军队让出自己的国土。日方的最后通牒并没有被满足，于是日军发动了一场全面进攻，轰炸北平的港口城市天津。在猛烈的空袭与地面进攻之下，天津与北平于1937年7

1　此处原文为Marco Polo Bridge，即马可·波罗桥，是卢沟桥的一种英译名。因马可·波罗在其游记中对卢沟桥赞誉有加，并称其为"世界最美的河桥"，后西方对卢沟桥便有了"马可·波罗桥"的叫法。

月末[1]先后沦陷。

后来众所周知的"第二次中日战争"[2]便这样开始了。中日这两个由来已久的交战国第一次爆发全面战争是在1894年[3]。那一年，经过激烈交战，日本取得了一系列的胜利，清王朝被迫求和。如今，将将过去四十多年，这两个宿敌又再次陷入冲突之中。

中国当时的国家元首蒋介石很快便回敬了日本的侵略行为。于是，1937年8月13日，这座港口城市"东方巴黎"陷于战火之中。双方数月的激战就在眼前，20万日军在空海火力的支持下将与装备落后但斗志高昂的中国将士展开恶战。

一旦上海沦陷，将为日本人打开整个长江水域，那么他们的下一个目标就会是300公里以外的内陆——首都南京。中国的指挥官们对此心知肚明。说什么也得保住南京。于是中方用竹编的粗缆绳将他们仅有的几艘军舰和舢板改造的临时炮舰拴在了一起，在浩瀚的长江上建起了一道水上壁垒。

设置水上壁垒的目的在于阻止任何日本军舰向上游推进，此举却无意中拦住了13艘前往海域的英国炮舰，外加6艘美国舰船和2艘法国舰船。这其中就有"蠓虫号"——全体成员和他们的舰船之狗。过去几十年里，这些炮舰在长江都可自由巡航，如今却都躲不过这场在长江入海口爆发的战争。

1　历史上北平与天津的沦陷在卢沟桥"七七事变"之后，应于1937年的7月末，原文此处为6月末，有误，故改之。

2　此处所说的"第二次中日战争"即中国抗日战争（1931年9月18日—1945年8月15日），相对于被视为近代"第一次中日战争"的甲午战争而称为"第二次中日战争"。

3　此处所说的战争即"甲午战争"，1894年（光绪二十年）7月25日爆发，以中国战败，北洋水师全军覆没，清政府被迫签订《马关条约》告终。

数周惨烈的巷战之后，上海沦陷了。中国军队虽然没能守住城池，但鼓舞了民众抗战之心。日本帝国曾大放厥词，公然声称，三日之内便可拿下上海，数月之间便可占领全中国。然而事实上，为了拿下这座长江入海口的城市，他们进行了整整三个月的激战，并且双方均伤亡惨重。

随着中国军队撤出上海，日军也突破了长江上的那道水上壁垒。但这并没让"蠓虫号"的船员们感到丝毫放松与宽慰，对其他炮舰也是一样。因为在上海到南京的中途，第二道水上壁垒横在了江面之上，而盟军的炮舰再次陷于一场与他们本无关系的血战。尽管目前还没有他们的舰船受损或船员伤亡，但他们如今也只能听天由命，谁又会相信自己能永远大难不死，逃过劫难。

日军不断向内陆推进，英国炮舰舰队指挥官、海军少将雷金纳德·霍尔特试图与双方协商，为自己的舰队找到一条可以通过壁垒、驶入东海的安全路径，但却无果而终。日军的地面部队正在逐渐包围南京，一场大规模空中轰炸已然开始。1937年10月初，盟军的炮舰——包括"蠓虫号"在内——都只能在舰船顶层表面画上巨幅国旗，以防被日日在长江下游低空劫掠、寻找目标的日军战机误袭。

与此同时，日军已逼近南京，每天都有关于日军暴行的可怕消息传来。成千上万的平民被折磨、强奸和屠杀。面对顽强抵抗的中国人，日军受命施行"三光"政策，即杀光、抢光、烧光。随着环绕南京的包围圈逐渐收紧，"三光"政策将被付诸实施，带来极其可怕的后果。

英国人同美国人，因其共同的语言、祖先和文化而成为盟军中关系最紧密的盟友，也因此常常在长江上联合巡航，包括协同抵御水匪、扫荡黑帮和执行营救任务。如今，为了应对日益危险的情势，两国船舰组成了护航队，让每艘英美船舰都必须有尽可能多的英美战舰护航。

在此期间，"蠓虫号"的船员们与美国炮舰"班乃号"（Panay）的船员们建立了深厚的友谊。一天晚上，巡航间歇时，英美船员们齐聚一家江畔餐厅，开始大口喝酒，高声歌唱。美国船员们也特别喜欢朱迪，尤其是她昂起头，叫着应和他们的水手之歌时，简直就是全场瞩目的焦点。

然而，当堂吉·库珀醉醺醺地晃悠回"蠓虫号"时，他突然意识到朱迪已不在他身边。舰船之狗不见了，他一下子就酒醒了。船员们从船头找到船尾，也没发现她的踪迹。于是，他们用手提信号灯从船桥上向"班乃号"发信号，询问对方船员是否看见了朱迪。得到的信号答复是："对不起，这里没有她的踪迹。"

那一夜，舰上没睡好觉的可不止堂吉一人。他不断责备自己没有盯住朱迪，但事实上，她是舰船之狗，他们每个人都有看好她的义务。不过，第二天一早，一切原委似乎都明朗了不少，甚至有点儿"恶意"的成分："蠓虫号"的中国水手听到一个传言，朱迪现在安然无恙——就被藏在美国炮舰上！

"好呀，他们想这么玩儿是吧！"堂吉一听说这个消息，便大吼起来。

他和其他船员策划了一整天要如何报复。当天晚上，夜幕降临后，一艘小船偷偷停靠在了"班乃号"旁边。两个人影飞速爬上了舰船，待勘察无误后，便借机行动。行动一结束，他们便溜回小船，湮没于黑影之中，小船也很快驶离美国炮舰，前往"蠓虫号"。

黎明后不久，"班乃号"向蠓虫号发来信号："致'蠓虫号'：昨夜有水匪登舰。舰钟被盗。"

"蠓虫号"回复如下："'蠓虫号'致'班乃号'：我们亦遭水匪，朱迪被盗。现愿以'班乃号'之钟换回一名叫朱迪的'女士'，其乃'蠓虫号'军官之财产，全体船员之伙伴。"

不到一小时的时间，朱迪便回到了英国炮舰上，而"班乃号"的后甲板也因舰钟回归，再现优雅庄重。没有人——即便是美国海军——能将勇敢的皇家海军水手与他们的舰船之狗分开。不过，这种兴致勃勃的玩笑与此时长江流域所面临的威胁程度极不相符。很快的，这些炮舰都将受到日军的侵袭——美国炮舰"班乃号"则首当其冲。

12月11日，日军地面力量第一次将他们的怒火对准了盟军目标——英国炮舰"蠓虫号"的姊妹舰"瓢虫号"，以及她所保护的船只。"瓢虫号"当时正停靠在芜湖，保护几艘英国汽船。没有哪怕一点儿警告，并且无缘无故的情况下，日军战机破空而出，投下了炸弹，并随后折回以机枪扫射。

一艘英国汽船沉没，还有一艘严重损毁。"瓢虫号"立即致电在汉口附近停靠的旗舰"蜜蜂号"，毫无疑问，事态严重。"蜜蜂号"立刻起航前往支援，然而却没来得及阻止"瓢虫号"被日军岸边机枪以几乎是近距离平射的射程攻击。

英国皇家海军"瓢虫号"遭到不断攻击，而这场突击猛攻直到她向下游行驶了好长一段，出了对方射程之后，才告一段落。然而，伤害已经造成。卫生员特伦斯·洛纳根当场死亡，"瓢虫号"上没有哪个军官没有负伤的。待"蜜蜂号"赶到芜湖时，也同样是冒着枪林弹雨，只能靠不断躲闪日军炮火来避免遭受重创。

与此同时，在被包围的南京附近，英国皇家海军"甲虫号"与"蟋蟀号"正为几艘英国货船护航，眼见着更多日军战机破空而出，向东飞去。此时此刻，"瓢虫号"的及时预警已被传达至长江上所有的英国与盟国船只：日本已开始对我攻击，所有船只务必对其敌对行为保持高度警惕。英国炮舰已经接到指令并准备就绪。

当日军战机俯冲进攻时，迎接他们的是12挺马克沁机枪，外加4门高射炮不断向空中猛烈扫射而组成的火力网。日军战机只得被迫中止进攻，一边拼命飞入云层的庇护，一边沿江随机投掷炸弹。然而，日本人在长江流域的进攻还远未结束，他们调转枪口的下一个目标就将是他们未来最重要的敌人——美国。

美国炮舰"班乃号"的船员——朱迪之前的绑架者——刚刚才将还滞留在南京的美国公民撤出了这个被包围的中国首都。因此，这艘不大的舰船此时已成为实际意义上的美国驻中国大使馆：船上有5名"班乃号"军官，54名船员，外加4名使馆工作人员和十几名相关的平民。同时，她还护卫着三艘标准石油公司（Standard Oil）[1]的油轮（"美平号""美安号"和"美夏号"），这三艘油轮也正在帮助标准石油公司驻南京的工作人员撤离。

一支由12架日本海军飞机组成的机队对"班乃号"突发攻击之时，正值午后。这批舰载战机——两架九五式舰上战斗机（*Nakajima*

1　标准石油公司（Standard Oil）由洛克菲勒（John Davison Rockefeller）于1870年1月10日在美国俄亥俄州创建，历经20年成为美国最大的原油生产商。1911年5月15日，美国最高法院依据《谢尔曼反托拉斯法》判决标准石油公司为垄断机构，应予拆散。根据这一判决，标准石油帝国被拆分为约37家地区性石油公司。其中，原印第安纳标准石油改名为阿莫科石（Amoco），与原俄亥俄标准石油成为现在英国石油公司的一部分；原纽约标准石油改名为美孚石油（Mobil）；原新泽西标准石油改名为埃克森石油（Exxon），后组建为今天的埃克森美孚公司；原肯塔基标准石油被加利福尼亚标准石油并购；原加利福尼亚标准石油改名为雪佛龙石油（Chevron），即今日的雪佛龙公司。

A4N）掩护着一组九六式舰上攻击机（*Yokosuka B4Y*）——共投下18枚60公斤的炸弹，同时用7.62mm口径的机枪对这支美国江上舰队进行猛烈扫射。"班乃号"身中两弹，并遭到机枪不断扫射，迅速下沉，没于浅滩。

在这艘饱受摧残的炮舰沉至河底之时，三艘标准石油公司的油轮也被炮弹击中，开始起火燃烧。船上多人死亡，而"班乃号"自身也是伤亡惨重。两名"班乃号"船员与一名意大利记者身亡，48人不同程度受伤。

"班乃号"上有两位美国新闻摄影师，有幸用胶片记录下了最初的袭击场面，并在上岸后拍下了"班乃号"的沉没过程。当这些镜头下的画面被公之于世时，这起无缘无故的袭击引起了普遍的愤慨。但是目前，"班乃号"已沉没，关于她的消息尚未传至美国高层。

时任美国亚洲舰队总司令的亚内尔上将此时正密切关注美军在长江流域所面临的麻烦。在无线电联络"班乃号"未果后，上将直接无线电呼叫了"蜜蜂号"，请求英国舰队司令帮助找寻失踪的美国军舰，其最后失联方位为南京北部江域。

"蜜蜂号"此时正忙着护送遭受重创的"瓢虫号"，但她还是答应了美方的请求，驶向下游，调查此事。霍尔特少将很快便发现了"班乃号"杳无音信的原因。散落江岸的残骸仍在冒烟，霍尔特少将一眼便认出了其中的美国炮舰"班乃号"，她已严重受损，但仍傲然露出水面。

"蜜蜂号"的军官和船员排查着烟雾缭绕的废墟，最初看起来并没有幸存者。然而，随后就有两个美国人从岸边的灌木丛里冒出来，并开始向英国军舰叫喊挥手。原来，剩下的幸存者中大多伤势严重，已被转移至最近的中国村庄。"蜜蜂号"派出的登陆小队共25人，连带找到的幸存者，包括所有伤者，最终全部登上了英国军舰。

当霍尔特少将向他的美国同僚电报这件显露无遗的丑闻时，世界哗然。美英政府旋即应对。他们要求日本立刻停止在长江流域的无端攻击，并将指挥轰炸英美军舰的日军军官撤职，同时对造成的伤亡与损失进行赔偿。

日方回应称，对英国军舰的攻击，以及美国"班乃号"的沉没，均因"误认身份"所致。日军飞行员没有看到英美军舰顶上粉刷的国旗，故将其错认成了中国军舰。于是，他们按照英美要求进行了赔偿，并将负责监督相关攻击的空军上校撤了职，且承诺未来不会发生此类事件。

"班乃号"沉没仅24小时后，南京沦陷了，举世震惊的"南京大屠杀"继而发生。多达30万中国人被以最残忍的方式杀害。而至此，这仍是一场不宣而战的战争：日本并未正式对华宣战。但"南京大屠杀"的消息还是传到了外国各界，他们向日本提出了强烈的外交抗议，首要发声的就是那些仍有炮舰停留于长江的国家政府，以及目睹了这场可怕惨剧的外国友人。

长江沿岸的噩梦正在蔓延，英美炮舰只能竭尽所能地继续巡航，但却面临着日本愈演愈烈的侵略行为，他们的暴行对当地人尤其。1938年3月，"蠓虫号"到达离上海上游400公里外的九江。鉴于日军侵入内陆的残酷暴行，它来此寻找有意愿撤离此地的英国侨民。

然而，在3月份写给霍尔特少将的信中，沃尔格雷夫舰长略显气恼地报告说，九江的英国侨民打算留守这个即将"战火蔓延"的城市。波蒂厄斯夫妇、拉格小姐和卢顿小姐，以及中国内地传教会的所有传教士，都下定决心，要以绝对的英式冷面孔展现出他们的威武不屈与坚定沉着，直面日本侵略者。

—— // ∧ \\ ——

此时，"蠓虫号"舰长当然不能强迫任何英国侨民撤离。他唯一能做的，就是与当地英国安全委员会——一个由少量当地英国侨民组成的类似警卫队的民间组织——商谈，尽力帮他们准备到位，以防日军侵入九江时会转而攻击英国公民。毫无疑问，这一幕不几日就会发生。

在这场逐渐蔓延开来的战争中，英国炮舰上的所有成员——包括他们的吉祥物——都绝对站在中国人这边。毕竟，他们的舰船上有中国水手；这些年来，他们在执勤工作中也与许多当地人结下了深厚的友谊；而他们中有不少船员都与当地姑娘相恋，并因此组建家庭，留在了这里。

事实上，"蠓虫号"的船员，包括朱迪在内，前不久在上海停留期间，刚好参加了这样一场婚礼。在"蜜蜂号"上服役的军士长查尔斯·古德伊尔，既是从长江里救出朱迪的维克·奥利弗的密友，也是朱迪的好朋友。也正因如此，一人一狗都获邀参加了他的婚礼，见证这战火硝烟中绽放的爱情。

军士长古德伊尔所选的新娘是个俄国酒吧女招待——一名寡妇——那时在上海的"猪和口哨"酒吧当女招待。婚礼结束后，"蜜蜂号"和"蠓虫号"的船员都来到"猪和口哨"酒吧，庆祝喜结这段良缘。一位上了年纪的中国算命先生被请来给船员们看看手相，新郎古德伊尔也在其中。但当算命先生仔细查看过古德伊尔的手相后，其面色明显变白，且沉默不语。

在场的大部分人都无情地取笑古德伊尔，但维克·奥利弗没有。他感到一种莫名的笃定，相信眼前这个算命先生确能预见未来，而古德伊尔和新娘在一起的时间不多了，他们的世界将被战争撕成两半。毋庸置疑，如果他们继续在长江流域巡航，势必将面对日军越来越不可遏制的侵略与攻击。

日军步步紧逼，中方不屈不挠地坚守，却还是节节败退，炮舰上的英国船员们也是无能为力。日军终于还是拿下了之前英国侨民坚持不愿撤离的九江。紧接着，他们又马不停蹄地向汉口推进——那里是各国炮舰在长江上的"第二故乡"，是船员总部"最强者俱乐部"的所在地，也是数月前，朱迪将倒霉的堂吉·库珀拖进粪池的地方。

面对这场血雨腥风，"蠓虫号"上的所有人，都不得不力求保持中立——包括这只幼时曾遭日军残忍欺凌的舰船之狗。朱迪似乎有种奇特的直觉，能准确无误地判断出哪些两条腿的家伙是爱狗人士，而哪些有可能把她当作潜在的美味佳肴，或是敌人。到了汉口，她将再次与那些曾经折磨她的日本人面对面。不过，在那之前，她先要和一些老朋友说再见了，难免会有些伤感与离情。

1938年4月初，"蠓虫号"再次抵达汉口。汉口是"蠓虫号"在中国的母港，因此这里必然会有个精熟于各种买卖的当地人与他们对接，以满足船员们的所有需求。在朴次茅斯，"蠓虫号"的英国母港，就有个"胖子"格林伯格，一个胖胖乎乎、乐乐呵呵的海军裁缝。每到"青黄不接"的日子，也就是发薪水前的几天，船员们总能从他那儿借到10先令——不用支付利息，握个手就完成的交易。

在汉口，这里"胖子"格林伯格就是老宋。出于某种不得而知的原因，长江上的船员们都叫他"乔·宾克斯"。乔·宾克斯是个高高壮壮、虎背熊腰的男人。每当大伙儿离舰上岸，准备尽情享受，好好放松时，他都会喜形于色，心情颇佳，而对"蠓虫号"的舰船之狗，他的迎接尤其热情。

乔·宾克斯是"蠓虫号"在汉口的官方买办，负责为舰船购置食物和一应所需物品。登舰做买卖时，他常常带着老婆和四个年幼的孩子，而孩子们特别喜欢与朱迪为伴。尽管指示犬主要是为狩猎而培育的种群，但它们大多都对孩子有一种本能的喜爱，像朱迪，就特别喜欢老宋家的孩子们。

在舰上飞奔，躲在她最爱的隐蔽之处，看孩子们能否找到她——这就是朱迪在这兵荒马乱、硝烟弥漫、情势紧张的长江下游最为开心的时刻了。若孩子们开心地大叫，那就是他们找到了她，不过朱迪会迅速扭转形势，先兴奋地手舞足蹈，再渐渐安静下来，一副对孩子们鼓鼓的口袋有所"指向"的样子，因为老宋家的孩子总是会给"舒迪"——这只安静的小狗——带来美味的礼物。

在当地人中，除了老宋家的孩子，朱迪最好的朋友莫过于一个被大家称作"缝嫂"的女人了。看这绰号就知道她负责"蠓虫号"上一切缝纫修补的活计，从衣物到陈设织物，都归她管。"缝嫂"总是搬把凳子，坐在甲板上，在阳光下飞针走线，一边给军官短礼服的衣领加白带子，一边用轻柔好听的声音跟她最忠实的伙伴——正陶醉其中的朱迪——聊天。

不过或许，在当地人中与朱迪最好的"一家人"是阿妈一家。阿妈是汉口外滩上出了名的强悍的女人。她们全家住在码头边一条小小的舢板船上，船上用藤条搭了个棚子。在阿妈的强烈争取下，她家与英国海军部签订了合同，使她的船成为英国炮舰"一般用途"的专属船只。她和她的孩子们每天往返于舰船与岸边，来回运送船员或物资。若是不需要她摆渡时，她就忙着帮舰船粉刷外体。

朱迪渐渐喜欢上了阿妈，更确切地说，是喜欢她的孩子们。只要一有机会，朱迪就会从"蠓虫号"跳上舢板船，然后骄傲地站在船头上，看着阿妈把一批船员运送上岸。不过，她最喜欢的还是跟阿妈的孩子们一起打闹嬉戏，可以猛地钻进藤条棚里，听他们欢快的尖叫声。

这些都是朱迪在汉口的特别密友，通过和这些当地家庭的交往，她才得以展现出她"女性"化的一面。然而，在1938年这个多事之秋的长江下游，这样的"大家庭"可能注定难保长久的周全完整，即使是在炮舰上的大伙，也是如此。

不可避免地，英国船员们将迎来又一次"轮换"，因凡"海外服役"满两年半者便会轮流返回英国。许多人并不情愿回去，尤其是如今这样战火蔓延的紧张时期。炮舰上的生活令人兴奋，充满危险，但也扣人心弦。相比之下，1938年的英国仍旧是个和平安稳的国度，给不了年轻水手们在长江巡航时所能体验到的刺激。

然而，天下无不散的筵席，炮舰上每个人的服役都有结束的时候。对朱迪来说，难过的是，这次轮到她最好的同伴们返回英格兰了。把她从长江里救出来的维克·奥利弗，救她出汉口粪坑的堂吉·库珀，还有把她带出养狗场，选她做舰船之狗的军士长杰弗瑞，都要回国了。一下子失去这么多亲密家人，对朱迪既是打击，也或许是个让她准备建立自己家庭的巧合时机……

与朋友们依依惜别后，"蠓虫号"迎来了新成员。在他们之中，有两个特别的人似乎立刻便得到朱迪的青睐。一是上等水兵劳，一个平易近人的大个子；二是一等水兵博尼法斯，大家都叫他"邦尼"，他极为幽默，看来会成为舰上的一个人物。这两个人在朱迪成为母亲的道路上起了关键作用。

一艘法国炮舰，"弗朗西斯·卡尼尔号"（*Francis Garnier*）停在了"蠓虫号"对面，而一艘美国舰船"图图伊拉号"（*Tutuila*）则停在了她的一侧。一开始，这两艘盟军舰船的到来还被大家看作欢聚一场的好契机。美军"图图伊拉号"的船员还受邀登上了"蠓虫号",可"有限地"使用他们的餐厅——或者说,他们的啤酒。因为,他们的啤酒要撑到4月26日,新的定量配给才能补仓。

英美船员一晚的痛饮欢宴后,"蠓虫号"的船员向"图图伊拉号"的兄弟们发起了挑战,要比赛射击。这是一场不分上下的较量:英国船员最后仅赢了一分。但法国炮舰"弗朗西斯·卡尼尔号"却给"蠓虫号"带来了一个意外的挑战,他们完全没有料到。

邦尼是第一个发觉朱迪有些异样的人。那天,他坐在位于船头的起居舱里,正试着集中精力给他远在朴次茅斯的女朋友写封信。然而,正当他就要想到合适的辞藻时,朱迪忽然站了起来,持续呜咽哀鸣,闷闷不乐地走来走去,然后又一屁股坐了下来。

最后,她轻步走到了通向主甲板和上面清新空气的梯子前,呆呆地向上凝望,好似一种固定的表达方式。然后,她像是哀求似的转向邦尼,用一种他从未见过的令人心碎的眼神看着他。

邦尼放下笔,望向她。"如果你一直呜咽不已,坐立不安,又怎么能指望我说服'热气球'酒吧的那个女招待躲开她妈妈,让我带她出去度假呢?"

朱迪迅速向爬梯回望了一眼,又开始用那种哀求的眼神盯着邦尼。

邦尼站了起来。"你怎么了?你想出去走走,是吗?那走吧,我们走!"

爬梯与墙壁呈30度夹角,中间有类似台阶的钢制宽横挡。朱迪俨然已成为一个爬梯高手。邦尼跟在后面,一人一狗,在甲板上闲逛了几分钟。然后,朱迪主动将他带卜了通往"蠓虫号"系泊处的舷梯。那挨着一艘废旧商船,其桅杆与索具均已卸除。

本以为朱迪要到处跑跑,疯玩一阵,但让邦尼十分惊讶的是,她看起来只是想在光秃秃的甲板上招摇过市，走来走去而已。朱迪骄傲地昂着头，尾巴也向上翘着，摆得像面信号旗似的，她就这样来回漫步，一反常态。这有些奇怪。非常奇怪！邦尼很困惑，不明白朱迪这是要干什么。

就在这时，他无意中扫了一眼废船的另一边，"弗朗西斯·卡尼尔号"正停在那里。他恍然大悟！此时，这艘法国舰船的船桥上有个相貌亮眼、四条腿的家伙正死死盯着萨塞克斯的朱迪，注视着她优雅高贵的一举一动。不过，让邦尼心中一惊的是：尽管这只"弗朗西斯·卡尼尔号"的舰船之狗比朱迪略高，前胸也更宽，但他会不会是朱迪的哥哥啊？

因为他也是只白底赤肝色的英国指示犬，长相与朱迪惊人得相似。

第六章

　　邦尼惊讶地盯着"弗朗西斯·卡尼尔号"上的那只狗。至于朱迪，她似乎觉得自己的任务已经达成；于是，欢快地摇着尾巴，转过身来，背对着法国炮舰和她的仰慕者，漫步上"蠓虫号"的舷梯。

　　邦尼一脸惊愕地摇了摇头。"原来如此。不过，这多像个典型的女性啊！她一定早就知道他在那儿，却偏偏不看他，只是卖弄一下风姿，就消失了！"

　　然而，转眼之间，这段求爱就变得有些传奇性了。与朱迪的表现正相反，保罗，这只"弗朗西斯·卡尼尔号"的舰狗，毫不掩饰自己已然坠入爱河的事实。眼下渴求的爱人就在近前挑逗，他又如何能错过，于是开始拼命挣脱束缚，全速冲下法国炮舰的舷梯，急切地追来，但却以四仰八叉地跌倒在那艘废船上告终。

　　他倒是坦然冷静，一翻身便跳了起来，好似一个身披重装铠甲的中世纪骑士，穿越过露天甲板，却全然没有察觉到朱迪龇着牙，撇着嘴，正一脸不屑地瞧着他。为了吸引朱迪的注意，赢得她的青睐，保罗终于决定放手一搏。他迈开强健有力四肢，以最快的速度沿着废船飞奔起来，展示着他超凡的雄性魅力。然而不幸的是，他高估了自己在光滑甲板上的制动能力。

随着一声绝望的哀号，这只法国炮舰的舰狗直接滑下了船头，咕咚一声便栽入水中，溅起了层层水花。讽刺的是，此时的朱迪才终于显露出自己的真实情感。她跳上"蠓虫号"的护栏，焦急地叫了起来，而她的情郎，正奋力在水中杀出一条血路，向她游来。当朱迪发觉保罗无法攀上英国炮舰光滑的船身时，她飞快地冲下了舷梯，邦尼则紧随其后。最终，在朱迪关切地凝视与急切的叫声中，邦尼俯下身，抓住了保罗的项圈，将他拉了上来。

这只法国狗从头到脚，全身湿透。但他的落水，以及几近丢脸的行为最终证明很是值得——通过把自己变成个笑柄，保罗终于打破了朱迪高冷的英式含蓄。朱迪也没有再掩饰自己的情感，而是帮他舔干脸颊，依偎着他湿漉漉的身体，用爪子抚摸着他。

邦尼惊讶地看着这两只狗。一开始，保罗真是一点希望都没有，却因为自己惊险搞笑的不幸遭遇，最终成了朱迪一生中的初恋。简直是突然之间，这俩便成了天造地设的一对。鉴于此，邦尼觉得，"蠓虫号"上的人需要跟他们的舰船之狗好好谈谈了。

如今的朱迪已经快两岁了——差不多相当于人类的20岁出头。邦尼估计，她已经准备好要生儿育女了。而眼下"弗朗西斯·卡尼尔号"的舰狗就在近前，确实可谓天赐良机。这样既可强化"英法友好协约"[1]，又能繁育出一窝优秀的法裔英国指示犬。不过，这并不意

---

1 英法友好协约（*Entente cordiale*）是英国和法国于1904年4月8日签订的一系列协定，它标志着两国停止关于争夺海外殖民地的冲突，转而开始合作对抗新崛起的德国所带来的威胁。协约中，双方就一系列国家和地区的控制权达成了一致，包括埃及、摩洛哥、马达加斯加、中西非洲、暹罗（泰国）等地。同时也为两国在第一次世界大战中的政治和军事合作奠定了基础。

味着朱迪马上就能结婚了，因为在那之前，她必须先了解什么是婚姻生活，当然还有她要承担的责任。

保罗偶然跌入港湾的那个午后，"蠓虫号"选出了五个代表，围坐在寝居舱的桌边，而萨塞克斯的朱迪则打扮一新，戴着她最漂亮的项圈，端坐在桌子上。

邦尼一脸严肃地看着朱迪。"我们觉得是时候该跟你好好谈谈了。我们可以说是你的法定监护人，所以我们自然想为你的幸福竭尽全力。但是，你必须明白，一切都得合乎时宜，按规矩来。"

他停顿下来，好让朱迪领会他的意思。朱迪歪着头，一副好奇求知的样子，像是在说：来吧，接着说！与此同时，她伸出舌头，舔了舔邦尼的手，好像在向他保证自己会认真听他说的每一句话。

邦尼点点头，很高兴她对这件事给予足够的重视。"你看，保罗无疑是只不错的狗，血统也好。而'弗朗西斯·卡尼尔号'上的人也都不错。因此，我们决定让你俩今天就订婚，如果一切顺利，明天便可成婚。不过有一个条件——你生的第一个孩子必须得叫'邦尼'！"

朱迪似乎点了点头表示同意，于是舰上的一个工程师抬起她的左爪，为她套上一个专门为此定做的脚镯。

"这个，"他一边帮她调紧脚镯，一边宣布道，"就是你的订婚戒指。"

朱迪盯着这个银圈圈看了很久。她从周围这些人说话的语调和行为举止知道，有件非常重要的事近在眼前，不过她可能无法完全明白这一切意味着什么。

第二天，朱迪和保罗如约举行婚礼。他们被引至废船的中央，如此双方船员都能在舰上观礼。邦尼与来自法方的一位船员共同主持这一仪式。两艘军舰上的船员欢呼雀跃，热烈鼓掌，而一群不明所以的当地人则聚在岸边，或挠头或摇首，充满疑惑。为了让这场仪式尽可能合乎时宜，圆满收场，邦尼轻轻拍了拍两只狗的头，说道：

"下面，闲言少叙，我很高兴地宣布你们……"他停下来，想了好半天也没找到合适的词语。难道要说结为"狗夫与狗妻"？他扫了一眼周围的人，希望能得到一点启发。还是说"保罗和朱迪"？

就在这时，"弗朗西斯·卡尼尔号"的舰桥上传来一个带着浓重口音的声音。是他们的舰务官。"一体！"他大声喊道，"宣布他们结为一体！"

"没错，就是这个——我宣布，你们结为一体！"邦尼确认道。

萨塞克斯的朱迪和来自巴黎的保罗——之所以说"巴黎"，是因为它听起来既高雅，又充满浪漫气息——就这样，结婚了。

保罗获准登上"蠓虫号"，在那里已经为两只狗狗搭建了一个特别的爱巢。缠绵三日后，保罗被送回了"弗朗西斯·卡尼尔号"，尽管他大声号叫抱怨，但大家对他的抗议均充耳不闻。

当死亡与毁灭正威胁着要吞噬朱迪周遭的一切时，她开始孕育新生命了，这或许也算是一种合乎时宜。在与保罗喜结连理几周后，她开始变得越来越丰满，她的眼中闪耀着对小生命的期待和作为母亲的笃定。而与此同时，日军战机开始攻击中国抵抗最激烈的中心地带，汉口首当其冲。

随着长江流域的战事吃紧，日本皇家空军启用了他们的现代双引擎中型轰炸机——九六式陆上攻击机（Mitsubishi G3M），直接从日本本土发出。据此成立的特别飞行小组要飞越中国东海，对中国重要城市展开大规模轰炸。九六式陆上攻击机号称航区可达4400公里，每架可携带800公斤炸弹——这是此前攻击长江炮舰的舰载双翼飞机承载量的许多倍。

这些战机目前尚未攻击汉口外滩停泊的外国炮舰。但是，每当它们从城市上空呼啸而过时，朱迪都会蜷起身子，护住腹部，像是在保护她那还未出世的孩子，同时充满抗拒地向天空咆哮。她已经开始痛恨这些从天而降、怒气冲冲的"大鸟"了，因为它们不断带来死亡与破坏，威胁着她腹中尚未降生的小生命。

不过，这天早上，正当又一拨日军轰炸机从汉口上空隆隆飞过时，"蠓虫号"上迎来了奇迹般的诞生！一脸倦容、连胡子都来不及刮的邦尼（"蠓虫号"上自告奋勇的接生员）跌跌撞撞地走下通往寝居舱的楼梯，欢欣鼓舞地大声喊道："生了，生了，总共生了13只！"

船员们你争我抢，一拥而上，都想最先看到新生的狗宝宝，当然还有他们骄傲的妈妈。定睛看来，军毯下面果真挤着13只朱迪的小号翻版：每一只从脖子往上都是赤肝色的，就像他们的妈妈一样，不过其中几只从前额到鼻子有一道醒目的白纹，也彰显了他们爸爸的基因。

13只小狗中最虚弱的三只很快便夭折了，剩下的十只在母乳的滋养下长得胖乎乎的。朱迪保护性地卧在自己的孩子身边，像个完美的妈妈，而且即使有络绎不绝的人来"蠓虫号"上道喜，好像也不能打扰到她的这一举动，或让她觉得尴尬。

朱迪看来很乐意向大家展示自己的宝宝，包括给"缝嫂"、老宋一家和船娘阿妈家的孩子们看。不过，这会儿却有一个家伙见不到狗宝宝，那就是他们的爸爸保罗。如今，他也算是功德圆满了，而朱迪似乎也已忘记了她的法国情郎，甚至好像他从未存在过似的。

—— // ∧ \\ ——

· 071 ·

很快，"蠓虫号"上便到处是摇摇晃晃、蹒跚而行的小奶狗，船员们越是要将它们送回窝里，它们就越是乱蹬胖乎乎的小肉腿，想要挣脱。小家伙们把舰上能钻的地方都钻了，能咬的东西也都咬了，所到之处，一片狼藉！

待它们长大些了，可以用牵引绳带着散步时，保罗才终于看到了自己的孩子。他好奇地嗅着它们的味道，好像在试着确认它们是否真的是自己的血脉。很快，小家伙们就又被带回了"蠓虫号"，毕竟户外不宜久留。日军战机在空中造成了严重的持续性威胁，如今在汉口，任何出行都有危险。

就在小家伙们离船出行后不久的一个下午，一个中队的日本轰炸机借着河谷的掩护，偷偷逼近汉口，准备实施轰炸。但是，朱迪听到它们来了。最近空袭太过密集，以至于朱迪几乎没有时间或机会发出她例行的预警。不过今天她似乎觉察到了异样：空中的敌人正奔着她的家人而来——她四条腿的和两条腿的家人们。

她开始疯狂地呜咽哀鸣以召唤自己的孩子，当轰炸机呼啸而至开始攻击时，朱迪试着用自己的身体包裹住孩子们，同时绝望地嘶吼着，向船员们做最后一刻的示警。几秒钟后，领头的战机掠过"蠓虫号"，扔下了炸弹。炸弹就像黑色的恶魔一般扑向舰船，却在最后一瞬，微微偏离了轨道，擦着船头滑落了。

炸弹冲进水中，在"蠓虫号"前方爆炸了，激起的白色浪花，好似一片片巨大的鸟羽，痛苦地扭曲着、翻滚着。爆炸所产生的冲击力震荡了整个船身，蜷缩着的朱迪紧紧搂住自己已然吓得瑟瑟发抖的孩子们，而被炸起的江水此刻正如大雨般瓢泼而下，四散漫延。被如此突袭，令人惊愕——毕竟自炸沉"班乃号"至今，日军都遵守了承诺，并没有攻击任何中立国的舰船。回过神来的"蠓虫号"船员们此时才冲向各自的战斗位置。

紧跟着领头的轰炸机，整个飞行中队呼啸而至。正当"蠓虫号"的枪手将马克沁机枪对准敌机之时，汉口外滩的上空传来了一种新的声音——那是美国普拉特·惠特尼[1]产的"大黄蜂"星形发动机引擎的咆哮声。朱迪并不知道这意味着什么。空中的突袭激战无疑让她作为母亲的忧心恐惧雪上加霜，但此时赶来的王牌战队恰是来解救他们的，而且看情形，来得正是时候。

当8架带有明显短鼻子制式的波音P-26"玩具枪"（*Peashooters*）战斗机向日军战机俯冲攻击时，"蠓虫号"的甲板上传来一阵此起彼伏的欢呼声。P-26是美国最早制造的一批全金属战斗机，中国空军曾多次使用这种令人生畏的战机。日军显然也见识过"玩具枪"战机上勃朗宁机枪的威力，毕竟曾有20架九六式陆上攻击机在南京上空被它击落。

这些波音P-26战斗机由中国飞行员驾驶，每架上都有一个技术娴熟的英国、美国或其他盟军的王牌空军志愿者做辅助。他们从等待航线的高度俯冲而下，撕开了日军战机的阵型。本要攻击汉口外滩的轰炸机立刻乱了阵脚，为了减轻负载，它们仓皇丢下炸弹，便想逃之夭夭。不过，还是有跑慢的。

有两架日军九六式陆上攻击机被"玩具枪"7.62mm口径的机枪从头到尾扫射了一遍，在猛攻下抖动了起来，随后便开始冒烟，机身起火，最终一前一后从万丈高空坠入了等待已久的长江。"蠓虫号"——以及朱迪和她的孩子们从看似注定无望的灭顶之灾中得救

1　普拉特·惠特尼集团公司（Pratt & Whitney）创建于1925年，是美国最大的两家航空发动机制造公司之一，也是世界主要的航空燃气涡轮发动机制造商之一。

了，但这次死里逃生让大家意识到亟须将小狗转移到安全地带。得给这十个小家伙儿找到新家，而且要快。

不过，"蠓虫号"上的船员们并不知晓，这次波音P-26战斗机的及时出现并不是个看似奇迹般的偶然。事实上，一个秘密早期预警系统已经就位，它会将日军战机即将到来的消息发信号告知中国空军，而这一切就在日军眼皮子底下进行。不知不觉中，英国炮舰"蠓虫号"成了激活这个预警系统，使之运行的关键角色。

数月前，斯坦利·科特雷尔——"蠓虫号"的电报员，也是他们的摩斯电码操作员——登陆芜湖，到美国教会医院接受一个紧急的医疗手术。在他休养期间，恰逢医院需要联系芜湖码头以寻求一位医生的帮助，而那位医生刚好正在那里停泊的一艘船上工作。于是，科特雷尔主动提出使用摩斯电码来发送消息。最终，他在医院的房顶上，用一面镜子反射太阳光，成功向那艘船发送了信息。

没过多久，医院的修女便请求科特雷尔教他们摩斯电码，这样以后再有类似需要，她们就可以自己发送消息了。于是，科特雷尔便开始教她们摩斯电码，而在他的学生中，有一两个中国医护人员学得格外认真。他们后来还默默学习了无线电的操作，并在一个绝对隐秘的遮蔽物下，在医院房顶安装了无线电设备。

每当有日军战机掠过芜湖上空，沿长江飞入内地，寻找攻击目标时，那些中国医护人员就会偷偷爬上房顶，用摩斯电码发出无线电警报。如此，汉口这边才得到了预警，P-26"玩具枪"战斗机才能奇迹般地从天而降，赶跑日军战机。最后，日本人虽发现有无线电信息泄密，却始终无法确定那个藏在美国教会医院屋顶的发报机的位置。

把小狗们送走的工作要尽可能逐步进行，这样能缓解对朱迪的打击。第一只小狗自然是送给了"弗朗西斯·卡尼尔号"上的军官和船员们。紧接着是汉口赛马会,因为他们提出了让舰长觉得难以拒绝的交换条件:用一挺刘易斯轻机枪和四盒弹药,换一只小狗。其他小狗被陆续送给了驻扎在汉口的外交人员,还有一只则送给了美国海军炮舰"关岛号"[1]。

第十只小狗,也就是最后一只,跟了一个苏格兰工程师,他在一艘尚在长江上运营的汽船上工作。孩子们都被送走了,朱迪身边再一次只有两条腿的人类家人为伴,在"蠓虫号"这艘小型英国军舰上一起面对日本人愈渐嚣张的狂暴。接下来的日子里,船员们的意志将受到前所未有的考验。

临近1938年夏末,当日本人准备要占领汉口时,一艘中国海关船"江兴号"为了使日本军舰无法轻易定位导航,驶入汉口港口,故意将江面的指示浮标顶开。日军战机从空中发现这一情况后,立刻开始用机枪扫射"江兴号",进而轰炸。

"江兴号"不久便起火,并开始下沉。它的英国指挥官克罗利船长为了让船员们得以逃生,奋力将船撞向岸边。但是,在掩护船员上岸的过程中,克罗利船长和他的大副,以及船上的工程师三人都遭到机枪扫射,当场殒命。另外还有几名船员受伤。而日军战机却仍不肯罢休,在空中来回盘旋,搜寻幸存者。

"蠓虫号"是当时距他们最近并能赶来救援的英国军舰。它责无旁贷,驶入长江,在那一大片腾起的黑色浓烟的指引下,奔向残破的"江兴号"。所有船员各就各位,弹药上膛——外加一只向天空愤怒

1　这里所指美国海军炮舰"关岛号"（*USS Guam PG-43*),其于1941年4月5日更名为"觉醒号"（*USS Wake PW-3*)。

咆哮、以示警戒的狗——就这样，"蠓虫号"驶至盘旋的日军战机下方，并放下了两艘救生艇。"蠓虫号"的船员们将幸存者救起撤离，同时将死难者的遗体尽可能带回。不知为何，日军战机对此并未干预。

不久之后，"蠓虫号"收到了汉口海关总署送来的两个用以表示感谢的足球，还有一封由"江兴号"幸存船员亲笔所写的感谢信。这封信概述了"蠓虫号"上全体成员（所有人和狗）杰出的团队精神与英雄壮举：

> 汝等英国海军军士，无论官阶品级，临有需者，皆能
> 不分贵贱，仗义相助。汝虽视此举为分内常规之事，然吾
> 辈平民对汝之壮举万般崇敬，心存感激，永不敢忘。

然而，这种无私的壮举却无法阻止日本人对这座"炮舰之城"——汉口的占领与欺凌。

随着冬日来临，寒风凛冽，日本侵略者进入了汉口。在最后关头，中国的抵抗力量决定，不可固守城市决一死战，而要隐于丛林，待得来日再战。于是，日军战机开始在汉口上空轰隆隆地盘旋，日军舰船也停进了汉口外滩，全副武装的日本兵在汉口的大街小巷设岗守卫，又一座中国城市成了他们的囊中之物。

"蠓虫号"依旧停泊在往常的位置上，靠着那艘废船，冷风嗖嗖地吹过它的甲板、穿过走廊。朱迪趴在她船桥下的弹药箱床里，抬起她美丽的头，感知着周遭已悄然改变的氛围。这座中国的港口城市曾经的喧嚣熙攘已不再，取而代之的是人们在空前残暴的占领下所发出的呻吟。

—— // ∧ \\ ——

没过多久，朱迪就与这些入侵者发生了第一次正面冲突。汉口沦陷几天后的一个清晨，邦尼——朱迪自告奋勇的"接生员"，和她的大个子保护者上等水兵劳，像往常一样，带着她在外滩散步。两人一狗走着惯常的路线，一路无虞，可正要回"蜣虫号"时，麻烦就来了：眼前的岸边出现几十个警戒的日本兵，其中一个正在前方设岗盘查。

朱迪习惯性地快步上前，闻起了日本兵齐膝的军靴，那个哨兵的反应却出乎意料，有违常规。几秒钟之内，他的声音已经近乎疯狂尖叫，还不断厉声斥责朱迪和她的两个同伴。他薄薄的嘴唇唾沫横飞，怒气冲冲地警戒示意这只狗和她的同伴赶紧滚开。如此愚蠢的举动，怎能不惹出事端。

朱迪站在原地。她从他的脚边抬起了头，毫无疑问，此时她脑海中浮现出了早年的记忆，她在上海的保护人苏先生以及他被日本人痛打的画面，于是她张开嘴，形如咆哮，却未发声。那个日本兵见状，后退了一步，脸已然气紫了。他拿起了他的步枪，拉开枪栓，子弹上膛，金属碰撞的咔啦咔啦声清晰可辨，瞬间响彻了在他设岗制约后空荡荡的码头。

日本兵已举起了枪，但他此刻要射杀的可不是一条普通的狗，而是英国皇家海军的舰船之狗，是"蜣虫号"炮舰的吉祥物，也是他们名副其实的一员老将。上等水兵劳没怎么犹豫，只见这个大块头儿一步上前，先挡住朱迪，然后一把就把那个小个子日本兵举了起来，连人带枪扔向了码头边，任他尖叫、任他胡言，也已无济于事。

只听一声绝望的尖叫被水花湮没，日本兵便掉进水里不见了。邦尼、劳还有朱迪迅速向他们的舰船跑去，他们大概知道没有多少日本兵是旱鸭子。所以片刻之后，待那个浑身湿透的哨兵爬上岸，他就赶忙回舰上报告此事。很快，日本人便来兴师问罪了。

简单交换意见后，一名双腿僵硬的日本军官被迎上了"蠓虫号"，他身上所配的军刀太长，看着总好像要将他绊倒似的。出于必要，英国炮舰的舰长们都已练成了圆熟的外交家。毕竟，鉴于过去一年的敌对局势，超强的外交手腕已经成了在长江上安全巡航的必要前提。此时，朱迪已被藏了起来，日本军官在温言劝抚与大量朗姆酒的"贿赂"下，情绪缓和了不少，最终只得无功而返。

　　这样的造访之后又来了几次，因为这个日本指挥官想要搞明白，他们这些"光荣的解放者"如何以及为何会遭到如此不敬与无礼的对待，还有就是，究竟谁该为那只狗负责。不过，军官室的朗姆酒供应显然还撑得住，因此也就没人对邦尼和劳再提起此事。然而，还是有个明显的变化，那就是萨塞克斯的朱迪自此不能离舰了。

　　想来，若朱迪与日本人再有任何近距离接触，怕是会小命不保。

第七章

待转过年来，也就是1939年，英国"昆虫级"的炮舰队显然算得上是"老家伙"了。自1916年投入使用，这些炮舰首次服役于第一次世界大战，至今已经快25年了。近一段时间以来，英国海军部一直打算用功能更强的现代军舰来替换它们。

1939年初的几个月里，第一批新型舰船"蝎子号"（*Scorpion*）、"蚱蜢号"（*Grasshopper*）和"蜻蜓号"（*Dragonfly*）陆续从英国起航，前来接替"蜜蜂号""瓢虫号"以及"蠓虫号"等"老前辈"的工作。第一艘舰船——"蝎子号"——是这支新舰队的旗舰，造价高达16.8万英镑，它也是其他姊妹舰建造的模板。

"蝎子号"的船幅比"蜜蜂号"略短也略窄，但它在速度、装备以及保护性上都比它的前辈要强，再加上完备的通信与制导设备，显然要更胜一筹。舰上的一对102mm火炮、八挺12.7mm重机枪，以及驾驶室、无线电室和比较薄弱的机房四周都装有防弹钢板。

不过，具有讽刺意味的是，当这些威力更强的新型军舰抵达长江水域时，也恰是这种炮舰时代的终结日！

1939年6月，"蠓虫号"的船员，包括舰船之狗朱迪，搬进了他们闪闪发光的新家——"蚱蜢号"。新军舰上，很多事都不同了。首先，她有了个新舰长，海军少校爱德华·内维尔，这意味着将朱迪从上海养狗场买来的两个人——指挥官沃尔格雷夫和军士长查尔斯·杰弗瑞——以后都不在她身边了。

"蚱蜢号"上现在有75名船员，这意味着现在舰上的气氛比不得"蠓虫号"那般亲密团结，轻松愉快。尤其令朱迪难过的是，甚至连邦尼和劳也不在她身边了，因为他们将作为骨干船员，留在"蠓虫号"上。如今，过去几年中稳定熟知的一切都离她而去了，朱迪将面临她生命中前所未有的巨大挑战。

船员们几乎还没来得及适应新舰船上的生活，英国便已对交战的德国宣战了。虽然日本现在尚未进入与英国的敌对状态，但当这场战争演变成20世纪第二次威胁整个世界的超级战争时，日本会站在哪一方已不言而喻。"蚱蜢号"几乎还没怎么在长江上巡逻，就接到了英国海军部的命令，开往公海。

"蚱蜢号"将同"蝎子号"与"蜻蜓号"一起，经由香港和澳门，前往英国在太平洋上的重要据点——新加坡。这次航程还是有些争议的，因其并没有导向会与英敌对的日本，而是偏离了差不多3000多公里。不过，对朱迪而言，这倒是她第一次离开长江流域，前往广阔的海洋。

此时的朱迪不得不离开她的孩子和大部分朋友。她漂亮的爪子稳稳地扒在移动甲板上，"蚱蜢号"起锚离开上海，向中国南海海域驶去。在她身后，"蠓虫号"和其他许多炮舰也正准备起航，带着骨干船员前往新加坡。在过去两年半的时间里，长江一直是"蠓虫号"的家，而对朱迪而言，时间则更久，是整整三年的时光。然而如今，不论是舰船还是舰狗，都不会再有幸回到这片熟悉的水域了。

"蚱蜢号"的设计定位就是一艘内河炮舰，所以其吃水深度只有6英尺6英寸[1]。因此，在大海的波涛汹涌中，它左右摇晃，翻滚起伏，只能以接近其最快17节的速度奋力前行。刚开始，朱迪严重晕船，不管认识她的人怎样哄她，她都拒绝进食，也不愿离开自己的弹药箱床。不过，船员们后来还是把她带到了甲板上，进行常规锻炼，以帮助她恢复适应。待"蚱蜢号"快要抵达香港时，朱迪终于在海上站稳了脚跟，并且胃口大开，吃起东西来犹如传说中的圣马。从此之后，她倒是再也不晕船了。

新加坡夹在今天的马来西亚和印度尼西亚之间，被认为是英国在远东固若金汤的堡垒，一旦日本对英国宣战，她将会从中途阻截日军。作为众所周知的"东方直布罗陀"，这个海岛要塞由大量381mm口径的大炮环绕保护，形成了看起来坚不可摧的海岸防御工事。

一旦日本开战，所有的人，包括英国首相温斯顿·丘吉尔在内，都指望新加坡能撑住至少三个月，拖延时间，等待增援，再击退敌军。不幸的是，这种假想存在几个明显的错漏。首先，日军拥有空中优势。英国驻新加坡的战机数量很少，且都陈旧不堪，根本无法与配备了可怕的零式舰上战斗机（*Mitsubishi A6M2*）的日本空军匹敌。

更重要的是，新加坡的守卫军几乎没有任何坦克，且所有炮火力量都被安置在面向大海的岸边。如果敌人直接从陆上发起进攻，那么新加坡将守无可守，无力抵抗。此外，尽管新加坡有重兵把守，但事实上这些驻兵均未受过任何丛林战的训练，而丛林战正是他们即将要

1　1英寸等于0.0254米。

面对的战争形式，又恰是日军的强项。

不过目前日本尚未宣战，"蚱蜢号"及其姊妹舰抵达新加坡之时，这个岛屿还是一派"歌舞升平"的繁荣景象。当战争横扫欧洲大陆，英国及其盟军被赶出法国之时，新加坡看起来仍是个世外桃源，尚未被这场战争波及。

至于朱迪，她正在逐渐适应这舰上陌生的新生活，一种完全不同于在浩浩荡荡的长江水域巡航的生活。比起之前"蠓虫号"在中国水域上积极巡航的岁月，新加坡算得上非常平静——但这种平静恐怕也维持不了多久了。

朱迪在新舰上结交了一帮特别的朋友，其中最主要的当属乔治·怀特军士，毕竟他们的初见场面可谓奇谲诡异。一天早晨，救生艇长怀特来到了"蚱蜢号"所停泊的新加坡吉宝港，大步走上了舷梯，准备正式报到加入舰船编队，却对接下来所发生的事毫无预料。他登上舰船，向长官行了个漂亮的军礼，却在这时被什么东西撞上了肩膀，险些扑倒，然后还被那东西紧紧攀住，最后一把拽走了海军帽！

袭击怀特的也是个新来舰上的——猴子米奇。米奇所属的舰船开往波斯湾执行任务去了，所以"蚱蜢号"的船员们同意暂时照看他一段时间。朱迪讨厌这只猴子，但是艇长怀特遭袭的那天早上，她却在一旁看得着迷。不过，猴子终归不是人的对手。说时迟，那时快，怀特在米奇逃跑之前，一把抓住了他，夺回了帽子，然后毫不客气地把这个小东西摔在了甲板上。

米奇愤怒地尖叫起来，想要回自己的战利品，而艇长怀特当然是不会再给他机会。他将帽子稳稳地戴在头上，也正是这时，他看见了朱迪。她坐在米奇的活动范围——也就是那条如船长拴住米奇锁链的绳子之外，正歪着头，一脸愉悦地看着他。如果不是朱迪一脸幸灾乐祸地瞧着他，好像是设计陷害他的主谋一般，艇长怀特一定会惊叹她是一只多么美丽的狗。

"笑！笑她个头啊笑！"他一边嘟囔着，一边怀疑这只舰狗跟那只猴子合谋了这次袭击。

怀特很快就会发现，这两个小动物之间根本没爱可谈。朱迪第一次碰到米奇的经历可能是自她上次掉进汉口粪坑以来最丢脸的事儿了。米奇刚被安置在"蚱蜢号"上时，朱迪完全不知情。拴米奇的锁链是通过一个可滑动的金属环挂在横置长绳上的，这样他可以跳上跳下，也可以荡来荡去。也因此，当朱迪走入绳索范围时，完全没有意识到危险，更没想到米奇会突然跳上她的背。

众目睽睽之下，朱迪就像匹牛仔马，弓背跃起，边跳边甩，可是米奇用双手紧紧攀住了她，就是不下去。最终，既困惑又挫败的朱迪，就像上次掉进粪坑时一样——用尽全力，扯着嗓子，大声哀号以求助。似乎是意识到了自己给朱迪带来的痛苦，米奇主动爬了下来。然后，他试图用胳膊搂住自己"坐骑"的脖子，以示安慰，可朱迪根本不领情。

她开始缓慢后退，但两眼始终盯着米奇这个小坏蛋，直到自己能够安全冲下寝居舱的梯子为止——这一幕引得船员们哄堂大笑。从那以后，朱迪一直忍着米奇，但也仅此而已。每当他趁其不备，跃上其背时，她都背着他继续走，用庄严的沉默隐忍痛苦。但朱迪还是决心在这个小恶魔身上找点乐子，就像刚刚看他伏击怀特，就让她很开心。

那一天，还有一个人来这个炮舰队报到，他和艇长怀特一样，也是刚从英国来的。他就是一等司炉莱斯·瑟尔，不过他报到时倒是成功躲开了那只放肆的猴子，并且很快就被朱迪——这只忠诚捍卫炮舰的传奇之狗所吸引。而她的美誉将在不远的未来，被一再印证是与实相符的。

日本国内自然资源严重匮乏，因此对于资源的极度渴求驱使着它向外扩张，加之英国及其欧洲盟国在这场战争中频频失利，日本帝国觉得是时候要出击了。它精心策划了一系列偷袭，主要目的就是攫取今天的马来西亚、印度尼西亚、文莱以及菲律宾等国丰富的石油和煤炭资源。新加坡正好位于它垂涎已久的这片区域的中心，因此日本要达成计划，必须先捣毁这座海岛堡垒。

同样，如果日本帝国想要阻止美军前来帮助他们的盟友，就必须将几千英里以外位于太平洋中部的美军基地珍珠港炸成废墟。而美国在菲律宾的军事基地亦在马来西亚和印度尼西亚轻易可攻击的范围之内，故须同理处之。

因此，1941年12月8日凌晨4点——当时的夏威夷时间还在12月7日——第一拨日军轰炸机空袭了毫无防备的新加坡。几乎同一时间，日军舰载机队对珍珠港发动了一次凶狠地攻击。日本此举完全出人意料，因此美国太平洋舰队损失惨重。之后，日本空军又进而袭击了美国在菲律宾的军事基地，与此同时，日本陆军由舰船抵达马来西亚登陆，准备从陆路向新加坡推进。

随着日军战机对英国在远东的战略要地不断地轰炸，英国皇家海军军舰"反击号"（*Repulse*）和"威尔士亲王号"（*Price of Wales*）均从牙买加赶来支援。这一艘战列巡洋舰和一艘战列舰同属于英国皇家海军"Z编队"，由四艘驱逐舰护卫，但是没有空中掩护。然而，在前往新加坡的途中，它们不幸被可导航战机实施攻击的日本潜艇伊-56号（*I-56*）发现。

于是，一拨接一拨的九六式陆上攻击机——也就是在长江轰炸英军炮舰的同款战机——开始用鱼雷和炸弹对"反击号"和"威尔士亲王号"进行狂轰滥炸。12月11日12点35分，"反击号"首先被击沉，此后不到一个小时，"威尔士亲王号"也沉没了。而日军仅仅损失了四架战机。

"反击号"和"威尔士亲王号"被击沉的消息震惊了全英。丘吉尔获悉后的第一反应是难以置信，"你确定这是真的吗？！"他问道。这对守卫新加坡以阻止日军进攻进程的英军无疑是致命的一击。

更无可奈何的是，那三艘已抵达新加坡的长江炮舰如今竟成了守军可用的最大战舰。接下来几日，日军后续部队轮番作战，经由马来亚（即今天的马来西亚）南下，向新加坡推进。新加坡守军英勇奋战，但是他们在武器弹药和战略战术上都逊于对方，还时时受到来自空中的威胁。

为了躲避空中打击，"蚱蜢号""蜻蜓号"还有它们的姊妹舰"蝎子号"只能采取夜间行动，也处于持续战斗状态。它们不断炮击敌军，冒着生命危险营救从丛林里撤退的英军战友，所到之处，朱迪怒吼的"预警系统"，助她们躲开了肆虐的日军战机。

在一次冒险的行动中，这三艘炮舰从日军眼皮底下救走了1500名英国士兵，并将他们安全带到了新加坡。在另一次任务中，刚刚在新加坡加入炮舰队的一等司炉莱斯·瑟尔与另外四人组成了营救小分队，上岸寻找并营救盟军士兵。但是，这只小分队在黑暗中遇到了敌人，瑟尔腿部中弹。

一等司炉和他的战友们最终还是回到了舰上，而他也很快被送往在新加坡的海军医院。自从日本宣战以来，朱迪经常陪着"蚱蜢号"

—— // ∧ \\ ——

的卫生员一同上岸照看生病或受伤的船员。她似乎能够感觉到，自己的出现会带给伤员们极大的安慰。

莱斯·瑟尔听说过所有关于这只"蚱蜢号"舰狗的传闻，但是直到恢复腿伤的这段时间，他才有了真正认识她的机会。每当他用手指抚摸过她那柔软光滑的皮毛时，他的思绪就被带回了自己的家乡。这就是舰船上有只像朱迪这样的狗，或者说是一只能够探望伤员的狗的美妙之处。她能让人暂时忘记战争的残酷，忆起和平岁月，但令人伤感的是，那些美好岁月似乎就要消逝不再，成为遥远的过去了。

伤员莱斯·瑟尔和舰狗朱迪就这样自然而然地结下了一段深厚的友谊。他们的感情将在未来血雨腥风的岁月中鼓舞人心，长长久久。

1942年2月11日，这支仍然坚守新加坡的小小舰队终于收到了撤离的命令。在过去八个星期中，这个海岛要塞几乎已被敌机夷为平地了。海港巨大的储油罐一直在剧烈燃烧，喷出一团团令人窒息的有毒浓烟，四散蔓延，与这座城市四起的火焰鬼魅般地交织混杂。

尽管日本人在空中与海上都掌握了近乎绝对的优势，很多人还是期待着另一个"敦刻尔克奇迹"[1]的发生，希望这支舰队无论如何都能全身而退。在日军的狂轰滥炸下，"蝎子号"已经严重受损，因此它是第一批撤离的军舰之一。它满载着逃亡的平民，才刚航行至新加坡以南300公里处的贝哈拉海峡，便遭遇了日军入侵舰队先锋——一

---

1 敦刻尔克（Dunkirk）是法国北部濒临多佛尔海峡的一座古老的小城。第二次世界大战期间，近40万英国、法国和比利时的军队被围于此，陷入绝境。于是，盟军动用各种大小舰船861艘，组织了一支舰队，开始了一场规模空前的撤退行动。最终，撤退历时9天，共撤出33.8万人，史称"敦刻尔克奇迹"（Miracle of Dunkirk）。可以说，如果没有敦刻尔克奇迹，英国在欧洲的远征军应该是全军覆没的。

艘轻型巡洋舰"由良号"（*Yura*），以及它的两艘驱逐舰"吹雪号"（*Fubuki*）与"朝雾号"（*Asagiri*）。

尽管"蝎子号"奋力抵抗，这艘小型炮舰还是机会渺茫。很快，整艘"蝎子号"便燃起了熊熊大火，完全失控，等到舰船沉没时，只剩下20位幸存者，还全数被日军所俘获。阵亡者中就有朱迪认识的军士长查尔斯·古德伊尔，那个在上海与俄国酒吧女招待结婚，被中国的算命先生算出命运不祥的人。而在这短短的一周之内，朱迪还将有许多挚友永远逝去。

2月13日，新加坡开始进行最后一批人员撤离，大约有50艘小舰船准备撤离这个被围困的海岛城市。妇女和儿童优先撤离。于是，当"蚱蜢号"船员把受惊的孩子们抱上舰船时，还要安抚不知所措的母亲们。他们必须想方设法安置舰上数量庞大的乘客。

萨塞克斯的朱迪当然不必为这些琐事操心：一整天，她都蹿来蹿去，从一个新登舰的人到另一个的身边，不停地摇着她的尾巴，并用鼻子在那些伤心难过、泪流满面的人们的掌心摩挲。她似乎意识到了事态的严重性，也在渐渐理解一只狗的存在象征着常态与家庭，能够抚慰这些撤离者的心，而他们中的许多人都不得不把自己心爱的宠物留在新加坡。

朱迪尤其招孩子们喜欢。她带着他们参观舰船，展示她所知道的最佳躲藏地点，跟那些还有心情玩耍的孩子们玩她最喜欢玩的游戏。但是，"蚱蜢号"因为过于拥挤，几乎已经没有可供玩耍的空间了。它的正常承载量是75人，可如今舰上的人已经扩充了四倍，光是甲板上就挤了两百多个人。

不久前刚遭到猴子米奇袭击的怀特军士是"蚱蜢号"的救生艇

长，这意味着他负责想办法满足舰上所有撤离人员的主要需求。比如，在硝烟弥漫的新加坡为这两百多个"超额人员"弄到足够的水和食物，甚至还得满足他们的一些特殊需求，像婴儿牛奶、肥皂、厕纸，以及给小孩吃的巧克力——如果能找得到的话。

上一年9月，"蚱蜢号"刚更换了舰长。如今的指挥官杰克·霍夫曼舰长正在舰桥上与他的高级军官一起研究可能的撤离路线——尽管看起来杀出一条血路的机会并不大。另外，他刚刚得到消息，当地三艘满载着撤离人员的船只"热浪号"（Redang）、"祥禾号"（Siang Wo）和"江比号"（Giang Bee），已于当天被日军拦截并全部击沉了。

当晚9点，"蚱蜢号"起航向公海驶去，与它同行的还有它的姊妹舰"蜻蜓号"以及一艘船厂的拖船和两艘双层游艇。这五艘舰船全部满载撤离人员。朱迪在拥挤的"蚱蜢号"后方找到了自己的位置：她蜷缩在最需要她的人身旁——那些从新加坡撤出的孩子。当五艘舰船驶离吉宝港时，他们背后的新加坡已被炸成一片火海。

正当"蚱蜢号"要开往相对安全的漆黑海面时，空中传来了日本战机俯冲而下的凄厉叫声。这令人毛骨悚然的声响被炸弹坠落的尖叫所打断，紧接着就是港口设施被摧毁的震耳欲聋的爆炸声。留守部队还在用探照灯扫射烟雾弥漫的夜空，寻找日本战机，开火还击。但是，对那些正驶离新加坡的人们而言，这个海岛要塞的命运已经一目了然。

随着太阳升起，这支小舰队开始向新加坡以南300公里的贝哈拉海峡驶去。"蜻蜓号"在阿尔弗雷德·斯普罗特舰长的指挥下在前领路。海上风平浪静，湛蓝的天空万里无云，而这意味着，若此刻日军战机来袭，他们将没有任何遮蔽。在他们的东南方是一群热带海岛，舰船的指挥官们指望着能够在此间暂时隐蔽，躲开日本海军的攻击。

　　然而，这一天从一开始就隐隐不祥。果不其然，上午9时左右，一架日本四引擎驱动水上飞艇——二式飞行艇（*Kawanishi H8K*），盟军代号"艾米丽"的独特身影不知从什么地方冒了出来。它以时速465公里的极限速度俯冲而下，若不是要袭击领航的"蜻蜓号"，那姿态也算得上优雅动人了。两枚炸弹扔了下来，但并未击中目标，很快它就被"蜻蜓号"的机枪火力赶走了。

　　二式飞行艇主要是海上侦察使用，一般能携带大约1000公斤的炸弹，所以摆脱它是件好事。但同时，大家也清楚这意味着什么。

　　他们不得不假定，他们的确切方位已被飞艇通过无线电告知了距离此地最近的日军，无论是军舰还是战机，很快就会来。

第八章

　　飞艇消失后还不到几分钟的时间，一连串深层爆炸的回响便穿越海面传来。那天早晨的第一批英国船舰遇袭了，那是三艘小型船只——"瓜拉号"（*Kuala*）、"恭和号"（*Kung Wo*）和"田光号"（*Tien Kwang*）。它们的方位与"蜻蜓号"和"蚱蜢号"之间隔了一群小岛，因此这两艘英国炮舰上没人看清具体发生了什么。但是，他们能听到这些小船遭到日本战机袭击，并被轰炸和猛烈扫射的声音。

　　这天清晨时，"瓜拉号""恭和号"和"田光号"曾停靠在附近的庞邦岛，船上一些人上了岸，去寻找可以用来伪装船只的材料，而他们是幸运的，至少躲过了这次轰炸，没有随船沉入海底。他们中的一人是英国皇家空军的技师，名叫弗兰克·威廉姆斯。此时的他还不知道，自己的命运将和"蚱蜢号"上一个非常特别的成员紧密相连。而这个成员眼下正在安慰那些在可怕的爆炸声和划破清晨海面的枪炮声中瑟瑟发抖的孩子们，她就是朱迪。

　　"蚱蜢号"和它的姊妹舰，此时正沿着一条"安全通道"向南航行，之所以称其"安全"是因为这条通道上的水雷应该都已被清除了。此通道经过巴哈拉与邦加海峡，通往比爪哇海域更远的外海区域。然而不幸的是，它也恰好会经过日本入侵舰队所选择的针对新加坡岛的作战航线。

在"蚱蜢号"和"蜻蜓号"的前方，第一艘遭遇日军入侵舰队的是一艘小型炮舰——英国皇家海军"利和号"（*Li Wo*），由皇家海军上尉威尔金森指挥。此时的"利和号"发现自己被夹在了一支大规模日军舰队的中间——左右两侧各有一队由巡洋舰开道、驱逐舰断后的日军运输船队。

英勇无畏的威尔金森舰长指挥他的舰船靠近距离最近的一艘敌军运输船，至2000码[1]以内间距后，向其开火。"利和号"唯一的一门101.6mm舰炮第三次发炮时，终于击中了对方舰桥偏下的位置，致使敌船起火，而此刻日军也对"遭袭"这件事完全清醒了过来。

鉴于遭受重创的日军运输船就在近前，威尔金森上尉即刻下令，撞上去！于是，"利和号"以最大速度撞上敌船，两艘船就此纠缠在了一起。双方人员立刻开始近距离地殊死搏斗，与此同时，双方舰船则用机枪不断扫射对方船员，战况异常惨烈。最终，英国人击败了对手，迫使日本人逃离了他们熊熊燃烧的舰船。

"利和号"这才从敌船侧面被其撞出的洞中抽身后退，一艘日本巡洋舰却又盯上了它，对其穷追不舍。面对巡洋舰6英寸火炮的密集攻击，"利和号"只得曲折前行，避免被击中。但是，在九轮榴弹攻击后，舰长还是不得不下令弃船，紧接着船尾弹药库就被炮弹击中，发生了翻天覆地的大爆炸。

"利和号"下沉时，舰长威尔金森上尉仍站在舰桥上，舰上的

1　英美制长度单位，符号yd。1码等于3英尺，合0.9144米。

幸存者寥寥无几。鉴于威尔金森上尉指挥舰船作战的英勇行为——在人数与火力都处于明显劣势的情况下，仍能抗击日军，战斗至最后一刻——他牺牲后被授予了维多利亚十字勋章。

不到一英里以外的地方，另一艘由皇家海军上尉巴顿指挥的小炮舰"维纳尔·布鲁克号"紧接着遇袭。它被炮弹直击两次后，便淹没于海浪之中。舰上有许多幸存者——包括几十名澳大利亚籍护士——成功游到了附近的邦加岛上，却不幸被日军的海岸巡逻队俘获。他们中的男性被拖到护士们看不到的地方，于丛林中被刺死或斩首；女性则很可能被奸污，然后赶到海中，被机枪扫射致死。

此时，"蚱蜢号"和"蜻蜓号"正从邦加岛以北几十英里处向这片充满痛苦与血腥的海面驶来，同行的还有三艘满载着撤离人员的小型船只——两艘游艇与一艘拖船。

危险迫近的最初信号来自"蚱蜢号"上的非正式早期预警系统——朱迪。前一秒钟她还在与孩子们胡闹玩耍，下一刻她便突然坐直了身体，耳朵朝前竖起，一动不动，一副只有指示犬才会有的姿态——四肢紧绷，眼睛盯着远处的地平线，全神贯注于她的听觉。

几秒钟后，她起身向舰桥狂奔而去，一边咆哮示警，一边冲上铁梯，待跑到舰长霍夫曼脚边时，已经气喘吁吁，上气不接下气了。舰长本想命令她回到下面，但他和怀特军士——猴子米奇从前的老对手——看到朱迪之后再熟悉不过的举动，瞬间警惕起来。

她仰起了优雅美丽的口鼻，对着北方的天空，不停地大声吠叫，没有丝毫要停歇的迹象。舰长明白这意味着什么，即刻下令所有人员各就各位，准备战斗。随着朱迪的叫声逐渐演变成一连串狂乱激烈的"汪汪——汪汪汪"，远处蔚蓝的天空中出现了第一个小斑点。人耳依旧听不到它的声音，但那从遥远机翼反射而下的阳光足以说明，来的不是一只海鸟，而是一架战机。

事实上，来者也不再是一架单独的飞艇侦察机了，而是一个庞大的机群。站在"蚱蜢号"舰桥上的人们能够看到，超过100架轰炸机分成5队，正向他们逼近。以前在长江上，最近在新加坡，船员们都曾遭遇过轰炸，对成群结队的日军飞机从空中呼啸而过的场面也早已不再陌生。但是，在广阔的海面上遭遇这样的战机群，还要保护舰上成百上千的平民，可是个艰巨得多的大难题。

来的日本战机是流线型双引擎的九七式重型爆击机（*Mitsubishi Ki-21*），每架可携带1000多公斤的炸弹。1942年2月14日接近正午时分，第一架九七式重型爆击机隆隆飞过海面，开始了对英国舰队地进攻。

领头的几架爆击机直接向舰队旗舰"蜻蜓号"俯冲而去。当"蜻蜓号"的机枪大炮开火奋力抵抗时，第一批炸弹已像雨点般将它包围，密密麻麻地砸了下来。舰长于是指挥舰船全速运行，并不断绕圈以躲避攻击，同时持续加强对空火力，如此在很长一段时间里，日本战机似乎无法击中它。而"蚱蜢号"上的炮火虽同样猛烈，却没这么幸运。

第一发命中"蚱蜢号"的炸弹砰然撞破了它厚厚的装甲，弹片在主甲板上跳跃着，爆炸也在舰桥上划起了一道道烧得滚烫的金属碎片。舰长霍夫曼在爆炸中受了伤，腿部被炸出一道深深的口子，而怀特军士的右臂和右手也被炸飞的金属碎片划伤了。

爆炸致使舰上起火，但船员们很快便控制住了火势。然而，正当他们忙着灭火的时候，更多的九七式重型爆击机呼啸而至，炸弹骤然落下，发出如女鬼哀号般的凄厉尖啸，令人毛骨悚然。当"蚱蜢号"在炮火中颠簸前行时，它的四周全是高耸的白色浪花，有时甚至连舰船都会掩于爆炸掀起的巨大水幕之中，时隐时现。

"蚱蜢号"的炮火继续奋力抵抗着，尽管如雨的水雾让他们的炮手几乎目不可视。除炮舰的火力掩护外，拖船和两艘双层游艇完全没有任何抵抗能力。几分钟之内，两艘游艇都停了下来，船身燃起熊熊烈火，而拖船则被直接击中，完全消失了。

在最初的几分钟里，"蜻蜓号"似乎福星高照，竟没有一架爆击机能够直接击中它。然而，它舰桥后方放置的弹药库——又或是堆在甲板上的深水炸弹——还是被炸弹击中了，发生了爆炸。即使对当时在半英里之外的"蚱蜢号"而言，"蜻蜓号"上发生的爆炸看起来也是毁灭性的。

爆炸瞬间的光亮夺目而刺眼，伴随着雷鸣般的巨响，穿越海面，向"蚱蜢号"滚滚而来。一股浓烟带着无数残骸碎片从"蜻蜓号"舰桥的后方腾起，四处迸溅。待烟雾散去人们才看清，这艘英国炮舰的后半部分只剩下一大团扭曲烧焦的金属。毫无疑问，爆炸时处于舰船后方的所有撤离人员均已当场丧命。"蜻蜓号"的舰尾似乎已被整个炸掉了，引擎也已停止了工作，整艘舰船看起来已在劫难逃。

"蚱蜢号"上的人们眼看着"蜻蜓号"从尾部开始下沉，惊骇万分。短短几分钟之内，舰船就已半身淹没。幸存者们放下了一条捕鲸船，还有一些圆形的橡皮救生筏，将水中的伤者救起。这时，指挥官斯普罗特下达了"弃船"的最终命令，于是舰上但凡能动的人都跳入了海中，游离了快速下沉的"蜻蜓号"。

就在"蜻蜓号"快要沉没时，只见两个小小的人影从舰桥上跳下，然后沿着舰船一侧滑至船底，跃入海中。那是指挥官斯普罗特和他的大副，他们直到最后一刻才离开"蜻蜓号"。几秒钟后，"蜻蜓号"便完全沉没了，只有船头尚留几英尺于海面之上。从那毁灭性的爆炸发生到整个舰船支离破碎，一共不过五分钟的时间——英国皇家海军"蜻蜓号"就这样不复存在了。

幸存的几十个人牢牢抓住橡皮救生筏，抑或挤在那艘孤独的救生船上。最近的小岛远在至少十几英里之外，而舰船上已经人满为患，再难负荷。但是，站在"蚱蜢号"舰桥上的霍夫曼舰长还是做出了他唯一应该做的决定——掉转船头，全速向"蜻蜓号"沉没的位置驶去，规划出一条救援线路。若是还能赶得上救起两艘游艇上的幸存者，就再好不过了。

然而，头顶盘旋的战机还远未罢休。当朱迪昂首阔步，不断向隆隆作响的天空怒吼之时，有差不多60架敌机改变了阵形，开始合力对付这最后一艘幸存的英国炮舰。它们六架一组，降至2000英尺的高度，准备一拨接着一拨地实施低空轰炸，彻底摧毁这艘顽强的英国炮舰。

霍夫曼舰长再次下令开火，这已经是那天上午的第N次了，"蚱蜢号"的六挺7.62mm机枪齐齐地向天上的攻击机喷出抵抗的炮火。而如今的朱迪，早已习惯了舰上的枪炮声。她肯定是不喜欢这种声音的，但此刻她的颈毛根根竖起，正冲着头顶的天空露出獠牙，显而易见，她清楚地知道真正的危险从何而来。

从"蚱蜢号"的舰桥上看去，眼前的景象显得那么不真实。朱迪的吼叫声混杂着拥挤在甲板上的妇女与儿童的哭喊声，而远处丛林覆盖的"天堂"群岛为这幅画面添加了一条超现实的边界。如果还有什么的话，那就是日军最初几分钟的疯狂攻击，让这一切更有了超现实的意味：当一拨九七式重型爆击机在头顶上空尖声呼啸时，"蚱蜢号"则以17节的速度在翻腾的大海中一再急转，以至于每次投下的炸弹似乎都与它擦肩而过。

在霍夫曼舰长的指挥下，"蚱蜢号"每转一个弯，都是为了离最近的登陆地点更进一步。如果"蚱蜢号"被击中——他担心这很快就会发生——那么他希望能尽量离岸近一些，也只有这样，舰上的船员和恐惧地蜷伏在甲板上的平民才有生还的机会。

正在这时，一架日本战机瞄准了时机。一个光滑的黑色物体像是表演慢动作一样，缓缓坠落，直逼舰桥，却在最后关头偏离了轨迹，砰然摔向了寝居舱甲板的后方，也就是船舱尾端。炸弹随即在舰船内部爆炸，对寝居舱甲板造成重创，以致整个舰身剧烈抖动不止。

尽管从头到尾都在战栗，但"蚱蜢号"似乎并未出现致命损伤。直到弹药库旁的船舱燃起烈焰时，霍夫曼舰长才意识到，他们有大麻烦了。火势不断蔓延，船员们拼命往弹药库上泼海水，以阻止其发生爆炸，但收效甚微。当无法阻止大火向弹药库蔓延的消息传上舰桥时，大家都明白，弹药库随时可能爆炸。

霍夫曼舰长知道，是时候让所有人离舰了，而且要快。一旦大火蔓延至弹药库，他们将遭遇同"蜻蜓号"一样的厄运——舰体的后半部分将被炸成碎片。尽管已经负伤，但霍夫曼舰长仍在掌控全局。他命令"蚱蜢号"拼尽全力向附近热带小岛纯净的白色海岸驶去。

此时，"蚱蜢号"的船头像一把利刃一般冲开水面，竭尽全力，向前驶去。他们根本没时间周密计划：一拨又一拨的日本战机轰隆而来，发起攻击，霍夫曼舰长只得打算将舰船撞入浅水区，使其上岸。轮机舱已经进水，司炉正在榨取锅炉中最后一点剩余力量。涡轮机抽动着，甲板也跟着嗡嗡作响，舰船的两个螺旋桨拼命拍打着水面，伴随着一条长长的黑烟跟随在后，直冲上天，倒像是给正在追赶的九七式重型爆击机指路一样。

当"蚱蜢号"全速冲向海岸时，日军战机又向这艘遍体鳞伤的炮舰投了两次炸弹。然而，所有的炸弹都奇迹般地偏离了目标。最后，随着一阵直击舰船中心的猛烈震颤，"蚱蜢号"船底搁浅，停了下来。此时，他们距离白色海岸只有不到100码，足以将伤员和幸存者——人和狗都运上岸了。

舰长下令弃船。于是，"蚱蜢号"上一片忙乱，船员们有的在放橡皮救生筏和救生艇，有的在尽快安置惊惧万分的妇女和儿童登上救生艇，唯一令他们感到安慰的是，头顶的天空终于安静了下来，真是不幸中的万幸。日军战机迅速消失了，就像它们当初转瞬之间突然出现一样。最可能的原因是它们的炸弹用完了。但即便如此，此刻他们的姊妹舰"蜻蜓号"仍将面临另一种可怕的状况。

"蜻蜓号"唯一的救生艇此时已经人满为患，不堪重负，以至于艇上的人不得不拒绝搭救水中其他的生还者。几个橡皮救生筏上同样挤满了人，因此，那些仍在海中的人已别无选择，只能向远处的岸边游去。然而，就在日军战机消失30分钟后，新的威胁出现了。第二拨日军战机从东面低空飞来。

这次来的九七式重型爆击机比之前少，但是"攻击任务"也比刚才少得多。它们变换队列，分成三架一排，以几乎贴着海面的高度，轰隆扑来。第一组飞机率先扑向"蜻蜓号"唯一的救生艇，用机枪不断扫射这艘小艇，第二组和第三组紧随其后，也向小艇展开了无情的攻击。直至这艘小小的木船被子弹打成了筛子，这些九七式重型爆击机才将注意力转向紧攀着橡皮救生筏的人们，和他们可见的所有水中幸存者。

待将"蜻蜓号"的幸存者赶尽杀绝之后，日军战机转向了他们最后一个目标——"蚱蜢号"。此时伤员、妇女和儿童均已登上救生艇。而大部分的船员或集结在橡皮救生筏上，或正组队准备向不远的岸边游去。但舰长和怀特军士仍在舰桥之上，他们还有至关重要的工作要做——指挥炮舰开火。

尽管"蚱蜢号"已经搁浅、受损，甚至起火，但它依旧有一定的战斗力。它那六挺7.62mm口径的机枪正奋力向空中开火，以掩护登岛人员向丛林深处撤退。在目睹了日军战机对"蜻蜓号"幸存者的所作所为后，"蚱蜢号"的船员们满怀愤怒与鄙视，随时准备着要以牙还牙，以血还血。

尽管孤立无援，在劫难逃，"蚱蜢号"此时仍旧是个完美而稳定的炮火发射平台——或者说，至少在它的弹药库起火爆炸之前，还是如此。也确实，在这艘遍体鳞伤的炮舰所形成的火力掩护下，救生艇和救生筏上的幸存者都安全登陆了。

最终，当所有人均已安全登陆的信号发来时，"蚱蜢号"的炮火才停息下来。舰上仅剩的几个人分别从枪炮位置和舰桥上跳入海中，向不远的岸边游去。但是，当军士怀特最后扫视这艘备受摧残的舰船时，却并没有看到那个最特别的船员——朱迪。在刚刚那场地狱般的战火中，"蚱蜢号"的舰狗，这只忠诚的吉祥物好像消失了。

猜想着朱迪定是自己游上了岸，怀特才纵身跃入海中，游向岸去。

第九章

就在"蚱蜢号"最后几名船员跳进温暖的海水里时，英国的"海岛要塞"也要开始谢幕了。几个小时之内，新加坡就会沦陷，然后成就历史上最大规模的一次英军领衔的军队投降。大约有8万名英国、澳大利亚、印度和其他盟国的军士由此成为日本人的战俘，丘吉尔后来称其为英军历史上"最大的灾难"。

1942年2月15日是英国历史上最黑暗的日子之一，这一天对于"蚱蜢号"的幸存者而言，亦是毋庸置疑的绝望与暗淡。五名船员被报身亡，还有四名身负重伤，另有一些军士与平民下落不明。许多幸存者仍处于震惊之中。他们几乎什么装备都没有，缺衣少粮，也没有药品补给，岛上甚至没有可饮用淡水的明显迹象。他们在这座无名岛屿上，处境堪忧。

与此同时，这些小岛周围的日军又格外密集。因此，当务之急是将伤员转移到隐蔽之地，既能掩人耳目，又能尽可能地为他们疗伤。指挥官霍夫曼虽然失去了他的舰船，但仍要为他的船员们负责。于是，他以最快的速度对身边的可用人员与物资做了一个估算与规划。

眼下，除了五十名左右的船员外，还有一些来自澳大利亚的护士，她们应该能帮着照顾伤员。此外，还有6名英国皇家海军陆战队的队员，他们是最近刚沉没的英国军舰"反击号"和"威尔士亲王号"上的幸存者。他给这些海军陆战队队员安排了最适合他们的任务——搜遍整座小岛，寻找淡水、当地居民和来自其他舰船的幸存者。

当然，还有不少妇女和儿童等待着霍夫曼舰长的安抚与照顾。比如，有一名妇女是盲人，一直倚赖她的女儿照料。此外，除了伤员，平民的所需也是他必须要考虑的首要问题之一。他让船员们在背靠丛林的沙滩上清理出一片营地，然后把树枝捆成简易担架，将伤员先抬到树荫底下。接着，又让他们在沙地上挖出墓穴，将所能打捞上来的死难者全部掩埋安葬。

下午晚些时候，海军陆战队队员们搜寻归来，但结果希望渺茫。据他们所查，此岛杳无人烟，是座荒岛。此外，没有发现其他幸存者的踪迹。更糟糕的是，岛上依旧没有任何淡水的痕迹，而这正是霍夫曼舰长现在关心的头等大事。在太阳暴晒的空旷沙滩上，即便是在树荫下，仍旧湿热得令人憋闷难耐。他们迫切需要水，尤其是那些大量失血的伤员们，急需补水。

霍夫曼舰长将目光投向了"蚱蜢号"。此时，潮水又退了一些，搁浅的舰船正以一种奇怪的角度挺出海面。起火的后甲板仍在冒出滚滚浓烟。每当火苗遇到更易燃的物品时，水面上就会传来诡异的爆裂声。这时候如果返回舰上，不知要冒多大的险，但如果不这么做，他们中的许多人必定会命丧于此。

霍夫曼一眼瞥见了身边的一个人——军士怀特，"蚱蜢号"上强悍的救生艇长。他冲着舰船点了点头，说道："艇长，等救生艇这次回来之后，我想让你回一趟'蚱蜢号'。带上些人手，看看还有什么能够抢救回来的。最重要的是水、药品、食物、衣物以及被褥。"

这下轮到怀特开始望向舰船了。救生艇已被派出执行环岛深度搜救任务，不知何时才能返回。但无论多久，伤员都已经不能再等了。

"我请求现在就出发，长官。"怀特主动请缨，"距离不远，我可以游过去，上船后我可以做一个救生筏。"

"太好了，艇长。那你尽快出发吧。"

作为"蚱蜢号"的舰长，霍夫曼一点都不惊讶怀特会有所提议。相反，如果怀特不主动请缨，他倒是会感到奇怪。霍夫曼对怀特的英勇，毫不怀疑。不过，此时返回燃烧着的舰船还有一重危险是来自围绕舰船出没的鲨鱼，它们无疑是被水中的尸体招引来的。

但是，怀特毫无畏惧，毅然决然地踏入了海中，向舰船游去。他竭尽所能屏除杂念，集中精神于眼前的任务，但还是忍不住会想，是不是有什么东西潜藏在水下。鲨鱼靠近猎物时，是否会把背鳍露在外面？还是，它们会躲在不可见的深处，突然从下面攻击，直逼人的双腿？

等游到船边时，他确信自己的速度连50码短距游泳的世界纪录都打破了！随着潮水退却，舰船倾斜着露出水面，怀特从压低的一侧爬了上去。上船后，他的首要任务是做一个小木筏，以便之后将抢救回来的物资摆渡上岸。好在舰桥与舵舱的地板下都有一块用硬木制成的"格子甲板"，是做木筏台面的绝佳材料。

他把格子木板拖到露天的空旷地上，将一个摞在另一个上面绑了起来，然后用一条长绳将其拴在舰尾，再从船的一侧将其推入水中。现在，他总算有一个可用的浮台了。做完这些，怀特稍感轻松，随后便走进了位于舰船前端的军官寝舱。这里基本上还高于水面，没有被淹。于是，他尽可能地抓起手边能抓起的一切，无论是被褥、锅碗瓢盆还有罐装食品，能拿多少就拿多少。就这样，他将物品都拖出了船舱，堆在了甲板上。此外，他还有一份意外收获——一瓶完好无损的威士忌。

"仅可用于医疗。"他自言自语道，顺势就把酒放在了越堆越高的救援物资旁边。

怀特继续向前，来到了舰船的主寝舱甲板。他小心翼翼地爬下一级级铁梯，进入舱内，此时海水已经倒灌进这部分船舱，水深及腰。舱内黑色的油污附着在水面上，里面漂浮着桌椅板凳，怀特只能轻轻推开水中的漂浮物，一点一点地在黑暗中缓慢前行，用手摸索着身边任何可能有用的物品。

孤身一人，一路向前，走得越深，周围就越黑。突然，怀特停住了，僵立在水中。隐隐约约地，他听到了最意想不到，也最令人不安的声音。一开始，他还告诉自己说，肯定是幻听了。但当他侧耳细听时，再次听到了那种声音。那是从他面前可怕的黑暗之中传来的清晰又诡异的声声呻吟。

在一艘搁浅于海边的幽灵战舰内部，突然察觉到这种声音，着实令人感到意外。这当会儿，那个声音又来了——像是呻吟，又像是哀鸣，听起来很像小孩子的哭声，让怀特脊背发凉。它就像是什么人——或是什么活着的东西——被忘在了这海水漫进的船舱里，不知怎么就被困住了，很是痛苦。又或者，它是葬身于此的某人的魂魄，又重回到这艘注定毁灭的舰船上？

怀特在晃晃荡荡的水中转过身来，屏息倾听，追寻着这个鬼魅声音的位置。凭他的感觉，那声音似乎是从翻倒的铁制储物柜下面传来的。于是，他伸出双手，沿着舱壁摸索着向那儿走去，一颗心怦怦直跳，就好像他的胸膛里装了架机关枪似的。他发现自己不由得屏住了呼吸：会是什么人或东西呢？

怀特一步步逼近发出声响的那个翻倒的储物柜，海水也随着他的移动一下下冲击着柜子。砰，砰，砰——水流击打着铁柜，就好像击鼓一般。那哀鸣声越来越强烈，就像是有人在叫他。此时此刻，他心中再无怀疑：翻倒的柜子下面压着的绝对是个活物——一个在这漆黑一片、漫水凌乱的船舱中仍然活着的生命。

恐惧涌上了怀特的心头，但还夹杂着些许兴奋，这感觉好似他之前拼命游过鲨鱼为患的水域，到达舰船时的心情。他一点点靠近，苍白的手伸到了倾倒的柜子后面，在黑暗中使劲摸索着。刚开始他什么也没有摸到，但很快他的指尖便触到了……一团湿乎乎的毛发！

但这摸起来又不像他曾经摸过的任何人的头发。紧接着，一个冰凉潮湿的鼻子碰到了他的手，怀特瞬间意识到，自己找着谁了。

"朱迪！朱迪！"他欢呼道，"你个小笨蛋！你怎么不冲我叫呢？"

在遇袭的惊惧与逃生的混乱中，"蚱蜢号"的军官和船员都没注意到，他们的舰狗已经失踪了。之前，怀特还以为她与海军陆战队队员一道搜索小岛去了，又或者上了救生艇去往更远的地方了。他压根没想到，他们心爱的舰狗居然还被困在这艘千疮百孔的舰船上。若不是舰长让他回舰抢救物资，朱迪肯定会溺死在这里。

怀特一边轻声安慰着朱迪，一边把压在她身上的重柜子都挪开，很快朱迪就解困了。恐怕她伤势严重，怀特便把浑身湿透的她抱在怀里，蹚着水向铁梯走去。一路还柔声责备道："你怎么不叫我们呢？"同时又在她耳边轻言安抚。待上了甲板，他才小心翼翼地将她放下来，开始确认她的伤情。

他一只手扶住朱迪，另一只手一寸寸地抚摸她的身体，看看是否有伤。与此同时，朱迪则用余光看着他，好像在说：很感谢你救了我，可是现在你究竟在搞什么啊？终于，怀特放开了她，但还是很担心地看着她爬起来，怕她可能会因为腿脚骨折而跌倒。

然而，朱迪不但没有跌倒，反而狂甩起身子，飞起的海水如雨滴一般，溅了她救命恩人一身。然后，她低着头，直着腿，左跳一下，右跳一下，好像已经准备好要开始玩耍了！而下一秒钟，她又趴到怀特脚边，开始舔他的手。怀特讶异地摇了摇头，也不知道自己是该笑，还是该训她一顿，于是就把两件事都做了，然后朝着岸边大声喊出这个好消息：

"朱迪！我找到朱迪了！她在船上！"

之后，朱迪又帮着他一起搜寻了舰上还残存的其他区域。到最后，他们找到了各种珍贵物资，在甲板上堆了巨大一摞。怀特尽可能地将物资运到浮台上，前后用了几分钟的时间，最后才把朱迪带上已摇摇晃晃的木筏。此时的木筏极为笨重，所以不出所料，怀特用尽了毕生所学的航海技艺才让这只严重超载的木筏驶离了废弃的舰船。

而朱迪则一直趴在木筏边上，死死盯着周围。水里好像有什么东西吓到了她。不一会儿，她便开始狂叫，就像以前她预警船员们日本战机来袭时一样——只不过，此刻她眼睛盯着的是海水深处的某物。紧接着，随着一声预警式的大叫，朱迪跳入了海中。

怀特完全不懂她要干什么，但无论如何他都需要集中精力把这只吃水过深的木筏驶回岸边。而与此同时，朱迪开始在水中奋力扑腾，围着木筏一圈又一圈地转，像是在保护木筏。一直到岸边有人来帮忙将这笨重的木筏拖入浅滩，她才停止了这个行为，爬上岸来。

紧接着，她做了那天上午的第二组甩干动作，从头到尾地甩，甩了她的朋友们一身的海水珠。然后又向大海吼了几声，当作最后一轮的保护。刚才渡海时，怀特根本顾不上去想朱迪为什么要绕着木筏游动，不过他现在怀疑，朱迪超群的感知力一定察觉到了水中的鲨鱼。就像几年前在汉口，她护送军士长杰弗瑞逃离森林之豹一样，她跳入这热带小岛附近的海中，是为了分散鲨鱼的注意力，使之远离原本锁定的人类猎物。

有了其他船员帮忙掌舵，驱赶鲨鱼，怀特又返回舰上，将甲板上剩余的物资摆渡了回来。随着岸上的物资越堆越多，食品紧缺的问题已解决。现在的主要问题还是淡水，毕竟从"蚱蜢号"上抢救回来的那一点儿撑不了多久。船员们已经把这个小岛翻遍了，却连一条溪流、一个泉眼也没发现，可惜了这背后天堂般风景如画的热带景象。

大家继续四处寻找，在丛林里阴湿的地方挖掘浅坑，勘察任何看起来隐约有水的地方，连朱迪也加入进来。她先是到处闻闻，然后从一个人身边跑到另一个人身边，拼命地摇尾巴。待到午后热得难受了，她就伸出长长的舌头，为自己降温。

可是无论大伙怎么试着跟她解释正在做什么——我们在找水，你看——朱迪似乎都不太明白。她一直往海边逛游，在海浪里戏水翻滚，不亦乐乎。跟她的人类同伴一样，朱迪无疑也觉得酷热难当，更不用说还口渴难耐了，此时沾沾海水倒也算个降温的好法子。只是，船员们不停喊她回来帮忙找水，她却像是被钉在了海岸线边的地上一样，不肯回头。

丛林里临时搭建的简陋营地已然成了前线的野战医院。澳大利亚护士们正在用从"蚱蜢号"上抢救回来的医疗用品尽可能地为伤员治疗——绑扎断骨，为伤口做清洁与消毒，限量发放珍贵的止疼药。但是，没有淡水，他们能做的很有限。

海军陆战队队员们则忙着在营地旁用树枝搭起一个临时炉灶——

—— // ∧ \\ ——

既可以用来烧饭，又不会像起明火那样产生炊烟。其中一个陆战队队员注意到，朱迪每次都会回到海边同一片沙地上，就挨着水边，准确无误。然后，她一边嘟嘟囔囔地哼唧，一边用爪子刨地，最后再兴奋地叫几声，好像在试图引起她的人类同伴的注意。

于是，这名海军陆战队队员叫来了一个"蚱蜢号"的船员，问道："兄弟，你们的狗怎么啦？她是不是能看见地下一些我们看不见的东西啊？"

这位船员漫步在朱迪身边，跟着她，发现她的行为确实奇怪。于是便蹲在她身旁，用她最喜欢的方式抚摸她的耳后，说："姑娘，怎么了这是？"

朱迪急切地哼唧起来，爪子也开始刨了起来，像是在回应船员的问题。她的前爪在潮湿的沙地上飞快地刨着，土都被甩到了身后。那个船员虽然迷惑，却被朱迪显而易见的热情所感染，便也帮着她一起挖。突然之间，挖出的坑底开始冒出汩汩清流。

这就是他们梦寐以求的那一眼清泉！

船员简直不敢相信这是真的。他俯下身，用那热切渴望的手捧起水来，喝到嘴里。清冽而甘甜。他忙转过身，朝着海滩上喊道：

"水！是水！朱迪找到水了！"

朱迪的行为恰好证明了犬类行为最为独特而神奇的两个方面。一是"智能抗命"，即听到人类命令或要求后，故意忽视，因为狗狗知道更好的方案。朱迪显然听到了"蚱蜢号"船员们要她一道去森林中寻找水源的指令，她却另有想法，而且事实证明，她的主意更好。

二是狗狗的第六感。就像朱迪刚刚所表现的那样，狗狗好像经常能读懂我们的想法。它们似乎有种天赋，能够预料到我们下一步的行动，猜测出我们的情绪与感受。在最极端的情境下，它们能够预

—— // ∧ \\ ——

见地震，预知暴风袭来，甚至是人类同伴的死亡。最为敏锐的狗鼻子——比如指示犬的——就能感知到人的信息素，从而"嗅出"我们的情绪。

朱迪是不是看懂了船员们的肢体语言，觉得他们在挖掘什么至关重要的东西？加上她闻出他们此时非常口渴，所以才着手开始找寻他们拼命搜寻的目标物的？看来肯定是这么回事。也很可能是她听到了泉水在沙地下流动的声音，或是闻到了淡水的气味。不论是哪种情况，都是第六感使她明白了她的人类家人有何所需，才进而去找寻所需之物的。

食品的问题已解决。现在多亏了他们传奇的舰狗，水的问题也解决了，此刻最紧迫的问题便是伤员。"蜻蜓号"的救生艇已经抵达，被安置在燃烧的"蚱蜢号"旁刚建的临时营地里。该艇遭遇了日本战机的扫射，艇身满是枪眼儿，艇上的人几乎全部受伤。除了几个坐在船头最靠前位置的人躲过了袭击——因恰巧处于日本战机攻击的相反位置——其余无一幸免。

死者的尸体已被推入海中，因为千疮百孔的救生艇仅能勉强承载还活着的人。早先在新加坡战役中负过伤，还在岛上要塞医院得到过朱迪抚慰的一等司炉莱斯·瑟尔，是如今"蜻蜓号"救生艇上军阶最高的幸存者之一。他尽可能完整地向霍夫曼舰长描述了发生的一切，包括"蜻蜓号"指挥官斯普罗特舰长和他的舰务官很可能已经阵亡的消息。

"我们被两枚炸弹击中了，长官，然后几乎是立刻就沉没了。"莱斯·瑟尔报告道，"大多数伤员还在这附近的一个岛上，由机舱技师威廉姆斯照看。没有军官幸存了，长官。最后一个军官谢拉德上尉，死在了那个岛上。"

—— // ∧ \\ ——

按照莱斯·瑟尔所报告的，"蜻蜓号"上幸存下来的军阶最高者是一名机舱技师，名为雷奥纳多·沃尔特·威廉姆斯，是舰船机舱的高级操作员。其余级别高于他的人——从轮机长到舰长——或葬身于沉没的"蜻蜓号"中，或丧生于日军后来对水中幸存者的扫射。

"谢谢你，瑟尔。"霍夫曼舰长回答道，"去见见我的救生艇长吧，然后把你们的人都转移过来。我们最好都待在一起。稍后我再找你聊。"

听到这个悲惨的消息时，霍夫曼舰长那张坚毅的面庞上只流露出一闪而过的伤感。在这样艰难的情境下指挥，他要有钢铁般的意志，并用坚定不移的举措来指引大家。唯有如此，他麾下的人——无论军人还是平民——才能保持振奋的精神。不过眼下，最能鼓舞士气的无疑是朱迪——他们精力充沛的舰狗。

如今这座他们登陆的"天堂小岛"离诗意完美就差一点儿了——这也是意料之中。耳边传来了朱迪挑衅的吼叫声，看来她在丛林里发现了其他可以交手的生物。那是打扫临时营地时被赶出来的蛇，还有巴掌大小的令人毛骨悚然的大蜘蛛。而萨塞克斯的朱迪此刻就要证明自己是个捕捉蛇虫鼠蚁的行家。

她直着腿围着一条看不出品种的蛇跳来跳去，打算将人家逼入绝境。而那条蛇，显然从未见过这样的敌人——一只白底赤肝色的英国指示犬。朱迪佯装攻击，骗得那蛇快速伸头迎击，她却跳向反方向，等待真正出手的绝佳时机。待时机来临，她便闪电出击，爪子和嘴齐上阵，直到稳赢战局才罢休。

之后，她叼着已然软塌塌的死蛇，趾高气扬地走到自己好朋友的脚边，这个人通常都是军士怀特。不过，在这个"海难"小岛上的第一个日落来临之际，军士怀特还有其他更为迫切的事情需要处理。一个新生又紧迫的戏剧性事件就要在这个小岛的沙滩上上演了。

来送消息的人是那个盲人妇女的女儿。撤离人员中有两名荷兰籍孕妇，都已大腹便便，之前看起来就是快要临产了。最初，怀特想着那些澳大利亚护士肯定能帮她们接生。可是，此时护士们都在忙着照顾"蜻蜓号"的伤员，他没法指望她们腾出手来帮忙。所以现在"蚱蜢号"的军士怀特只能在一只不知疲倦的舰狗的辅助下，在爪哇海东部的一个无名的热带小岛上，准备为两名临产的孕妇接生。

所幸，怀特此前有过做临时接生员的经历。那是1936年—1939年间，西班牙内战的时候，他曾经帮忙迎接过一个新生命。那时，他还在"格伦维尔号"（*Grenville*）驱逐舰上服役，恰好停靠在巴塞罗那港，于是就被拉去给一个早产的产妇当"助理接生员"。如今，有两个孩子马上就要降生了，而他在这个"海难"岛上又当起了接生员，怀特不禁自忖道：这会有多难呢？

于是，一旁有盲妇女儿的协助，另一边有朱迪的热切关注，两个男婴终于降生了。午夜时分，怀特用他手边唯一能用的鲍伊猎刀割断了婴儿的脐带。没过多久，这两个孩子便在海水中受洗皈依了，而当天朱迪一直兴奋地围着他们在水中欢腾雀跃。乔治·莱纳德·怀特军士看着这两个分别以他的名字取名，叫作"乔治"和"莱纳德"的孩子，满脸自豪与骄傲。

不过，乔治·莱纳德·怀特很快就要离开这个战祸连连的小岛了，而且他将无法带上那只被他从被淹的"蚱蜢号"船舱中救出来的狗———只越来越依恋他的狗。

造化弄人，就在朱迪最需要她至亲至爱的朋友之时，命运却要将他们分离了。

第十章

　　幸存者在"海难"岛上度过的头五天就像是一场打不完的持久战。他们要对抗酷暑高温、蚊子、沙虱，还有饿极了的蚂蚁，外加似乎无孔不入的毒蝎子和毒蜘蛛。食物越来越少，药品也很快就要用光了，这时一艘直奔他们而来的木船意外出现了，这倒是让大家都松了一口气——只要不是"来者不善"就好。

　　来者显然是一艘当地船只。后来大家才知道，这座小岛处于荷属东印度（现在的印度尼西亚）地区，由当时的荷兰殖民政府管辖。因此，来船上的人很可能对荷兰人比较友善，也就是说是站在盟国一方的。这艘大型木帆船是东印度群岛常见的传统海运商船，名为"舯舡"（*tongkang*）。一对桅杆上挂着破旧的帆，一个小型发动机"噗噗"作响。就这样，经过了"蚱蜢号"的残骸，它便驶入了浅水区。木船抛锚停下后，一群人随即上了岸。

　　原来，这艘船是当地的荷兰管辖者派来的。他得知战况后，就派船从附近的新及岛（Singkep）前来，调查是否有幸存者需要救援——后来许多受他帮助的盟国逃亡者都昵称他为"荷兰佬"。于是，"蚱蜢号"炮舰成员，外加海军陆战队队员、澳大利亚护士、妇女与儿童、两个新生儿、幸存的伤员以及一只舰狗——全部登上了这艘船，并被送往"荷兰佬"在新及岛的总部，一个叫"达博"的小村落。

尽管有显而易见的风险——如果或者更应该说是一旦日本人发现了他的所作所为，他很清楚会遭到何等报复——但荷兰佬还是开通了一条救援路径，凡是经过"他的"群岛的逃难者，他都会提供食物、水和船只，并为他们指引前路。而他给霍夫曼舰长的建议是这样的：他们一行人应该跟着之前逃离人员的路线走，先前往附近的苏门答腊岛，然后从那里乘船向西去锡兰（现在的斯里兰卡），抵达英国掌控的印度沿岸，或者向南前往澳大利亚。

新及岛距苏门答腊岛的东海岸约一百多公里。荷兰佬将会给他们提供一艘"舯舡"作为交通工具。这种木船吃水浅，但其优势在于可以在纵横交错的河流中航行，便于穿行于这个区域的海岛之间，而他们接下来的逃亡之旅恰好就是这样一条复杂的水路。

他们计划前往的目的地苏门答腊岛是世界第六大岛。岛屿面积473481平方公里，长约1790公里，岛上丛林密布，山峰高耸，山脉延伸处有湍急的河流。荷兰佬的大木船会先将他们送到苏门答腊岛的东海岸，然后他们将从那里开始横穿整座岛屿。大约经过350公里的山川与丛林之后，他们将到达苏门答腊岛另一端的港口城市巴东。据说那里还有盟军船只运送撤离人员，而苏门答腊岛也尚未沦陷于日本人之手。

说得委婉一些，逃亡之旅艰难险阻，令人望而生畏。但若他们留下，就只有一种可能——被敌军俘虏。老兵们都目睹过日本人在中国长江的暴行，再加上大家在新加坡沦陷期间的所见所闻，谁都明白，任何结局都比被日本人俘虏要强。因此，大部分人听取了荷兰佬的建议，并开始为即将开启的逃亡之旅做准备。

然而，怀特上士和"蚱蜢号"上另外两名船员——工程师汤普森和二等兵李——却有不同看法。怀特分析，日军已经占领了新加坡，注意力很可能就会转向他们在这一区域的下一个大目标：苏门答腊。这个大岛拥有极其丰富的自然资源，尤其是黄金、煤炭和石油矿产。怀特担心，待他们一行人抵达苏门答腊西海岸之时，这座岛屿已经陷入敌军之手。

尽管没人能探知时情，但怀特的怀疑不无根据。新加坡沦陷后次日，日军便空降伞兵到战略要地巨港，也就是南苏门答腊的首府。攻陷巨港后，日军占领了那里的一处重要机场——英国皇家空军曾于新加坡沦陷前夕将许多飞机撤退于此。随后，巨港成了日军的补给站，从此辐射，日军打算逐步攻占苏门答腊岛上的每一座重要城镇。日军的运输船已经动身向该岛海岸进发，意图向西推进，全面占领苏门答腊岛。

作为一个彻头彻尾的水手，怀特坚决主张唯一可行的安全路线是搭乘任何他们现在所能得到的船只，向西航行，前往印度。这会是一条长达2680英里左右的航程，看起来几乎是不可能完成的，但那也好过在苏门答腊被提前抵达的日军堵截擒获，无路可逃，无处可躲。但是没有人听从他的意见加入他们，怀特和另外两名船员只得与大部队分道扬镳——这其中也包括朱迪。

离开朱迪让怀特无比煎熬，但带上她一起走又不现实。"蜻蜓号"和"蚱蜢号"都已失事，船员们虽然失去了他们的舰船，但朱迪仍是一只皇家海军的舰狗，这毫无疑问。船员们还是她的家人，而她也还是他们的吉祥物和向导。朱迪将会和大伙儿一起横穿苏门答腊岛

—— // ∧ \\ ——

前往其西海岸，盼望着有船送他们到安全之地。

分离的时刻还是到来了。前往苏门答腊的一行人会先离开新及岛，怀特满怀悲伤。奇妙的是，朱迪似乎能够理解周遭发生的一切，并没有特别焦虑。她坐在怀特面前，黑色的头高高昂起，鼻尖正对着怀特的鼻尖，目光沉静地与他深情对视。她一脸的宁静祥和，似乎一直都知道他们分别的时刻近在眼前，也知道他们为何要分别。

怀特和他的两个同伴还需要再找一艘船才能成功逃离。荷兰佬答应替他们找船，但现在船只严重紧缺，每个人都想要一艘逃命船。有一瞬间，怀特也曾想过，自己是否应该跟着大部队向西，前往苏门答腊。但是，他的直觉告诉他，那条路不会顺利的。不知怎的，他觉得朱迪也有同样的预感，只不过她仍愿意与她的家人同命运、共患难，义无反顾，尽忠职守到最后一刻。

朱迪最后舔了舔怀特的手——这是她表达爱的标志性动作，此时则是用来告别——然后便转身离去，登上了等候着的舯舡。

在前往苏门答腊的短暂而又太平无事的航程中，朱迪渐渐适应了与老朋友莱斯·瑟尔为伴。瑟尔组建了一个以他为中心的小团体，这其中就包括乔克·德瓦尼——一个典型的格拉斯哥水手，勇敢坚韧，看起来天不怕地不怕的样子。乔克坑蒙拐骗、明抢暗偷的能耐无人能及，不过这些技能在未来艰苦的几个月中倒是会有用武之地。至于朱迪，在这群粗鲁狡猾的人当中，简直就像个贵族，可奇妙的是，她似乎很适应与这帮福大命大的人混在一起，并且相处融洽。

他们所乘的舯舡由一名中国船长指挥，其手下船员也都是中国人。如此，那些同朱迪一样曾在长江上巡航的船员们又和他们熟悉的中国人聚在了一起。这艘陈旧的木船内仅有一盏吊灯，还时不时地轻轻摇摆，晃来晃去。船舱结构显然是为了装载货物而设计的，并不适于搭载乘客——无论是人，还是狗。整个船舱与船同长，好像一个空荡的大贝壳，不过还好空间足够，每个人至少都能有块光秃秃的船板躺下休息。

船舱里昏暗憋闷，气味难闻：许久未能清洗的身体和近日创伤所散发出的味道、舱内的焦油味，以及木头腐烂的味道，都混在了一起。恐惧与震惊也有它们的味道，随着朱迪这些家人的命运越来越可怕未知，她也开始越来越熟悉这种味道。狗主要依赖它们大脑中的情绪区域来判断和行动。因此，它们能够极其准确地读懂人类的情绪，甚至或许比人类对彼此的解读更准确。通过我们的肢体语言和散发出的味道，它们会迅速捕捉到我们的情绪状态。

这些挤在舯舡甲板下的人们，他们的情绪是怎样的呢——遭遇挫败、沉船，惊惧交加，并且仍在逃亡——这一切，朱迪都看在眼里，一清二楚。但是此外，在船舱潮湿的空气中还有一种新的气息——那是一种隐约微弱，却被小心培养着的希望的气息。至少他们还在前行，至少在舯舡甲板的掩护下，他们能够躲过日军战机的暴虐席卷。

即使木船板上有巨大的蟑螂窜来窜去，也比"海难岛"上饥肠辘辘的蚂蚁，或者它们的夜间盟友——一群群俯冲进攻的蚊子——要强得多。希望在人们的心中萌生，也在我们犬类挚友的心中涌起。随着风阵阵吹拂舯舡的帆，躲在船舱内的人们开始沉浸在对胜利逃亡和平安归家的憧憬之中。

这艘舯舡一路无虞，顺利抵达了因德拉吉里河（Indragiri River）河口。与作为中国内陆运输大动脉的长江相比，苏门答腊的因德拉吉里河在规模和重要性上都远远不及。此河恰好位于将苏门答腊岛一分为二的赤道之上，气候异常炎热，自是不如处于温带的长江

—— // ∧ \\ ——

流域气候宜人。高温之下，整条因德拉吉里河都显得懒散沉闷、缺乏活力，下游尤甚。

随着肿舡向内陆行进，一个白色的肚皮一闪而过，水花四溅——那是一只巨大的鳄鱼，刚刚从河边的泥滩滑入浑浊的泥棕色河水之中。因德拉吉里河遍布浅滩与激流，一个缺乏经验的船员很可能无法在此航行。所幸中国船长是个"老江湖"，他和他的船员们已经在这条航线上行过多次了，驾轻就熟。

河两岸满是丛林，一路闷热无风，暂时平静。满载着逃亡者的肿舡突突地驶向上游，船引擎每转动一次，就让他们离最终目的地更近一步。那是巴东港，有等在那里能将他们送往安全之所的盟国船只。不过，这河两岸茂密的原始森林可是暗藏凶险的，其中栖息着不知多少种异乎寻常的动物——苏门答腊虎、苏门答腊猩猩、苏门答腊犀牛、苏门答腊象，还有马来熊等。

很显然，未来的陆路之旅对肿舡上的人而言充满了艰难险阻，令人望而生畏。因德拉吉里河在其源头的巴里桑山脉（Barisan Mountains）处异常湍急，激流怒卷，而这里高耸的山脉也是整个苏门答腊岛的脊梁。当肿舡进入这片高地水路的下流时，航行变得越来越艰难。最终，他们到了一个名叫雷恩加尔（Rengar）的小村子，临近翁比林（Ombilin）和锡纳马尔（Sinamar）两河同因德拉吉里河交汇的地方，而至此已经无法再行船前进了。

朱迪、莱斯·瑟尔和乔克·德瓦尼，加上来源混杂的炮舰船员、士兵、平民以及还能上路的伤员，适时地在此上了岸。当地村民的建议非常简单：从这里向西的旅程只能走陆路。沿着河道走，他们应该可以穿越这片最高峰可达3800米的山脉，抵达山脉另一边位于萨瓦伦多（Sawaluento）的铁路起点。从那里再走就会容易得多了，坐

80公里的火车便可到达巴东，那个他们期待能够乘船驶向安全之地的港口。

不过，当地人亦带来了令人忧心的消息。即使是如此深入内陆、地处偏远的河畔村落，四周为茂密的丛林环绕，仍有战报渗透进来。据说日军已经登陆南苏门答腊，并且准备好要继续向北进发。事实上，他们这些逃亡者眼下面对的就是一场赛跑，看看是谁先抵达目的地：是他们，还是日本帝国的军队。

显然，不能再浪费时间了。他们用周围树上砍来的树枝搭成了临时担架，然后全员沿河向北进发，而萨塞克斯的朱迪则自然而然地走在了队伍的最前面领路。因为太过急切要赶在日军之前到达巴东，他们几乎没做什么准备就上路了。当他们一步步深入平坦大道路旁的丛林时，所有人类文明的痕迹也紧跟着消失于身后。四周簇拥环绕着的都是森林——茂密、幽闭而压抑。

从肿舡的甲板上看去，丛林密布的山脉是一片奇伟壮观、引人注目的景象。而置身其中，面对着前方大约200公里这样的路途，却完全是另外一种感觉。像一面墙一样矗立的热带巨木的根——就是所谓的"板状根"，可将树木固定于薄土之中，却不时挡住他们的去路。每当沉重的军靴绊在这些板状根上，就会发出诡异的声响，好似空洞的鼓声在幽暗的丛林中回荡。

这支衣衫褴褛的队伍浩浩荡荡。走在最前面的莱斯·瑟尔觉着，身边的每棵树好像都有眼睛，并且一直盯着他们。不过让他格外欣慰的是，他们有朱迪做先锋，而此刻她正竖起耳朵，警惕着周围可能存在的任何危险。朱迪试图在丛林湿透的地面上探出一条可以通行的道路，因此她导向哪里，大家便跟到哪里。眼下唯一清晰的路线是那条沿河的小路，但此路大部分路段离奔腾的河道太近，以至于满是泥淖和水坑。在这里，鲜绿色的植物会突然让位，显露出下面潜伏的沼泽。

此时此刻，有四个爪子可是个巨大的优势。朱迪脚上柔软的肉垫能帮她分散体重，而在地上有四点支撑也让她比其两条腿的同伴们灵活敏捷得多。毫无疑问，在这样的地形上，狗是不可多得的绝佳探路者。

天生的速度、力量和绝佳的平衡感让朱迪可以迅速转移身体重心，避免陷入沼泽或被困住。她强健有力的后腿及臀部长着犬类特有的大块与长条肌肉，使她行动迅速。不管是向前跳，还是侧弹跳，甚至是向后翻转，几乎都可一蹴而就。狗的后膝关节大多数时间都是微曲的，这可以使它们在肌肉与肌腱中积蓄能量，而它们的四肢又可以如弹簧一般运动，如此便可躲过许多麻烦。

朱迪一边在前方探路，一边前前后后来回跑着，随时勘察，以防危险，她看起来十分确信整支队伍都在自己的照管看护之下。同时，她身上似乎也透着一种紧迫感。每次她停下来回看莱斯·瑟尔和乔克·德瓦尼时，如激光聚焦般的目光好像都在示意他们快往前走：来吧，快走！此路可行！我们没时间可浪费了！

从因德拉吉里河畔登陆启程时，乔克·德瓦尼不知怎么弄到并"解救"了一顶与众不同的皇家海军军官帽，上面还缀有金色的穗带。他把这顶帽子歪戴在头上，角度俏皮，倒是从某种程度上掩饰了这支队伍处于绝望困境中的压抑情绪。而这顶显眼的金边帽也成了朱迪的一个视觉标记物，每当她独自在前探路，觉得需要确认大家的位置时，回头看到这顶帽子就能确认她两条腿的伙伴们是否跟上了。

夜幕降临，不过是转眼之间。太阳西沉，正是他们前进的方向。只不过，还在参天林木中挣扎前行的他们并未看到日落景象。太阳落山后，只有一点点斑驳的星光能透过树冠照进丛林。皎洁的月亮，仅在头顶的枝丫间偶尔可见。之前还能看到些阴影，此时已全然不见。一切都被如墨的黑暗笼罩着。

队伍安营扎寨了。一路走来，跋山涉水，他们时不时需要蹚过河边又厚又臭的污泥，而这些污泥恰是大群水蛭的栖息地。这些水蛭吸附在过路人的身上，然后顺着腿向上爬，直达腹股沟附近，因为那里潮湿温暖，血液充足。吸食一个小时后，一条蠕动的黑虫就会从不足铅笔粗肿胀到直径一英寸那么粗。

水蛭是轻易不会放过它们的人类寄主的。若将它们强行拉拽出来，其"头部"很可能会断在人的皮肉里，从而引发感染或可怕的热带溃疡。唯一可以安全摆脱它们的方法就是用点燃的烟去烫烧。而这，也成了吸烟的最好借口，虽然并非所有人都需要这样一个借口去慰藉这一天经历的考验与磨难。不过，看着那一团团恶心的黑色吸血虫在烟头的炙烤下痛苦地扭曲蠕动，不由得让人格外振奋。

第二天早晨，朱迪遇到了她前进途中的第一个大型障碍物。对方体型庞大，顽固难缠，身上还披着一层装甲般的皮肤与鳞片，牙尖爪利。不过，朱迪的倔强固执，有过之而无不及，她可决不愿意在这个猛兽面前退后半步。对手是一只大型苏门答腊鳄鱼。它本来躺在河边一处狭窄的空地上，大概是在晒太阳，可现在却完全挡住了他们的去路。它与朱迪僵持不下，势要决斗的样子。想来，若是朱迪给它时间从容退去，它也不至于非要挡她去路。

可是，朱迪并没有给它时间。相反地，她迎上前去，好像眼前这个庞然大物如同她在"海难岛"上碰到的那条蛇一样。然而，对方可不是什么怯懦退缩的蛇。于是，朱迪大声怒吼，把之前对付小动物的招数都用了出来：从一边跳到另一边，俯低身子，向前舞动，佯装进攻。可是人家鳄鱼就在那里岿然不动，跟睡着了似的……只是一双眯缝的眼睛直勾勾地盯着朱迪。当朱迪越跳越近，对自己也越来越有信心之时，鳄鱼却骤然出击了。

体型如此庞大的鳄鱼却动如闪电，它拱起身子，向前扑去，血盆大口一张一合间，露出两排相互咬合的如刀利齿。在最后一刻，朱迪向后一跳，被迫退去，虽与鳄鱼张开的大口擦肩而过，却未能躲过狡猾的对手挥出的利爪，侧身受创。

朱迪痛苦地叫了一声，踉踉跄跄地向后退去，满是惊恐。从前，无论是蛇、蜘蛛、豹子，还是人——任何敌手都未曾战胜过她。可现在，这只鳄鱼在她的肩头留下了一排鲜血淋淋的深深印痕。

朱迪仍不愿退却。可这里是鳄鱼的地盘，更何况它已经占了上风，说什么也不会临阵脱逃，一笑泯恩仇的。可以说，是赶来的人类同伴救了朱迪。一听到她痛苦的哀号，莱斯·瑟尔和乔克·德瓦尼就赶了上来，前后不过几秒钟。他们一边对着鳄鱼叫骂，一边掏出枪和鲍伊猎刀，严阵以待。

鳄鱼审时度势，或许是觉得没必要冒无谓的险，便拍打了几次尾巴，挪动着滑回河中去了。带着最后的愤怒，随着泥泞中的扑通一声，它总算是走了。可是伤害已经造成——朱迪受伤了。他们的探路者和保护者现在只能勉强将自身重量压在受伤的肩膀上。更重要的是，他们必须好好为她清理伤口并消毒，因为在这种极度闷热潮湿的环境下，伤口会很快感染溃烂。

又前行了几英里后，他们来到了一处废弃的橡胶厂。在这里，天然橡胶是由热带地区的橡胶树汁液制成的。而他们也打算在这里歇一会儿，清理一下朱迪的伤口。出乎意料的是，这个任务交给了粗鲁性急的乔克·德瓦尼，而他处理朱迪伤口时一反常态，格外温柔细致。至于朱迪，她看来好像完全不清楚自己刚才险些命丧于鳄鱼先生的血盆大口之下。

伤口一包扎好，朱迪就跑去喝水，又好好休息了一阵。等再起身时，她看起来精力充沛，一心想着再度启程。于是，乔克就带着她在橡胶厂里转了转，以确认她是否真的适合继续上路。当然，这么做还有另一个原因，就是四处寻觅些食物。乔克希望能在这儿找到些补给，以支撑后面的行程。

在厂子后面的一间屋子里，乔克碰到了意料之外的惊喜之物。庆祝新发现的第一个标志性行为就是格拉斯哥式的狂野欢呼，随后他把那顶海军军官帽也抛向了空中。在这个废弃的苏门答腊橡胶厂的黑暗角落里，乔克居然找到不少英国人最爱的酱——马麦酱[1]。人们常说，这东西，你要么爱它，要么讨厌它，显然乔克属于前者。

可惜，他们并没有白切面包片来抹这种酱，也没什么黄油。不过，在不惊动鳄鱼先生的前提下，他们从河边打来了一些水，架在篝火上烧开，又把这种奇妙的黑酱搅在其中，倒是制成了一种既营养又提神的热饮。

剩下还没开封的几罐被小心翼翼地包起来，以备漫漫前路的食物所需。

---

1 马麦酱（Marmite），由酵母菌发酵而成，富含维生素B，质地黏稠，颜色较深。一般涂抹在吐司上，口感复杂。有人称它为英国最难吃的东西，有人却疯狂爱之，一如马麦酱的广告词，"爱它或是讨厌它"（Love it or Hate it）。

第十一章

经过五个星期雨里泥里、流血流汗的长途跋涉，他们终于抵达了这次旅程的目的地。这一路，他们平均每天行进不到六公里。毋庸置疑，他们中身强力壮者和他们的狗——朱迪，走这点儿路程用不了太久，但孩子和伤员不行。更何况他们走到哪儿都得抬着担架，蹚溪流，过沼泽，穿过丛生的荆棘，还要在翻越高山时经历似乎总也不停的冰冷的热带暴雨。

如果那些身体强健者只顾自己，埋头赶路，或许能够逃过接下来那些年的苦难与折磨，却违背了这个舰船团队的核心精神。这个大家庭绝不会怀有一丁点儿那样的想法。就这样，他们终于到达了目的地——位于萨瓦伦多的铁路起点。他们衣衫褴褛，胡子拉碴，从头到脚不是汗水浸透的痕迹就是泥点污垢。但两艘炮舰的主体成员大都还在，外加一些逃亡者。

至于朱迪，她似乎已经从鳄鱼先生那里吸取了教训，学乖了。再遇到勇猛的丛林原住野兽，她都会给予对方与其资历相应的尊重。与鳄鱼近距离交战后，没过几天，她肩部的伤就完全愈合了。只有那些曾经目睹她与鳄鱼交战的人才会相信，在他们旅程一开始时，她曾受过那么重的伤。

管理萨瓦伦多火车站的荷兰人热情地招待了他们，不仅为他们准备了一顿热腾腾的饭菜，还在车站里腾出一块地方给这一行人等休息过夜。按计划，第二天一早火车就将出发前往巴东，一切看起来都很顺利。这列火车上将会挤满躲避日军侵袭的逃亡者：除了朱迪他们外，还有曾在盟军战争机器上作战，如今却绝望撤退的许多陆军、海军和空军士兵，以及同他们一道撤退的平民。

次日早晨，当火车头喷着热气驶入港口城市巴东时，那本该是一个欢欣雀跃的场面，特别是对那些基本靠徒步走完了这段看似不可能的艰难旅程的逃亡者而言。然而奇怪的是，事实却并非如此。当这支衣衫褴褛的逃亡队伍跌跌撞撞地走下火车时，当地荷兰官员对他们做的第一件事竟然是要他们上缴所有武器。荷兰人以这种方式迎接英国的撤退人员，甚为奇怪。难道两国不该是面对共同敌人的盟友吗？

朱迪的伙伴们还留有来复枪或手枪的也同样被要求全数上缴。此时此刻，一路的精神紧绷已经使他们筋疲力尽，长途跋涉、食物短缺和居无定所让他们身心虚弱，当然他们也为自己能够最终抵达而兴奋欢跃——只不过，没有谁看到抗命的必要性，或是有何意义。而这个决定，接下来却将让他们后悔不已。

上缴武器后，全体人马都不得不顶着正午的炎炎烈日穿过街道，前往一所废弃的荷兰学校——那里是安排给他们的住处。然而，当他们只想赶往码头，登上舰船，驶向安全地带之时，给他们在此安排住所就显得有些奇怪了。可是，质疑看来依旧没什么必要和意义。毕竟，距离自由仅剩一步之遥了。

这些历尽艰险的逃亡者本应该骄傲地走在巴东的街道上，然而事实却远非如此。这座城市到处弥漫着怪异、疯狂，甚至是愤怒与怀疑的气氛。这支倍受打击的队伍很快就在参差不齐的行进中陷入了沉默。渐渐的，这种气氛的指向清晰起来，原来许多在苏门答腊的荷兰人都怪罪他们——因为新加坡的沦陷使日军可以在苏门答腊长驱直入，甚至更进一步。待这些逃亡者抵达安排给他们的校舍时，很多人都感到辛酸与失落。莱斯·瑟尔和乔克·德瓦尼，甚至他们身边的朱迪都觉得，他们好像刚刚经历了一场有辱人格的送葬之旅，或是死亡行军——为他们在新加坡耻辱的惨败而赎罪苦行。

而更糟的事——糟糕得多的——旋即将至。

已被缴械的他们刚刚抵达那处校舍，就被荷兰官员告知了一个残酷得令人难以接受的事实：尽管他们浴血奋战了两个月，终于逃离了暴虐无道的日军，但他们抵达巴东的时间还是晚了24个小时。

最后一批运送难民离开这座城市的舰船一天前已经起航。尽管说不准还会有船停靠在巴东港，但没人会真的指望英国冒险派出更多的船只在日本人的眼皮底下接应难民和撤军。毕竟，敌人现在已近在咫尺。他们随时可能到达巴东，届时在此的荷兰行政长官将会无条件地移交这座城市。

荷兰官员还解释道，他们不打算开战，或是捍卫巴东。尽管此时这些"逃亡者"还不算是严格意义上的战俘，却不得离开他们的住地。而最糟的是：任何人一旦被发现试图接近停靠在这座城市码头的最后几艘船只，都将被当场击毙。看来，荷兰的殖民行政官员们要以死亡来阻挡任何人任何形式的逃跑尝试。

经历了这一切之后，莱斯·瑟尔和乔克·德瓦尼简直气得想杀人。他们判定凭着这些"亲日的"训令，这个荷兰的行政长官就够下地狱的了。锁忠臣良将于校舍，却一心坐等敌人开进城来。

—— // ∧ \\ ——

他们带着朱迪径直走向码头，边走边骂自己怎么能如此心甘情愿，想都不想地就把武器交了出去。如果这些英国水兵此时手上还有枪械，他们可以动用武力抢来一艘船。只要必要，去他的荷兰当局。然而，确凿无疑的是，荷兰人早在码头附近布满兵力以防止诸如此类的任何尝试。这些英国人感觉好像遭到了欺骗和背叛，失望至极。

说实话，巴东现在这种骇人听闻的恶劣情势还真不能单怪荷兰人。英国当局也必须要分负起他们的责任。那天早些时候，英国驻巴东的领事听到一个无线电广播宣称苏门答腊已向日军投降，并且占领军已经开始进入这座城市。他信以为真，便匆忙履行了他的职责——烧掉所有的秘密文件，包括他的无线电密码本。

然而，那条广播消息事实上是假的。但当他意识到这一点时，他那宝贵的密码本已经化为一堆灰烬了。现在，即使英国或盟国的军舰经过苏门答腊海岸，他也没法与其联系，并告知他们这座城市尚未被日军占领，且仍有成百上千的人在此绝望地等待撤离。

那天下午，当一架英国海军的侦察机在城市上空盘旋时，英国领事无心之失的严重后果才凸显出来。那架侦察机是一艘途经苏门答腊的英国军舰派来的，但是没有了密码本，他既无法主动联络对方，也没法接收下一步指令。若是当时还能联系上，他们或可与军舰约在城市北部会合，然后摆脱荷兰人的控制，甩掉正在逼近的日本人。然而现在，这已经不可能了。

那天夜里，敌人抵达了巴东。是朱迪最先发觉并提醒大家：日军来了。当时，她正躺在临时住地的一间小教室中央，头趴在前爪上，眼睛直盯盯地看着门。莱斯·瑟尔注视着朱迪，心里却满是愤怒，一想到他们的逃亡竟然如此不必要又无谓地落空了，就心酸不已。

突然，朱迪站了起来。有几秒钟，她就站在那儿，浑身紧绷，像根被压紧了的弹簧，全神贯注地听着外面的动静。远处一辆摩托车的轰鸣声渐渐临近，人耳已能听到，朱迪此时嘴角一撇，做出咆哮的姿态，却并未出声。摩托车引擎的噪音变小了，应该是骑行者放慢了速度，但其他车辆的噪音紧随而至。它们都在校舍外面停了下来。

在朱迪的提醒下，大家无疑都已清楚这是怎么回事了：日本人来了。

校舍里充斥着高声命令。那刺耳而严酷的声音沿着走廊回响——尖锐且不知所云——定是日本人无疑。这声音让等在屋里的人不寒而栗。

莱斯·瑟尔走到了朱迪身边，少有地为她拴上了牵引绳。自从朱迪五年前登上英军舰船，她就一直在船员中享有绝对自由，不受约束。但是现在，瑟尔却来到她身边，将一条长绳穿过了她的项圈。他紧紧拉住绳子，以保护的姿态让她靠自己身边。

一个人影大踏步地走了进来，身后紧跟着他的三个随从。如果不是房间里太过昏暗，这将是一个令人捧腹的场景。这个日本军官——看起来是个上校——身材很是矮小，此时正透过果酱瓶底那么厚的镶边眼镜审视着屋里这群受阻的逃亡者。更为怪诞的是，他身上佩戴的那把巨大的军刀已悬至擦得锃亮的军靴旁边，而靴子的尺码显然是大了。那把军刀对他而言也是太大了，以至于他每走一步都好像要被它绊倒似的。

终于还是面对面了。这就是，得胜了的敌人。

日本上校扫视着这排衣衫褴褛的手下败将，一张肥脸上绽放出一个闪闪发亮、金牙外露的笑容。他向手下厉声说了些指令，他们便如毛驴齐鸣般应道：嗨、嗨、嗨。对他们尊敬的长官一脸恭顺的媚笑。

突然之间，日本上校的闪亮笑容消失了。他伸出胳膊，手指指向了刚刚沉没不久的英国皇家海军"蚱蜢号"的吉祥物——朱迪。他的嘴里一下子冒出来一连串简短而尖锐的话语，并且每一句的结尾都以一个古怪的吱吱作响的高音结束。他的两名随从僵直着身子倾听，沉默低首，肩膀随着他们长官的训示有节奏地下垂。最后，日本上校迸发出一个渐强音结束了他的一番言辞，然后驾驭着他超大的军靴转过身，愤然离去，而那把军刀则在他身后叮当作响。

　　看起来，朱迪没能打动这位日本上校。他的副手们在他的召唤中应声跟去，而且临了每个人都轻蔑地看了一眼这只非常可疑的舰狗。现在，日本人走了，或者说至少暂时不在眼前了，可任谁都看得见学校大门口截着的那些全副武装的哨兵。

　　那天夜里，"逃跑"成了许多人嘴边的主要议题。躲开哨兵，翻过学校院墙，悄然消失于夜色中并不难。但是然后呢？谁逃出去，也还是会困于这个丛林覆盖的海岛，除了一千里格[1]甚或更远的海上航行，根本没有其他路径。而现在，日本人应该已经接管了码头，抢一艘船杀出重围的可能性几乎为零。

　　那么，如果逃跑没戏，还有什么其他出路吗？所有人都听过那些传言。一方面，战胜敌人后，日本人会强奸并折磨战败国的女人。另一方面，他们根本无心监管战俘，所以往往会屠戮了事。那一夜，几乎无人入睡。莱斯·瑟尔和乔克·德瓦尼同样难以入眠，且另有担心——那就是他们最忠实的狗。她曾多次救过船员们的命，而如今，那个日本上校显然不喜欢她，而且他很可能手握着对他们所有人的生杀大权。

1　里格（league），长度单位，1里格约等于3英里。

第二天上午，一切明了，他们并不会被处决，至少现在不会。但取而代之的命令是，男人要跟妇孺分开并分送至这个城镇不同的"战俘营"——而这也已足够令人忧虑了。战败的"蜻蜓号"和"蚱蜢号"船员们将被送往一个原先的荷兰军营，而朱迪——尽管显然是位"女性"——也被安排与他们同往。

这段穿越巴东，从荷兰学校到荷兰军营的行军，将永远铭刻在那些从战争岁月中幸存下来的人的心里。它的开端很不光彩甚至是耻辱的——一支衣衫褴褛的杂牌队伍，集合了不同国家不同编队的海军、陆军与空军士兵，拖着沉重的步伐，疲累地走在巴东清晨的街道上。脚下的路满是尘土，而路边则聚集着前来围观的当地人，眼睁睁地看着他们经过。全副武装的日本兵一路押送，他们每个人都能清晰觉察，与身旁这些衣着光鲜、训练有素、装备精良的胜利者相比，自己看起来有多脏、多邋遢。

但是渐渐地，这支队伍的精神状态发生了一些变化。这些盟军士兵们在徒步行进中找到了一种共同的节奏。可以说，是他们的失败与所受的羞辱激励了他们——尤其是那些炮舰成员们——渐渐抬起了头，挺起了胸膛，让自己像个真正的战士那样。手臂齐摆，步履整齐，这场行军变成了一个向敌人，还有那些目瞪口呆的当地人展现他们军容军貌的机会——他们的精神远未崩塌。他们忍受着身心的伤痛，甚至连腿脚有伤的士兵都在尽力跟上，保持着他们行进的姿态与在队伍中的位置。

朱迪跟在队伍边上，也察觉到了这种情绪变化。此时莱斯·瑟尔仍用那条临时牵引绳拉着她，而他的情绪起伏也随着皮项圈传到了朱迪身上。尽管在丛林中跋涉多日，还跟鳄鱼先生近距离遭遇了一把，这只英国指示犬依旧轻盈优美，状态极佳。此刻她正昂起头，嗅着这里的空气。这个城市到处都是日本人。朱迪知道他们不仅仅是她的敌人，更是她整个舰船家庭的敌人。她能从这些日本人身上闻到侵略与敌对的气息，也能从她的同伴们的身体语言中读懂他们的恐惧与挫败感。

但是，当这支行军队整齐地走过这座沦陷之城的街道时，她又觉察到了一些新的气息。那些与她一同历经生死考验的伙伴们，没有被吓住，没有被打倒，也没有屈服——至少，现在还没有。

荷兰军营其实还算是不错的，至少与将来那些地狱般的战俘营相比要温和仁慈多了。这里有四间很大的平房，一面一间，围出一个四方院子，中间的空地差不多有一个足球场大小。一到军营，他们就被分成了四组，每组一间营房：英国人、澳大利亚人、荷兰人，以及所有军官（不分国籍）各为一组。还有一些分散的小房子供日本看守居住，外加一间储藏室。

营地东面是大片崎岖的山丘，与这些逃亡者历经数个星期，从因德拉吉里河前往巴东路上所艰难跋涉过的一模一样。这无疑赤裸裸地提醒着他们每一个人那辛酸的逃亡经历，以及如今的前功尽弃、南柯一梦。被关进这个营地的战俘们都幻想着会有一支复仇之队——最有可能是美国人——或翻山越岭，或横跨印度洋，来解救这里成千上万被关押监禁的人。

在战俘们口中，"美国人"总被说成解放者。在最初的岁月里，他们总是谈论着对美国人前来复仇的期待。或许是潜意识中，英国人已经对他们自己国家的军队失去了信心。惊人而宏大的战败场面让他们心有余悸。特别是在新加坡，有多达八万名英国将士被迫投降。如今，他们只能寄希望于别国将士来振奋自己的精神。

他们中的许多人是真的坚信美国佬随时会打来，日本人的优势很快就将被终结。所以，当一名军官明智地建议他们应该向日本看守要些菜籽，并且开始修建菜园种菜以补充他们严重不足的食物配给时，竟然遭到了嘲笑。建菜园有什么用？很多人不屑地质疑道："菜籽发芽，破土而出之前，我们就会离开这个鬼地方了。何必呢，反正美国佬随时都会打来。"

　　如此充满希望却根本误入歧途的情绪化观点很快就被一个迫在眉睫的头等大事推翻了：只有每日努力争取到足够的食物，才能保证他们的身体与灵魂不亡。每一个营房都有一名日本人任命的"头头儿"，以确保战俘们遵守战俘营的规定。然而如今，头头儿们面前最大的挑战就是确保自己管辖范围内的大伙儿有足够的食物吃。不过，目前没有哪个战俘比朱迪的饮食情况更糟了。

　　莱斯·瑟尔想说服日本战俘营的指挥官，使他相信"蚱蜢号"的舰狗也是英国皇家海军正式服役的水兵。可是尽管他已竭尽所能，日本人却充耳不闻，无动于衷。目前，除了日本看守会偶尔莫名其妙地踹朱迪一脚之外——虽然她总能在最后一刻避开——日本人基本上无视她的存在。

　　但是，只有具备战俘编号的正式战俘才有食物配给，而朱迪这种没名没分的状态就意味着没有任何食物供给。莱斯·瑟尔、乔克·德瓦尼，以及她临时圈子里的其他同伴都为了她竭尽所能。他们每个人都会省下几口米饭给他们心爱的狗吃，但是这并不足够。于是，如此不得已的环境倒让朱迪的生存本能显露了出来。她开始追踪并猎杀任何移动的、哪怕只有一点儿食用价值的东西：蜥蜴、老鼠、蛇，以及小鸟。甚至是飞舞的苍蝇，都会被她饥不择食地一爪拍下便吃掉。

　　在乔克·德瓦尼的调教下，朱迪也成了一等一的小偷，开始偷窃比较富裕的战俘们：主要是那些物资远比其他战俘要多的荷兰人。很多荷兰人就来自巴东本地，所以他们来营地时装备物资齐全，就差没把厨房里的水槽也带来了。他们拖着床垫和毛毯而来，还有一箱箱从他们家中抢救出来的财产，包括不少现金。如此，他们足以同当地人进行物物交换，或者用钱买更多的食物。

不过，尽管已经竭尽全力，朱迪还是像所有英国人和澳大利亚人一般，开始平生第一次体验——因为吃不饱而心口隐隐作痛。那是一种无休无止又折磨身心的饥饿感。这种饥饿感驱使着战俘们从营地储藏室偷窃食物，以至于日本人不得不派人24小时在储藏室门口看守。同样是这种饥饿感，驱使着英国战俘们在荷兰人营房外的垃圾箱里翻找，在被丢弃的食物中寻觅任何还能下咽的残羹剩饭。

而这种饥饿感也让许多人开始怨恨那些荷兰战俘。他们有资源，也有食物，那是因为他们没有在海难与长途跋涉中失去所有，更不曾对敌浴血奋战。许多英国和澳大利亚战俘身上穿的衣服就是他们仅存的全部财产了。而荷兰人却能坐在他们营房的阳台上，一边抽着烟，一边小口品着咖啡。更残酷的对比是，英国和澳大利亚的战俘们却不得不捡荷兰人扔掉的烟头来抽，以驱赶那难熬的饥饿感。

于是，在本应是盟友的战俘之间，一种敌意开始日渐加深。这些本可以逃亡成功的人刚到巴东时，荷兰人在众目睽睽之下对他们的背叛，就已催生出了今日的怨恨。而如今，他们同为战俘，待遇与生存环境却相差巨大，这无疑滋养了前仇旧恨，使其越积越深。他们每天的食物配给只有两个小圆面包、两根香蕉和一杯米饭。这对于英国人、澳大利亚人——甚或荷兰人，若他们也仅有这些的话——都是远远不足以度日的。因此，在前者一天天挨饿的同时，他们对后者的敌意也在一日日滋长。

那些身无长物，也无分文的战俘——包括军舰失事的炮舰船员们——不得不想方设法生存下去。莱斯·瑟尔，乔克·德瓦尼和朱迪，再加上一两个同伙，组成了一个最爱铤而走险，也最为诡计多端的小团伙。既然他们没有东西可用来物物交换，那么只能诉诸由来已久的传统方式了——劫富济贫。

抢夺行动是他们的首创。每周有一天，日本人会准许当地人进入营地，摆摊售卖有限的生活必需品：主要是食物、肥皂，还有一些床上用品和衣物。但这个集市日很快就变成了炮舰小队的抢夺行动日。行动成功意味着肚子相对能吃饱一些，行动失败则意味着要遭受毒打甚至更糟。但即使如此，以乔克·德瓦尼为首的他们，也没有在风险面前畏缩犹豫。

抢夺行动由莱斯·瑟尔佯装有东西要与摊贩交易拉开序幕。趁商贩注意力被转移之时，乔克·德瓦尼会趁机从摊位上扒拉下来几样东西，而朱迪则会及时赶到，用嘴接住掉落的东西，然后飞快地跑向安全地带。第四个同伙儿会等在集市两翼不被注意的地方接应她，如此朱迪就可以把她帮着偷来的赃物转移出去，瞬间藏得无影无踪。

当然，没有哪个摊主能够追得上朱迪，或是追踪到他们的货物，又或是抓住行窃之人。而最为成功的一次抢夺行动，还要算是对付日本人的那次。为了给日本指挥官提供羊奶，营地里养了两只山羊。于是，他们就用香蕉皮作诱饵，把其中一只山羊诱骗到了英国营房的窗口。趁它一点点啃食美味的香蕉皮之时，一条用电线做成的套索便缓缓滑向了它的脖子，然后残忍地一拉，就把山羊四脚离地吊了起来，从窗户拖了进去。

那大夜里，英国人的营房里无人入眠，无论是战俘们，还是他们那只心满意足的狗，都异常兴奋。第二天一早，焦急的日本看守开始四处寻找这只失踪的山羊。而它就好像是凭空消失了一样：连一小片皮毛、一个蹄子、一只羊角、一根骨头都没有被找到。问责的目光扫向了这些英国战俘微微隆起的肚子——还有他们那只讨厌的狗——可是根本没有证据能够说明发生了什么。

当然，像羊肉大餐这样的禁果只能让难熬的饥饿感停歇几日而已。卷土重来的饥饿感第一次迫使朱迪离开家人身边，独自出去冒险寻找食物。在漫长难挨的白天，莱斯·瑟尔和其他人总是把她带在身边，因为他们很清楚，只要有一点机会或借口，那些日本看守就会射杀朱迪，然后把她吃掉。每当他们中不少人目光落在朱迪身上时，其行为举止已将这种意图显露无遗。

但是，当夜晚降临，所有人都进入梦乡时，朱迪便开始独自冒险，偷偷外出寻找食物。直到有一次她从半开的窗户跳进来，落到了一名正在熟睡的战俘的胸膛上，她的秘密行动才被发现。而被她"嗳"一下吓醒的正是士官庞奇·庞琼。他被吓得一骨碌就爬了起来，却发现面前是个熟悉的身影——朱迪，看起来同样一脸惊恐，嘴里紧咬着一只吃了一半的鸡。

之前没人知道，她一直从营地铁丝网下面偷偷钻出去——就像她小时候在上海养狗场时那样——然后在镇上四处寻觅吃食。然而，从那天起，朱迪每晚都不得不被拴起来。她显然不愿如此，庞奇·庞琼只得尽力向她解释这么做是有必要的。

"这并不是惩罚，"他告诉她，"我们只是不想让你被人吃掉！"

日子一天天地溜走，而每天都与前一天没什么两样。在这里听不到外界的消息，也没有外面更大战局的战况传来。他们就像是被世界遗忘了。接着，传言四起，说他们要被转移到其他战俘营了。所有人都精神一振。虽说没人知晓前景如何，但总比在此日复一日、枯燥无味地待着，还饿着，要好吧？

—— // ∧ \\ ——

事实上，与他们即将要前往的地方相比，巴东简直就是天堂。在这里，人和狗都很饿——毫无疑问——但至少还没人饿死。然而，希望总是在人们内心深处萌生：他们中的许多人一听到即将转移的消息就开始憧憬更好的未来了。

然而事实却是：这些人，和他们钟爱的狗，将从此走向一个近乎地狱的地方。

第十二章

经过漫长的等待，准备转移的预告终于来了。"根据我大日本帝国指挥官的命令，"营地看守长一边宣布，翻译一边翻译道，"明天，将有五百个人离开这里，前往苏门答腊东北海岸的港口勿拉湾。在那里，他们将乘船去往他处。"

五百人差不多是现在战俘营人数的一半。莱斯·瑟尔、乔克·德瓦尼、庞奇·庞琼以及其他二十几名炮舰成员都在转移名单上。当然，就算花名册上没有萨塞克斯的朱迪，她也还是会和他们一起离开的。就这样，战俘们陆续登上了正在等待的一队运输卡车。趁别人不注意的时候，庞奇·庞琼举起了朱迪，递给了在车上等待的同伴，然后安抚性地轻拍了她几下，便把她藏在了一些米袋子的下面以掩人耳目。

在这样的旅程中，需要朱迪完全理解同伴们的要求，因为只有这样，才能保住她的性命，而这仅是刚刚开始，以后这样的情况还会有很多。不知怎的，朱迪就是知道，在接下来的漫漫长途中，她必须安静地卧在卡车后端，这样她才能奇迹般地突然出现在他们新的目的地，就好像她一直就在那里一样。

当长长的车队驶出巴东战俘营时，车上许多人开始欢呼，并挥手示意。这些战俘衣衫褴褛，多少都有些形容憔悴胡子拉碴，但至少最终还是有了些变化——改变正在进行中，而希望也随之扩大。

"咱们圣诞节英国老家见！"有些人甚至这样喊道。

此时是1942年的秋天，而事实上，这些卡车上的人没有一个能回家过圣诞节，迎接他们的将是糟糕透顶的三年。

随着齿轮嘎吱吱的咬合声，二十几辆车的车队飞驰起来，只留下身后滚滚烟尘中的巴东街道。从卡车开启的尾部，莱斯·瑟尔和同伴们可以看见这座城市北面的地形地貌。看起来好像比他们六个月前徒步穿行时，还要遥远，也更显崎岖。汽车将沿着巴里桑山脉蜿蜒的山脊一路颠簸，向北行驶500公里甚至更多，才能抵达勿拉湾。

这条路像是在茂密的丛林中开垦出来的，路面坑坑洼洼，两旁峭壁高耸，赶上连续的急转弯，整条车队都快要飘起来了。不过，尽管开车的日本兵车技很成问题，战俘们的精神却很振奋。风吹拂着他们的脸庞，眼前飞速而过的是令人惊叹的美景。当你不必在其中徒步行军时，苏门答腊高地的景色还是极美的。

出发第四天的午后，车队行至多巴湖¹附近的一处高地，那里风景独特，秀美宜人，之前一直是居住在苏门答腊的荷兰居民喜爱的山中避暑与度假的胜地。日本看守们也觉得这里是个可以停车的好地方，于是决定在路边提前吃午饭。战俘们的午饭照例是一点点不够吃的米饭，但在路边吃饭可以看到波光粼粼的湖面和松林覆盖的

1　多巴湖（Lake Toba），位于印尼苏门答腊岛北部马达高原的火山湖，是印尼最大的淡水湖，同时也是世界著名的高原湖泊与旅游胜地。

群山，美不胜收。

多巴湖很奇妙，它有种振奋人心的魔力，没有人不为之所动。就连这些日本看守的态度看起来都变得和缓了许多。他们的脸上显露出令人安心的微笑，举止有礼地为战俘们分发一串串香蕉——然而后来回想起这些，都只是更加凸显出此时此刻的美好与之后黑暗艰苦生活之间的强烈反差而已。

车队最终停在了一个名为格劳格尔（Gloegoer）的村庄，这里有一些当地人的房屋聚集在一条中国店铺林立的主街道周围。旁侧的一条小路边是一处曾经的荷兰军营，再往前则是一座疯人院。这两个地方后来被分别称作"格劳格尔一号"和"格劳格尔二号"，成了关押日本帝国战俘的强制劳动营。

战俘们被赶下了卡车，押进了格劳格尔一号，也就是那个曾经的军营。那些在漫长而令人振奋的旅程中浮起的希望，此时如梦幻泡影般转瞬消逝。格劳格尔一号比他们之前在巴东的战俘营要小得多，也荒凉得多。一排排长条形的营房很是密集，中间也只由很窄的小片草地隔开。一千名战俘就这样被赶到一起，挤在一个跟足球场差不多大的地方。

大家又一次被按国别分成了不同的小组，军官们单分在一个营房。住宿条件是最基本的配备。用钢管架起的床架沿着营房两面相对的墙摆放，上面还搁了木板——这就算是战俘们的床铺了。两排通铺之间是仅有8英寸宽的中央通道——一块光秃秃的水泥地。头上的瓦屋顶上满是穷凶极恶、啃着香蕉的老鼠。

墙上的窗户都没有安玻璃，而是用铁栏杆和木质百叶窗凑合封上。算起来，每个战俘在通铺上仅可分得一块约2.5英尺宽、6英尺长的地方，而这块方寸之地就算是他的家了。他将在这里吃喝、睡觉并度过漫长的日日夜夜。当然如果他日后感染了疟疾，或是其他未来将会席卷格劳格尔一号的令人虚弱的疾病，这里还将是他的病榻。在这里，任何人都没有隐私可言，除非是在他们自己的思绪中。

格劳格尔一号将会是巴东战俘营的悲惨续集，这一点在他们第一次发放食物配给时得到了印证。这里的大厨房一天只供应两顿饭，且花样极少：一杯米汤，一种就漂着几片菜叶没什么味道的稀汤，外加一种不知道是什么的黏稠物，实际上就是把面粉熬成了难以下咽的糊糊。如果说在巴东的食物配给不足，他们一直在挨饿，那么格劳格尔一号看起来就是要将他们饿死的节奏。

一开始，战俘们整天都被锁在营房内。无聊乏味与无法活动让人心绪不宁，更不用说还有这不透风的闷热。很多人都恨不得回到相对自由和舒适的巴东。一些人在不知不觉中便陷入了绝望与漠然。但是，在三个星期的强制囚禁后，坂野上校——这个日本战俘营的指挥官宣布，战俘们已经受到了"与日本帝国军队作战的惩罚"，从现在开始，他们将得到战俘"应有的"待遇。

坂野上校是一个高深莫测的人：高个子，看起来是农民出身，给人的第一印象是个相对比较明理且公正的日本军官。而事实上，他看似仁慈的外表下潜藏着一颗更加黑暗的心——在他看来，对于那些胆敢反抗日本帝国的人，数周的强制监禁是最合理的惩罚。

此前，并没有战俘意识到他们被关起来是在"受罚"，但现在只要白天能够被放出来就感觉是谢天谢地了。还有些变化正在进行，坂野上校宣布，战俘工作组将被送出战俘营作业，这样他们就可以为日本人在此地开展的各项工程充当劳力。此外，当地的商贩也获准进入战俘营摆摊，每周两次，售卖像水果、鸡蛋、烟草、肥皂，甚至是铅笔和纸这样的"奢侈品"。

听到这些情况"改善"的消息，格劳格尔的士气稍稍有些提升，

—— \\ ∧ // ——

但并没维持多久。他们将在战俘营周围的小贩身上第一次见证日军对胆敢顶撞他们的人习惯性地发泄有多么野蛮残暴。

格劳格尔一号由日本兵和他们的朝鲜狗腿子共同看守。朝鲜人也穿着日军的制服，但看起来级别显然要低于日本人。在这里有非常严格的等级次序制度。日本军官可以鄙夷蔑视甚至经常打骂他们的下属士兵，普通的日本兵则可以鄙视和打骂那些朝鲜看守，而朝鲜看守会将这些怒气转而撒到任何比他们地位还低的人身上——主要是当地人，然后便是战俘。

第一次看到这个"制度"所引发的残暴行为是一个当地小贩被抓住私带现金入营的时候。应该是之前有个战俘提出要卖东西给他——可能是一块手表，或是一枚贵重的金戒指。但这种交易在战俘营是明令禁止的，战俘们只能用钱从当地商贩手中购买物品。

于是，那个提出交易的战俘先是被日军看守指挥官打到不省人事，因为级别最高者在这个"制度"中享有率先施暴的"殊荣"。然后，整个看守队便可以轮番上来殴打这个已经陷入昏迷的战俘。他们或是用枪把如雨点般地猛打，或是用军靴一个劲儿地踹躺在地上的战俘，每个后来者都试图表现得比前面的人更凶狠疯狂。最后，这个受难者被一桶冷水泼醒，然后双手被缚，吊到旗杆上，暴晒于炎炎烈日之下。

然而，这样的暴行远不及他们对一个华人商贩的惩罚残忍——中国是日本的老对手，所以他们对华人绝不手软。他们指控那个华人商贩偷窃，便把他吊了起来，脖子上还挂了一块牌子，上面写着一个字——贼。他的脖子上被套了一条绞索，绳索另一端连着一个大大的帆布垒包。所有走过他身边的人——包括战俘们在内——都被鼓励往帆布包里放一块石头，如此绞索会随着帆布包的重量增加而慢慢变紧……最终将他勒死。

目睹这样的施虐暴行无疑令人心生厌恶，但是战俘们也明白，这些公开的"惩罚"也是对他们的警告——若他们违反战俘营的任何规定或有异议，就会落得如此下场。在格劳格尔，规定是神圣不可侵犯的。首先也是最重要的一点，所有战俘们，无论何时，只要看见日本或朝鲜看守就必须鞠躬致敬。他们必须从腰部开始弯曲，上身俯得尽可能低，要是能碰到自己的脚趾就更好了。上身俯得越低就表示越恭顺，如果不够低则会因为没有对胜利者表示出"应有的敬意"而招致一顿毒打。

学会何时卑躬屈膝并不容易，但是形势所迫让大家学得很快。就算只是远远看见了日本或朝鲜看守，他们也得鞠躬。没能及时看到看守绝不是不鞠躬的借口，如此情况通常会招来看守的突然发作，不是辱骂就是毒打，而"犯罪人"此时必须立正站好，迎接看守打在下巴上的重拳和踹向小腿的狠踢。站住并接受"惩罚"这一点很重要，而且还不能摔倒——因为一旦摔倒，看守就会上脚，用军靴直接招呼你的头。

莱斯·瑟尔、乔克·德瓦尼、庞奇·庞琼以及"朱迪帮"的其他人对这样随时随地的暴行深恶痛绝，但也甚为忧虑——不仅是为了他们的狗，也为了他们自己。朱迪则似乎用她自己的方式学会了如何卑躬屈膝。她在格劳格尔战俘营里闲晃时，都是低眉顺目的，头也压得很低，并且尽可能地避开看守们。但是她没法完全隐藏自己对他们的憎恶。只要有看守靠近，她就会咧开嘴角，做出咆哮的姿态。她还不止一次地扑向最坏的一个看守，似乎在所有战俘中，也只有她能够直抒胸臆了。

一只"地位低下的狗"居然表露出如此明目张胆的敌意，这让朱迪的生命始终处于危险之中。尤其是朝鲜看守们，他们同当地人一样，都特别喜好吃狗肉。在苏门答腊的这个地区，任何没有主人保护的狗都会被猎杀，变成盘中餐。而在朝鲜，狗肉甚至被视为一道特别的美味佳肴。因此，在格劳格尔的里里外外，有的是人觊觎馋涎这只英国皇家海军的吉祥物。

格劳格尔战俘营的配给极其贫乏，再加上朱迪的保护者们也几乎没有什么东西能与当地人交易，因而食物严重短缺。无奈之下，朱迪再一次开始溜出营地寻找食物。她经常会叼着一条蛇或是一只鸡回来，然后飞快地冲过愤怒的看守身旁，狂奔向英国战俘营和她的"家人"。

只有找到了她的"家人"，她才会松口，然后得意扬扬地将猎物放在他们脚边。一段时间后，在铁丝网外的冒险带给朱迪的会比她本来期待得更多——但是现在，她的铤而走险很可能被发现，然后遭到射杀并被吃掉，这已足以令人担心。

随着战俘营集体禁闭的结束，强制劳动开始了。战俘们被编成若干"工作组"，每日出营完成被分派的任务。莱斯·瑟尔、朱迪和他们的同伴所参与的最早的一个劳动任务是从附近的河中淘沙，供给棉兰机场的建设工程。日本人迫切想要加长那里的飞机跑道，以便迎接他们的重型轰炸机中队。从河里挖沙子，并用柳条编织的筐来搬运，是又热又累人的工作，而唯一能够让人和狗忍受这种劳作的原因是他们可以趁机在河水中凉快凉快。

在得知美国"解放者"轰炸机[1]的攻击范围可以达到这一区域

1　"解放者"轰炸机（*Liberator Bomber*）是美国在第二次世界大战时投入使用的一种重型轰炸机，由团结飞机公司（*Consolidated Aircraft*）研制，在战时活跃于西线、中缅印战区和太平洋战场。

后，日本人下令工程要延伸进入丛林中，以修建隐蔽的汽油库与弹药库。这样的工作非常艰苦，体力劳动强度又大，但好在它的天时地利倒是能给长久与饥饿为伴的战俘们提供一些补偿。

用手斧砍倒参天的热带巨木是相当需要技巧的——尤其是当你想要树朝着日本或朝鲜看守所在的方向倒去，以迫使他们慌乱逃散的时候。随着一声大喊，树"倒了"！一百多英尺高的大树就会应声倒地，还连带着一些其他树木的枝丫。

每当那些纠缠的枝丫落地时，总会有一大帮衣衫褴褛的战俘蜂拥而上，从中翻找他们的猎物，亦是他们在此工作的"补偿"。丛林里到处都是野生动物，其中的大多数——比如蛇、鸟、蜥蜴和小型哺乳动物——对于格劳格尔一号里被监禁的绝望战俘们而言，都是可以食用的美味。当然，在锁定并抓住猎物的战役中，没有谁能比萨塞克斯的朱迪更快了。

日本人开始着手将掠夺苏门答腊自然资源的方式工业化，而强制劳动项目也随之变得多样且繁重。停靠在勿拉湾码头的船只源源不断地运来水泥、带刺的铁丝网以及军火，而所有这些都得靠战俘们人工搬运。补给中的桶装石油和汽油则需要搬到等在铁路上的货运火车上。不过，大家的意志和抗争精神还远远没有被摧毁，无论是人还是狗——特别是他们中的莱斯·瑟尔和乔克·德瓦尼——看到了给日本人搞点破坏的机会。

他们将油桶塞子朝下码放在平板车上，趁看守背过身不注意时，偷偷将塞子拧松。然后，寄希望于这一路的颠簸能将塞子震掉，让桶里的油沿途漏光。但是，这种蓄意破坏的尝试多半会被发现，而一旦被发现，就会激起看守如火山爆发般的怒火，逮谁对谁下手。

在必不可少的一通暴打之后，日本人还为胆大包天敢蓄意破坏的战俘定制了一种苦不堪言的全新惩罚——关进恐怖的单独禁闭室。而这一惩罚措施的引入者正是战俘营的指挥官坂野上校。格劳格尔一号有一个漆黑的小窝棚，曾是存放动物粪便的地方，现在仍旧臭气熏天。而如今，这里成了单独禁闭室。

阳光和空气只能透过装有厚木栅栏的门进来。门的底部有一个活动板，可移向一边打开，正好可以容纳一个战俘被推搡或踢蹬进来。根据上校的命令，任何有蓄意破坏企图的人都将被扔进这个黑窝棚，接受长达数日、数周甚至数月的"惩罚"。

不过，完全暴露日本上校变态施虐心理的倒不是禁闭室本身，而是在其中的非人折磨。在白天漫长的时间里，被罚的战俘既不能坐，也不能倚靠墙壁。长达十二三个小时一刻无休地站立是极其痛苦且常人难以忍受的。然而，一旦被罚者崩溃了或是倒在了墙边，就会招来值班看守的一顿暴打。到了夜里，除了硬邦邦的石头地，他根本无处可躺——甚至连一条勉强可以挡住蚊子成批进攻的毯子都没有。要知道，在格劳格尔，每个夜晚都会被这些吸血并传播疾病的蚊子所围绕。

此外，在禁闭室里的人没有一刻不是饥饿的。因为通常，他每三天才能吃上一顿少得可怜的饭。唯一能够缓解难熬的饥饿与长久保持一个姿势站立所带来的肢体疼痛的，是透过木栅栏凝视外面。但这本身也是一种折磨。因为，禁闭室的旁边就是厨房，每到吃饭时间，工作组都会端着盛饭和汤的大锅从此经过，去往各个营房。

禁闭室的惩罚让一些人痛哭流涕，而另一些人则完全精神失常。有时候，负责看守的日本兵会心有不忍，偷偷顺着木栅栏递进去一根香蕉或一块日本巧克力。如此做的日本人显露出了他们尚存人性的一面。他们并不都是魔鬼。但是他们这样也是极其冒险的，一旦被他们的上司发现手下人同情战俘——特别是坂野上校挑出受罚的战俘——他就会惹上大麻烦。

不过，即使是在如此恐怖的格劳格尔一号，也还是有一些光明时刻的——至少在最初几个月是这样。那年七月，一条所罗门群岛被盟军夺回了的消息在战俘营里疯传。在1942年上半年，日本人一直占据着所罗门群岛——一连串位于苏门答腊岛以东较远处的小岛——意在切断澳大利亚和新西兰与美国之间的供给线。此后盟军曾多次发起反攻，在瓜达尔卡纳尔岛及其附近岛屿登陆，与日军展开一系列陆上、海上与空中的激烈对战。

盟军发动反击的消息使格劳格尔一号的战俘们士气大增。他们用唯一可能的方式来庆祝这个好消息——在英国人的营房内举行一场特殊的比赛。他们在长约100码[1]的营房两端分别用空煤油罐堆起一道障碍，以替代跳栏。朱迪则负责快跑过这段距离，然后在尽头处纵身跳起，越过跳栏。那一刻，她的大耳朵会夸张地翻动，尾巴则顺直在身后，而战俘们则会大声为她欢呼和鼓掌。所有人都会认同，在格劳格尔一号，萨塞克斯的朱迪绝对是个人物，并且对他们集体的士气有不可思议的振奋作用。

他们都愿意用生命来保护她，一如朱迪甘愿为他们赴汤蹈火一般。

1　码（yard），长度单位，常用于英美、其殖民地以及英联邦国家。1码等于3英尺，约0.9144米。

第十三章

　　对朱迪而言，现在的主攻问题是如何能在不被看守抓住的情况下弄到足够多的食物。在这方面，她现在有了一个新的战俘帮手，而他也是第一个成为朱迪家族朋友的非炮舰成员。他叫卡曾斯，是第18步兵师的二等兵，也是新加坡沦陷后众多被俘英军步兵中的一员。卡曾斯曾与印度和澳大利亚的士兵在马来亚并肩作战以阻截日军的推进，参加过的最出名的战斗是"麻坡战役"[1]。

　　但是在盟军于新加坡大规模投降之后，卡曾斯也最终沦为一名日军的战俘。不过，即便是被送来格劳格尔一号，卡曾斯仍旧是个乐观开朗的年轻人，常能开怀大笑，还总会说些俏皮话逗他的战俘同伴们开心。而且，他还有一门在战俘营里既是好事又是烦恼的高超技艺：制鞋与修鞋。在得知此事后，坂野上校便任命他为格劳格尔一号的正式修鞋匠——当然，并不是为战俘们服务的。

[1]　麻坡战役（the Batte of Muar）是二战期间马来亚战役（Malayan Campaign）的最后一战，发生于1942年1月14日至22日期间，以日军的胜利与巴力士隆大屠杀（Parit Sulong Massacre）告终。

经过数月的战斗、逃亡，以及在丛林中的艰苦跋涉，再加上现在的强制劳动，没有几个战俘脚上的鞋子还能看了。无奈之下，他们只能用粗糙的木头做成拖鞋，再用一点烂布条或一截废旧铁丝，又或是其他能够找得到的东西，绑在脚上来替代鞋子。真皮靴是胜利者才能享有的奢侈品，而现在它属于日本人。在这里，成为修鞋匠的好处是，卡曾斯可以不用参与其他繁重的劳作；但坏处是，他不得不经常跟日本人打交道，而这是要碰运气的事儿。

卡曾斯需要经常出入日本军官的营房，为这个或那个想要做双崭新的及膝长靴的军官量尺寸。所以，他总是背着一个大大的粗麻布袋子，里面装满了用于"试穿"的半成品靴子、一条条牛皮、刀具、锤子和钉子，还有他所有其他的做鞋设备。而这种"造访"总是充满危机的。他最好是能避免与军官们亲密接触，特别是与坂野上校。不过，最糟糕的还是碰上坂野的副手、营地的二把手——松冈中尉。

松冈中尉是个奇丑无比的人，战俘们都叫他"小猪眼"。他的手下与战俘们一样，对他又怕又恨。高层中，他再下一级的就是所谓的战俘营"医生"，常常佩戴一把有双挂刀环的长军刀，那军刀看起来似乎比他还要高。日本看守们都知道他们这个医生能力不济，还粗心大意，所以有病都不找他看，而是悄悄地向英国或荷兰的医生问诊。

医生再下一级就是翻译官，一个乍看起来同坂野上校非常相似的人——一个友善甚至气宇轩昂的老人。但是外貌也会骗人。许多人一开始觉得翻译官只是一个无害的甚至很友好的人。直到有一天，他们目睹他无缘无故地抓着一名荷兰战俘的头往水泥墙上撞。那个战俘当时正被绑在受罚区，于是便成了他顺理成章的发泄对象。

这里级别最低名叫高桥的军官，却是个例外。他不是个温和的亲英派，就是提早意识到了日本帝国可能战败，所以精明地想给自己留条后路。总之，他极其聪明，极守规矩，是很多盟军战俘眼中的好军官。他对所有战俘都绝对公平，不论级别与国籍。

一次，高桥深夜里来到英国战俘营，把一个棕色的纸袋塞给了营房头目——也就是他们的小组长。"藏好了。"他低声说道，便转身离开了。袋子里是一张温斯顿·丘吉尔的照片，下面的图片标题是："风云人物"。还有几次，他注意到有战俘在飞机掠过上空时仰面看天，仔细查找上面是否有盟军标记，而每当最后发现是日本战机时，他就会摇摇头，说道："没关系，希望下次有好运。"

可惜的是，高桥后来被调去了樟宜，一个臭名昭著的战俘营[1]。高桥离去后，卡曾斯便不得不与一个老看守打交道了。这个老看守性情多变，难以揣测，常常没声缘由也会对战俘们使用暴力。不过，卡曾斯愿意为保全朱迪冒任何险，而他持续不断的努力也最终证明了朱迪就存在于格劳格尔这个简单的事实。在这个糟糕的地方，朱迪已经从一只舰船吉祥物变成了所有战俘的吉祥物。如今，她已经是格劳格尔一号战俘营的护身符了。

她顽强的生存能力、层出不穷的幽默感和见机行事的敏锐感，都包含并象征着在这里的一千多名战俘的不屈精神。战俘们把她看作他们抗争的标志，而她也因此声名远播。作为格劳格尔的吉祥物，某种意义上来说，这里上千的战俘组成了朱迪更大的家庭，他们都是她的家人。不过，亲疏有别，卡曾斯靠自己的制鞋本领，勇敢与慷慨，成为朱迪最亲密的伙伴之一。

卡曾斯习惯坐在户外一个外伸屋檐的下面做他的鞋子。日本人给

---

1 樟宜（Changi）位处新加坡东部，由樟宜角、樟宜机场和西樟宜三部分组成。樟宜战俘营是日军二战期间在马来半岛建立的最大的战俘营。原文作者将樟宜错写成在泰国，特此更正。

他提供做鞋用的皮革，但就像所有供应短缺的物资一样，皮革的使用也受到严格的监管。不过，每当卡曾斯开始剪切皮革做新靴子时，总会特意割下一块留给时常趴在他脚边的朱迪。皮革很硬，很难称得上美味，但毕竟是动物的外皮，对于一只饿得半死的狗来说，没什么是难以下咽的。

日子一天天地过，鞋匠卡曾斯对朱迪的关心也日渐深切，尤其是关心她的温饱问题。他非常清楚，朱迪不可能仅靠吃几块零碎的硬皮革存活下来。如今的她，同其他战俘一样，体重缓慢下降，侧腹的皮毛下骨瘦嶙峋，皮色也失去了往日的光彩。无论是战俘们，还是狗，他们最最需要的就是丰富的食物。而唯一得到的途径就是从拥有的人手里偷——也就是日本人那里。

作为朱迪死党中的核心成员，莱斯·瑟尔自然而然被卡曾斯纳入他鲁莽大胆的行动计划中。待卡曾斯有又大又沉、装满靴子的麻袋要送到军官营房时，他便叫上莱斯与他一起来抬。当他向莱斯说明了自己的意图后，莱斯对他的计划有些犹豫。要知道，这个抑制不住的卡曾斯竟然打算借着运送靴子的机会，在日本人的眼皮子底下分批偷走一袋大米！

这两个人抬着沉甸甸的麻袋穿过战俘营的场地时，莱斯·瑟尔觉得他们就像是苍蝇一般，正一步步走进饥饿的毒蜘蛛所布下的网。将靴子送到军官营房后，他们就有了一个空空的麻袋，可以用来装他们准备打劫的东西——满满一袋为日本军官预留的大米。他们一人一头地抬着战利品，飞快地往英国战俘营走，时刻担心着可能被人发现。幸运的是，他们走的时候并没有被抓住。但是，随后发生的事情是他们谁也没有预料到的，更没有准备好。

第二天，两名日本看守走进了英国战俘营，宣布要进行一次突击检查。大家心里都明白，他们是来搜查那一大袋神秘失踪的大米的。莱斯·瑟尔和鞋匠卡曾斯已经将偷来的大米裹进了毯子，并藏到其中一排通铺的铺面底下。可是，但凡哪个看守用刺刀一扎，就会纸包不住火。

当日本看守有条不紊地从营房一头走向另一头时，两个肇事者都深深感到了充斥五内的恐惧。随着看守一点一点地靠近大米的藏匿处，营房里的空气仿佛都凝固了，你甚至可以用刀来切割这凝固的空气。

自从遇到朱迪，莱斯·瑟尔就觉得她能够感知所有的人类情绪。忧虑、高兴、悲伤、失落、畏惧——不知怎么的，她就是能捕捉到所有这些。而此时此刻，她一定已经感觉到了这种极度的恐惧正笼罩着整个英国战俘营，或者至少是她最亲密的两个朋友——盗米贼——已陷于其中。她能感觉到空气之中充满了致命的危险，因为这些看守为了比这个轻得多的小罪都可以一铁锹残忍地斩首一个战俘，或是欣然用刺刀将他们扎死。

就在其中一个看守似乎准备要检查床铺下面，用刺刀刺向那个隐秘的所在时，朱迪嘴里叼着什么东西，突然冲进了营房。离隐藏的米袋最近的那个看守，在瞥见她的瞬间，僵住了，一丝惊恐爬上了他的面庞。而朱迪则在营房里跑过，耳朵上下翻动，眼里闪着疯狂的红光，咧开的大嘴里紧紧咬着一个令人毛骨悚然的东西。

她嘴中赫然叼着的是一个闪闪发光的骷髅头。

她飞速跑过看守身边，越过路上的任何障碍，一直跑到营房的另一头，就像是重播最近的营房跳栏赛跑一样，转过身又开始第二圈疾如闪电的奔跑。两个日本看守则开始疯狂地冲着她尖叫，同时互相叫嚷着示警。所有的战俘都知道，日本人残忍嗜血的同时却毫无缘由地惧怕与死亡相关的一切。骨架、骨头、坟墓、骷髅头——所有这些都能把他们吓得半死。

当朱迪紧紧叼着骷髅头，第二次打他们身边跑过时，他们的喊声愈发凄厉了，听起来已经恐惧至极。鞋匠卡普斯和莱斯·瑟尔则担惊受怕，感觉随时会听到一声伤害朱迪的枪响，就在这时，不知是哪个看守举起了步枪，对着这只战俘营可爱的吉祥物开了火。朱迪肯定也觉察到了。于是，她最后一次疯狂地冲过两个看守之间，转了个弯就从营房飞跑出去了，嘴里一直紧紧叼着那个骷髅头。

没人知道朱迪是从哪里弄来的那个骷髅头。很可能是从战俘营的墓地里刨出来的。但是有一件事，鞋匠卡普斯和莱斯·瑟尔非常确定：她这样做完全是因为知道自己最亲密的两个家人就要大难临头了，而且她也清楚自己的行为将对想要挑衅他们的入侵者产生什么样的影响。

在英国战俘的营房里，但凡知道偷米事件的人都不会怀疑朱迪是知道自己在做什么的。她的目的就是要蒙蔽和欺骗那些日本看守。她试图骗得他们相信，自己是某种地狱之犬——那种亡灵手下的恶魔之犬。而她显然成功了。

那两个日本看守完全被吓到了。他们面如死灰，胡言乱语，他们的声音不正常地高亢起来，尖细中充满了恐惧。他们紧跟着朱迪，慌忙离开了英国战俘的营房。突击检查就这样结束了，而那袋偷来的米也就这样奇迹般地未被发现。

随着1942年12月步步临近，他们沦为战俘后的第一个圣诞节可想而知会非常惨淡，不过他们却即将收到一个意料之外的美好消息，振奋人心。在军官战俘的营房里，被俘军官们之前想办法修理出了一台秘密收音机。这可是个需要绝对谨守的机密，所以只有少数几个军官参与其中，原因不言而喻。如果这个收音机被日本人发现，格劳格尔一号的战俘将会失去与外界仅有的这一点微弱的联系，更不用说所有参与者都会面对的可怕后果。

从这个收音机听来的消息都是零零散散地传播出去的，而且都是在负责人觉得合适的时机下，因为只有这样才不会引起看守的怀疑。有时，军官们觉得大家确实需要鼓舞一下士气了，才会放出一些消息，所以很多事情往往是在发生后许久，才被大家知晓。而这或许就是为什么在他们被俘后的第一个圣诞节就要来临之际，大家才获知英军在圣纳泽尔的英勇突袭。

那一年的早些时候，英国突击队发动了第一次——也可以说是最为大胆与成功的一次——穿越英吉利海峡，进攻法国德占区域的突击行动。这次突袭是最早的突袭行动之一，由一艘老式英国驱逐舰"坎贝尔敦号"（*Campbeltown*）主导，满载着炸药撞进了法国港口圣纳泽尔的一个极其重要的船坞[1]。炸药藏在用水泥和钢筋制成的石棺中，位于船头，内置延时爆炸保险丝。待其炸毁船坞时，突击队早已上岸，开始着手破坏码头的机械设备了。

这次突袭被授予了五枚维多利亚勋章[2]，行动中有169名突击队员牺牲，215人被俘，大多数突击队员都战到了弹尽粮绝被团团围攻的

1　此船坞为法国唯一被德军占领的"诺曼底干船坞"（Nomandie Dock），这里停有多艘德军战舰潜艇，是二战时期德军重要的海军基地。

2　维多利亚勋章（The Victoria Cross），亦名维多利亚十字勋章，是英国最高荣誉勋章，由1856年英国维多利亚女王应其夫阿尔伯特亲王之请而颁发，旨在奖励克里米亚战争中的英勇行为，以及对敌作战中最英勇的人。它可授予在军中担任任何职务、处于任何级别者，也可授予接受军事命令的平民。在英国，它一般由国王或女王在白金汉宫亲自颁给获勋者或其直系亲属，在其他英联邦国家则由总督颁发。

最后一刻。这次了不起的传奇行动后来被称为"最伟大的突袭"。当它的战讯在格劳格尔传开时,战俘们激动地论断,等待已久的欧洲解放终于要开始了。英国雄狮终于发出了她的怒吼,而那些长久以来倍感挫败的战俘们——也包括那只顽强不屈的英国指示犬——都开始重拾希望,恢复信心了。

当他们走出格劳格尔的大门,启程前往劳作地点时,莱斯·瑟尔和其他人开始唱起一首向朱迪致敬的诗歌。这首歌有点像神圣的圣歌,因其饱含着他们寻找希望的不屈精神,而这种精神在这里是极其稀有而珍贵的,它体现在格劳格尔一号的吉祥物身上。他们一边行进一边唱着,鼓舞着自己萎靡的情绪:

他们蹒跚前往工作地,

尽管他们真该早点就去死。

他们喃喃低语劝自己,

如果朱迪都能不放弃,

我也能,我也能……

在圣纳泽尔突袭的鼓舞下,战俘们重燃激情,开始审视逃跑的可能性。事实上,在被囚禁的几个月来,他们一直在不断讨论这个问题,但答案始终是几乎不可能。逃出战俘营并不困难,但是然后呢?一个白人根本不可能融入当地人中不被发现。况且,这不像是在欧洲的德国战俘营,逃出来的人还可以前往最近中立国或盟国的边界,寻求庇护。

唯一的逃跑途径就是航行成百上千英里,穿越印度洋。逃亡者为此需要弄到一艘航海船,而弄船需要很多钱,可他们谁都没有钱了。

最重要的是，他们需要当地人的帮助，而当地人早已被日本人完全控制了。还有就是，战俘营的指挥官坂野上校早就警告过，如果有人试图逃跑，将受酷刑并被枪毙，与他同营房的所有人，也会以"帮他"出逃为名获罪连坐。

尽管如此，每一个士兵依旧认定，作为一名盟军战俘，即便看似无望，他们也有责任为自由放手一搏——是圣纳泽尔突袭的消息激活了这种责任感。然而如今，日本人决定先给他们一记当头棒喝，彻底覆灭他们重燃的抵抗之心。

也真是只有日本人才能想出这样的主意——每一个盟军战俘都必须单独签署一份合约，受制于"法规"，承诺永不试图逃跑。这显然是征服者在耀武扬威，事实上也确实如此。然而，签署这样一份合约是违背国际法准则的，因此所有战俘一致认为：他们不能签，也不会签！

1942年底，坂野上校让所有战俘在操练场上列队集合，冲着他们大发雷霆，言辞充满可怕的威胁。然而，还是没有一个人上前签字。于是，坂野上校下令将看守人数增加一倍，并架起了一挺看起来就残忍凶狠的机枪，所有站在操练场的战俘都在射程之内。但是，战俘们仍旧站着不动，坚决不肯签字放弃自己宝贵的自由。当然，花名册上本就没有朱迪的名字，自然也不需要她按上自己的脚印，但即使需要，她也决不会签的！

最后，坂野上校下令将英国战俘都赶进荷兰战俘的营房，同荷兰战俘一起锁在拥挤的营房内。很快，木质百叶窗也被砰的一声关上了，外面叮叮咚咚，锤子敲击的声音紧随而来。日本看守将百叶窗钉死了。里面的人感觉就像是被封在一个巨大的棺材里。

接下来的一天一夜，痛苦逐渐加剧，屋里的空气越来越污浊，室内高热也到了令人难以忍受的地步。没有食物，甚至连躺下睡觉的地方都不够。转天，围困与灼热继续。在营房闷热如桑拿房的环境中，气味腐坏发臭，里面的人渐渐染上了疟疾和痢疾，但谁也帮不了他们。一些人力劝营房头目妥协，另一些人则决心坚持到底。

第二天和第二夜就在这样糟糕透顶的境况中过去了。很显然，战俘营指挥官没打算让步，战俘们亦然。可是，日本人会狠到什么程度呢？

难道坂野上校真的准备让所有战俘——包括狗在内——都去死吗？

第十四章

　　终于，有两件事打破了战俘们困于这个地狱般营房的僵局。第一件，是英国非军官级士兵的负责人，军士长多布森收到了日本人的最后通牒：要么他和他的人签字，要么他们就等着饿死或渴死。第二件，是英国与荷兰的医生希望大家能理性。再这样下去，很可能会引发痢疾和致命性伤寒的大规模传染，后果可怕，不堪设想。

　　那天下午晚些时候，他们让步的消息终于送到了坂野上校那儿，对方也接受了。于是，战俘营的操练场摆上了一张小桌子。战俘们一个接一个，跌跌撞撞地走过去签字。军官们又坚持了一段时间，最终也被迫屈服了。但是，战俘们都知道，在死亡威胁下获取的签名在法律上是站不住脚的。对他们而言，这也算是如此长久抗争所赢得的一种胜利。

　　至于朱迪，当她终于被从监牢般的营房里放出来时，不由得欢欣雀跃，兴奋不已。她又可以在营地四处晃悠，重新品味这相对的自由了。战俘们的士气到11月底时变得更加高涨了，因为听说了一个特别的消息：有一艘船满载着红十字会赠予俘虏们的物资，已经停靠在勿拉湾港口。于是，每个人都开始猜想着这艘仁爱之船可能带来些什么不可思议的奢侈品。

当一个工作组被派去卸载这批意想不到的赠物时，战俘营空气里的期待恨不得能点亮整片天空。第一批卡车在黄昏时分抵达，就好像是圣诞节提前到来一样。卡车带来了牛肉罐头和炼乳，成箱的水果罐头，一麻袋一麻袋的糖，豆子和可可，成盒的巧克力和香烟，外加他们在因德拉吉里河畔跋涉时曾找到过的老朋友——马麦酱！

对于长期半饥半饱的战俘们而言，能得到这些物资是他们做梦也想不到的。这批物资是由英国红十字会筹集的，自东非运出，原则上仅供给英国战俘。有些人并不愿把这些慰问品与荷兰人分享，因其还在记恨荷兰人当初在巴东是如何不肯帮助其他盟国战俘的。但是，大多数人并不这么想。许多荷兰战俘有更重的负担，因为他们的妻儿都被关押在附近的棉兰"亲属集中营"，故此大多数格劳格尔一号的战俘——不论国籍——都很同情他们。

食品最终被分发给了所有战俘，还预留了很多送往亲属集中营。格劳格尔一号的每个人都分到了一打牛肉罐头，几罐炼乳和水果，以及其他美味佳肴。很快，各个营房内就变成了一副街角小店的模样，都不像是关押战俘的牢房了。还有几个星期就圣诞节了，大家都开始认真思考该如何分配使用这批丰盛的物资。一些食物会在庆祝宴上被马上吃掉。一些要留着过圣诞节。剩下的则要储存起来，以备不时之需和交易使用。

有这些意想不到的食物在手，莱斯·瑟尔、乔克·德瓦尼、庞奇·庞琼，还有鞋匠卡曾斯就能给他们的女王——朱迪——准备一场盛宴了。不过，这些超出所望的物资也成了引发"朱迪帮"内部少有冲突的缘由。

对于长期忍饥挨饿的人来说，执迷于囤积食物是意料之中的事情。只不过，一天晚上，经历了白天漫长辛苦劳作的大伙儿刚回到营房休息，乔克·德瓦尼就开始怀疑有人偷了他一罐牛肉，说着说着就变成确凿无疑了。他愤怒地看着莱斯码放得整整齐齐的食品堆，用责难的口吻宣布，他要数数莱斯的罐头。当他伸出手要这么做时，莱斯·瑟尔一把推开了他的手，同样理直气壮，不容置疑。在之后两人的扭打中，乔克的假牙被打落在地，而莱斯碰巧踩了上去。啪的一声，一副假牙断成了两半。

关于食物的争执瞬间被抛在了脑后。乔克忙弯身捡起了他宝贵的假牙，嘴里不停咒骂莱斯怎么踩坏了它们，然后径直跑去了澳大利亚人的营房。因为大家都觉得没什么是澳大利亚人修不了的。过了一阵，乔克回来了。他咧嘴笑着，用一条胶带修补好的假牙已经复位。

为了表示和解，乔克从自己的红十字会物资储备中拿出了一些咖啡，与莱斯分饮碰杯，互祝健康。问题却来了，乔克的祝词还没说完，就被一阵窒息呛住了。他的脸涨成了猪肝色，抓着自己的喉咙拼命咳，像是要被呛死了似的。原来，在热咖啡的作用下，粘假牙的胶带失去了黏性，随着乔克的吞咽滑进了他的嗓子眼。

胶带最终还是从乔克的喉咙里被弄了出来，他的精神状态也恢复了不少。承蒙红十字会的援助，这下他又有资本可以要些小手段，做物物交易了。理论上讲，做物物交易是会招致一顿毒打，甚或丢掉性命的——这要看看守们的心情。不过，英国战俘们想出了一种隐蔽的方式，让这种交易在相对安全的情况下愈发红火了起来。他们的营房内有自己的浴室和厕所，排水通过一些狭窄的斜槽通往外面，而他们的秘密交易也是通过这个渠道完成的。

这种交易方式需要战俘与当地人之间有绝对的信任，因为大多数情况下，交易双方根本看不到彼此。然而令人吃惊的是，双方竟然都能遵守承诺，完成交易，从无欺诈发生。这其中最主要的危险当然还是来自战俘营的看守，因此交易过程中，他们必须时刻保持警戒。警戒具体分为两层。第一层仰仗的是朱迪的耳目，只要有看守向营房走来，她就会大叫示警。

第二层警戒是负责望风的人。每当朱迪大叫示警时，望风之人就会喊出暗号——红灯，再次示警。红十字会的物资让战俘营的物物交易活动日益复苏起来，以至于看守们每次到来，迎接他们的都是一声大喊的"红灯"，想来他们也已习以为常了。其中一个较为友善的看守甚至每次快走到英国营房时，就自己骄傲地喊起"红灯"二字，以预告他的到来。

1942年12月25日终于就要来了，格劳格尔一号的战俘们将迎来他们被俘后的第一个圣诞节。那些在离开巴东时曾大喊"圣诞节英国老家见"的人，显然是大错特错了。如今，大家已经开始热火朝天地为圣诞节做准备了——而他们的圣诞大餐，也还是多亏了红十字会的援助才有了吃上的可能。坂野上校免除了战俘们一天的劳作，以表示对这个"异教徒的节日"的认可，而且还不知从哪儿弄来了一桶波尔图葡萄酒给他们庆祝用。

圣诞节的上午是属于颂歌的，英国人、荷兰人和澳大利亚人聚在了一起，高唱起彼此最爱的颂歌。多亏红十字会的援助，厨房总算凑合着给他们做出了一顿圣诞大餐，没有像往常那样让他们喝米汤。所有人都吃到了牛排、新鲜的土豆、芸豆和棕色的肉汁。虽然萨塞克斯的朱迪并非格劳格尔一号的正式战俘，也还是受邀同大家坐在了一起并享用了她的一份美食。

大餐之后就是圣诞童话剧的时间。他们借着《白雪公主和七个小矮人》的故事，演了一出讽刺囚禁生活的小喜剧。日本军官与看守也在观众席中，同大家一起捧腹大笑——还好他们似乎并未看懂这其中的玩笑大多是在讽刺他们。当演员们用沙哑的声音唱起低俗的歌曲时，朱迪也昂起她美丽的头，跟着一起哼唱，就像任何战俘营吉祥物该做的那样，就像她当年在"最强者俱乐部"所做的那样，就好像回到了英国炮舰在长江上自由巡逻时的美好岁月。

但即使做了这一切，格劳格尔一号里的"圣诞快乐"仍旧是迫于无奈。大家不想被如今的窘境吓倒，于是尽力在这糟糕的境遇中找些乐子。极度的抑郁，与家人和爱人的分离之痛，以及深深的思乡之情——这些都不可能被一顿美食和一首欢快的歌曲所驱散。所有在格劳格尔的战俘都盼望着1942年快些结束，迎来新年——他们期盼着新的一年，战势会发生逆转，盟军能取得胜利；也期盼着他们走出战俘营，重获自由的梦想能够成真。

事实上，1943年将是被死亡黑暗席卷的一年，就连"朱迪帮"的朋友们也未能幸免。日本人决定在新的一年启动一个新的大规模劳动项目，该项目后来被称作"白人之山"。没有什么比这座格劳格尔战俘们受命建造的圣殿山更能彰显日本帝国极度膨胀的自信了——这个弹丸小国居然坚信仅凭她一己之力就能征服中国、印度、东南亚和美国。

工程首先需要清除一个杂草丛生的烟草种植园，然后劳工们才能开始那项异常艰巨的任务——在此建造一座人工山峰。而光清除这些植物，就让50个人带着钩镰和长刀——当地人造的锄头和砍刀——挥汗如雨地劳作了几个星期。火辣辣的太阳灼烧着他们的每一寸肌肤，一群群如黑云般的蚊子、蜇人的大黑蚂蚁，以及其他野蛮肆虐的昆虫都开始毫无顾忌地叮咬这些裸露而没有防护的身躯，随心所欲地大快朵颐。

不过，在这茂密的灌木丛中，虽危机四伏，却也暗藏机遇：特别值得一提的是突然出现的苏门答腊泽巨蜥———一种"巨型蜥蜴"。这种巨蜥跟鳄鱼差不多大，对于从未见过它们的人而言，就好像是神话传说中的中国龙一样。虽说这两者朱迪都没见过，她还是照样没有退缩，怒吼连连，吓得躲在灌木丛中的一只巨蜥夺路而逃，却跑到了刚清理出的空地上。

这些巨蜥体型巨大，看似笨拙，动起来却极为迅猛——不过还是赶不上格劳格尔一号的狗狗。即便有朱迪咬着这只嘶嘶吐舌的巨蜥的尾巴，捕猎过程也还是能够拖上一个小时甚至更久——主要也是为了能逃离一会儿那单调又磨人的劳作。话说回来，尽管有一副史前动物般粗糙丑陋的样貌，但这种巨蜥吃起来却很是美味，肉质口感类似鸡肉，还隐约有些鱼的味道。

所有植物一经清除就要被烧掉，然后成片的土地必须用手筛过一遍，不能留有任何一丁点根茎、种子和杂草。这样的劳作看似没有尽头，看守们像驱赶奴隶一样使用战俘，直到整片区域像是一块刚刚犁过的土地。下一步是令人筋疲力尽的平整土地，再接下来就只剩堆山了。事实证明，建造这座圣殿山是日本人迄今为止分派给战俘们的最消耗体力与精力的任务。他们要把成吨的土运送堆积在这座不断增高的"山"上，手中的工具却只有一根扁担和一对柳条筐。

扁担压在瘦骨嶙峋的肩上，过重的负载让人步履蹒跚，然而稍有差池看守就会用枪托抽打或军靴踢踹，这样的劳作简直就是痛苦的煎熬。看守们还坚持每一筐土都要装到最满，完全无视战俘们早已骨瘦如柴，在平地上装卸都已勉强，更不用说挑着担子蹒跚爬上这该死的山坡去倾倒泥土了。随着土山越垒越高，山坡也变得越来越泥泞难行，战俘们不得不将运载拖拽上山。

待"白人之山"几近完工之时，格劳格尔的情况却日益恶化。当一座木结构的庙宇矗立在这座人造山的顶峰时，其门楣上雕刻的盘曲缠绕的龙纹本是护佑日本人祖先的灵魂在此安息，如今却成了那些因残酷的工作环境与食物紧缺而在此丧生的受难者的证明。

当圣殿山拔地而起时，格劳格尔的食物配给——主要就是米汤——却严重缩水，就好像这两者之间有着某种此消彼长的关系似的。而且，就连这少得可怜的食物，都不能保证每个人都有。那些参与工作组的人能够得到他们每天的配给。而那些因身体虚弱只能做一些"轻活儿"的人，就只能分到一半的配给。至于那些病情严重而完全不能劳作的人，则没有任何东西可吃——这就意味着那些已经生病的人会因为饥饿变得愈发虚弱。

现在的情况已经恶化到，如果没有额外的食物补充，仅靠每日那一点儿米汤，战俘们——尤其是那些还要被迫在"白人之山"凄惨劳作的人——就会死。而与此同时，日本人的货币——日本人占领苏门答腊岛后，为替代原先荷兰人发行的货币而新发的苏门答腊元，或者说是日元——已大幅贬值。

战俘们每天劳动所得只有几分钱，这点微薄的收入本来顶多也就只能买几个鸡蛋或一点蔬菜。但是，随着日本帝国战事吃紧，逐渐恶化，他们的合法货币也变得越来越不值钱。等到"白人之山"快完工时，两星期的薪资也就够买一个鸡蛋了。在一系列糟糕的情势下，这时的通货膨胀简直就是压死骆驼的最后一根稻草，好像有意要让他们病的病，死的死。

因长期饥饿而身体虚弱的卡曾斯，终于还是被病魔击垮了。那个总是快乐的鞋匠，那个总是偷偷把做日本军官皮靴用的皮革碎片留给朱迪的人，被赶进了"医疗营"。在那里，他忠心耿耿的四腿伙伴朱迪还是时常伴他左右，但最终他还是因病情恶化去世了。

—— // ∧ \\ ——

这个鞋匠曾不止一次为了格劳格尔一号的吉祥物冒险，他们早已非常亲密。在他突然离世后，朱迪总趴在他以前经常干活的屋檐下，头枕在伸出的前爪上，一动不动，一声不响。她的眼中充满了悲伤，因为又一个对她有特殊意义的朋友和保护者离她而去了，还是在她最需要帮助的此时。

朱迪要去找个新伙伴了。或许是因为不断出现的失落感，又或许是一再与那些逐渐爱上她的朋友分离累积的伤痛所致，无论缘何，朱迪现在都要重新寻找并选择自己的"主人"了。

在"蜻蜓号"和"蚱蜢号"沉没前几小时，巴哈拉海峡曾有三艘小型船只遭袭失事，英国皇家空军二等兵弗兰克·乔治·威廉姆斯就是其中的幸存者。他与朱迪和她的伙伴们经历了类似的苦难，最终来到了格劳格尔一号。沉船后，他先是发现自己被困在了一个热带小岛上，而后他搭乘过舯舡、小艇、卡车甚至英国皇家空军战机，通过各种方式努力逃出了日本人的包围，却因在巴东的短暂停留最终来到了格劳格尔。

威廉姆斯个子很高，声音温柔，是个聪慧机智的人，只不过天生的娃娃脸让人不易察觉他的睿智与成熟。他的家中有兄妹六人，他九岁时父亲离世，之后家里的生活一直很艰难。为了第一辆自行车，他足足攒了两年的钱，而不屈不挠、坚韧不拔也渐渐成了威廉姆斯家的特质。16岁的时候，他就加入了一个商船船队，开始了艰苦又充满挑战的工作，但同时也让他有机会游遍了世界的各个角落。

威廉姆斯来自英国汉普郡的朴次茅斯，战争爆发时，他刚好20岁。他应征入伍，加入了英国皇家空军，服役编号751930，在皇家空军无线电安装维修部（RIMU）工作。后来，他被派往了新加坡，成为那里的一名地勤人员，为那些英国皇家飞行员英勇抗击日军的飞行行动提供支持。在人数与武器装备上都远远落后于日军战机的情况下，英国皇家空军的战士们还是战斗到了最后一刻，但是随着新加坡的沦陷，很多人都被俘了，弗兰克·威廉姆斯就是其中之一。

弗兰克·威廉姆斯有一头乌黑的卷发，还很面善，在格劳格尔一号，他不是最坚强的，也不是最凶蛮的，当然更不是最心直口快的。但是，他对动物的喜爱几乎无人能及，并且爱靴如命。或许正是这个原因，使朱迪发觉弗兰克·威廉姆斯很适合做自己的"主人"，或者用"生活伴侣"来描述他们建立的这种非同寻常的关系可能更恰当。

弗兰克正蹲在营房里，盯着罐头盒里盛着的那点儿可怜的米汤。突然，他感觉有双眼睛正看着他，抬头一看，发现了一只特别好看的狗正凝视着他。他们就这样四目相接地彼此看了很久，然后朱迪开始向前走来。她看起来走得很慢，步伐中带着迟疑，似乎不太确定这个陌生人对她会有什么反应——特别是在这个"饲喂时间"点上。但她还是隐约有所表示——纤细的尾巴在微微摇动，一双聪明深邃的眼睛也激发了他人的喜爱之情。

弗兰克能看出她有多瘦，又有多饿，但即使如此，她依旧是一只美得惊人的英国指示犬。他又看了看自己罐子里那黏糊糊的米汤——它看起来和闻起来都令人作呕，可是每个战俘在饭点都得面对同样恶心的抉择：吃，还是死；吃，还是死。每个人得到的都是一样的配给，也只够他自己吃。而且大多数人都觉得，每当分米汤时，大家都是自顾自的。

弗兰克只犹豫了一瞬，就把米汤倒了一些在手上，伸到了朱迪面前。她的目光迅速落在了送来的食物上，但还是没有动。她发出了一声低沉的哀鸣，但仍站在原地，目光在食物与弗兰克之间来回移动。很显然，她需要某种确认，需要弗兰克给她某种示意，说明他这个举动完全是善意的、无私的，不是想要耍弄她的。

过去一年多在战俘营里的生活让朱迪学会了对陌生人保持怀疑与戒备，直到对方证明他们值得信赖为止。弗兰克明白。所以，他把那罐宝贵的食物放在了地上，然后伸出手去，轻轻抚弄朱迪的耳后。

　　"没事的，没事的。"他喃喃说道，声音温柔，"不用客气，吃吧。"

　　直到这一刻，朱迪似乎才放松下来。她把弗兰克给她的食物舔得一干二净，然后安心地趴在了他的脚边。弗兰克肯定不是第一个把自己的食物分给朱迪的人，但他是最早这么做的"陌生人"之一。所谓"陌生人"，就是朱迪平常朋友圈以外的人。这时的弗兰克和朱迪都不知道，他们即将成为彼此终身的伴侣。

　　从一开始，弗兰克对朱迪就很有办法，就好像有魔法一样。没过多久，朱迪似乎就从这个年轻的皇家空军士兵那里学会了许多低语的指令，就好像她能听懂他的每一句话、每一个字似的。他甚至曾命令她跑到战俘营外的日军墓地，取回来一些日本看守供奉在逝者墓前的新鲜水果。

　　日本人信奉两种形式的宗教，且两者长期并行：一种是日本神道教，信奉古老的万物有灵论和自然崇拜；另一种是更为现代的信仰形式——佛教。新建成的"白人之山"上矗立的木质神庙就是一个神道教或佛教的圣地——而这两者通常会被放在一起。不过，对于快要饿死的战俘们而言，新鲜的水果被吃进他们的肚子里总好过烂在死人的尸身上，或者至少弗兰克和他的同伴们是这么想的。

　　随着食物匮乏的情况越来越严重，朱迪这种冒险的尝试对人和狗的存活也变得愈发重要起来。但是她每次冲出去，都冒着被战俘营看守捉住的危险，而那些看守们的伙食也比战俘们的好不了多少。很快，朱迪就会发现她在铁丝网外的一次大胆的冒险将置她于死亡边缘。

　　而这个险境却是谁都没能预料到的。

—— // ∧ \\ ——

第十五章

　　朱迪的伙伴们以前一直认为"性乃人类原初驱动力"，但格劳格尔一号很快就改变了他们的想法。现在，莱斯·瑟尔、乔克·德瓦尼、庞奇·庞琼，还有弗兰克·威廉姆斯都已发觉，食物才是他们长久以来日思夜想、梦寐以求的"最重要的生命启示"。

　　战俘们已经有数月都没谈论过女人，或是讲起那些士兵们常讲的黄色段子了。关于美丽女性的探讨早已让位，如今他们孜孜不倦的永恒话题只有食物。有时，他们会说起以前在家常吃的美味；有时则会憧憬以后回家了要吃些什么佳肴美馔。就连从那台秘密收音机里拼凑来的零星消息最终都会被归结到食物上：什么时候他们离开了这里，就找个地方，把他们现在想吃的美食都享用一遍。

　　朱迪的伙伴们本以为，她跟他们一样，对性也没了兴趣。可是他们大错特错了。在认可弗兰克·威廉姆斯为"主人"后没多久，朱迪从一次夜间行动归来时，带回了一些食物以外的东西：她怀孕了。一开始，大家都不敢相信。这怎么可能呢？这一片儿的狗好像很早之前就被杀光吃尽了。他们还互相开玩笑说，或许朱迪会生一窝虎宝宝，或者一群羊宝宝呢！

　　可是玩笑归玩笑，玩笑之后却是真的险境。朱迪的肚子越大，需要吃的食物就越多——因为现在有一窝饥饿的宝宝正在她的肚子里生长。但是对弗兰克和朱迪的其他保护人而言，每天奋力给自己弄到足够的吃食都是莫大的挑战了，而现在他们还得照料朱迪和她尚未出生的孩子。他们最担心是：这位"孕妇"变得越胖，对日本或朝鲜看守而言，她就越像一道适合上桌的美食，更不用说还有苏门答腊当地人会垂涎不已。

　　因此，朱迪的保护者们禁止她离开战俘营，除非是与工作组一起——在有人可以保护她的情况下。而且时不时地，总会有人主动从自己日渐减少的红十字会存货中拿出一罐珍贵的食物给她。她就这样一天天圆润起来，直到即将临产。出人意料的是，弗兰克·威廉姆斯反而从即将出生的狗宝宝身上看到了机会，并最终以此确保了格劳格尔一号吉祥物应得的安全。

　　在柯克伍德医生——格劳格尔一号的英军医疗官兼战俘，以及一支荷兰战俘医疗队的照料下，朱迪产下九只小狗。这比她在"蠓虫号"生产的少了四只，而且这些也都不是纯种的英国指示犬。不过，在这种环境中，朱迪已经表现得很好了。当她把狗宝宝们舔干净，让它们靠着自己的奶头时，其中四只小狗显然太过虚弱，根本无法吮吸，难以存活。于是，它们被交给了其中一名医护来妥善处理，而剩下的五个健康的宝宝则留在了朱迪身边。

　　就这样，在格劳格尔一号的凄风苦雨中，朱迪成了一位骄傲的母亲，哺育着五个淘气、不谙世事又饥饿的毛球儿。尽管这次活下来的小狗才是她在"蠓虫号"上那一胎的一半，但就此境遇而言，本身已是超乎奇迹。靠着红十字会捐赠的牛肉罐头和炼乳，朱迪的宝宝们长得又肥又壮，还很健康。没过多久，这五个精力充沛的肉球就开始在英国战俘的营房里晃晃悠悠地乱闯了，所到之处，总是欢笑趣味与喧闹混乱并起。

等它们长得胖胖乎乎、令人难以抗拒的时候，弗兰克便开始实施他的计划了。朱迪从来都无法掩饰她对朝鲜和日本看守的厌恶。就在最近，她还赶跑了一个她发觉对她的一个狗宝宝有所威胁的看守呢。但是不知为何，她就是可以容忍坂野上校。事实上，经过这段时间，格劳格尔一号的吉祥物与格劳格尔一号的指挥官已经建立了一种犹如游戏般的对立关系，弗兰克从中窥视到这位日本上校不为人知的柔软一面——他其实是个潜在的爱犬之人。

这位日本上校最喜欢的事莫过于拿着他的军刀，假装威胁朱迪，故意逗得她龇牙咧嘴、大声咆哮后，他自己反而会突然大笑起来。对他而言，这好像是一项不错的"运动"。弗兰克还知道，上校在格劳格尔有一位特殊的朋友——一个年轻貌美的当地女人。他还注意到，坂野上校的女友对朱迪有多么惊叹与喜爱。每次她来，都会大声喊着："朱迪，过来！"——而这是她唯一会说的英语。

一天晚上，弗兰克确定此时正是坂野上校独酌的时间，就带了五只狗宝宝中最惹人喜爱的"基什"，前往了上校的营房。现在任何战俘靠近日本军官的营房时都会战战兢兢，惶恐不安。因为前不久，坂野上校和他的副官们还惨无人道地虐待了一名他们的士兵，战俘营里人尽皆知。

起因是，坂野上校叫人给他和他的副官们奉茶。于是一名传令下士轻手轻脚地走入房中，一手托着茶盘，深鞠一躬，头低得都快碰到地毯了，茶水却一点儿都未洒出。他还戴着口罩，掩住口鼻，为免自己呼出的"低贱"细菌不慎落入他"高贵"长官的茶水中，简直谨慎得不可思议。可就在他服侍完毕准备转身离去时，却无意中绊到了其中一名军官擦得锃亮的靴子上。

他还没来得及说出抱歉，那只靴子就已飞起一脚，踢中了他的下腹部。这名传令兵立刻无声倒地，疼痛不堪。施暴的军官站起身来，继续踢踹这名传令兵，直到他失去知觉，而旁观的其他军官都咧嘴笑着，点头赞许。坂野上校也微笑着默许了这一切，还立刻叫来了另一名传令兵，将这个满身血污、不省人事的士兵拖出了他们高贵的营房。

这就是弗兰克·威廉姆斯，一个战俘，现在要主动前往的地方。他并没有低估这其中的危险。一般来说，未经传唤却敢觍着脸靠近指挥官营房的战俘，都将面对长时间的禁闭处罚，甚至还会被依法处决。

弗兰克是幸运的，基什瞬间征服了性急易怒、脾气暴躁的日本上校。他把小狗放在了上校面前的桌上。当看着这个小东西摇摇晃晃地朝自己走来时，这个日本上校似乎觉得非常有趣，就如她妈妈冲着舞刀的自己龇牙咧嘴一样。而当基什停下来，伸出小小的粉色舌头，开始舔他平时握刀的右手时，他真的被打动了。

弗兰克尽量让自己的声音不要颤抖——他非常清楚这就好像走在鸡蛋壳上一样——他先向坂野上校解释：基什是送给他尊贵的女友的礼物。坂野上校点了点头，呵呵地笑了起来。这的确是个好主意，非常好。于是，弗兰克忙不失时机地问道，是否可以考虑给小狗的妈妈一个正式的日军战俘身份，作为对她的一点奖励呢？毕竟她是英国皇家海军的吉祥物，亦是英国皇家军队的正式一员，所以这恐怕是她本该得到的。

上校对这个提议掂量了很久，脸色阴沉。尽管他并不想拒绝这一提议，但他不知该如何向他的上级解释这战俘营花名册上突然增加的成员。这一刻，弗兰克真的是豁出去了，他冒险建议道：如果在他自己的战俘编号"81"的后面加上一个后缀"A"，那么朱迪就可以变成"战俘81A"了。这样，就皆大欢喜了。基什的妈妈高兴；坂野上校高兴；最重要的是，他的女友，基什的新主人，也会高兴。

坂野上校把手埋在基什肉乎乎、毛茸茸的肚子上，扒拉着这个小家伙，滚过来又滚过去。他显然很喜欢这么玩儿。与此同时，他的另一只手伸过桌子拿起了他的官方专用书写纸。就在这里，就在此刻，他开始潦潦草草地写下一道命令——朱迪就要成为正式的日军战俘了，编号81A-棉兰，一如弗兰克所愿。

然而，就在他要写好这一纸珍贵的公文时，弗兰克的心也跟着提到了嗓子眼：基什的小屁股下面出现了一摊尿渍，而且已经开始在上校光洁的办公桌上扩散开来。弗兰克只能祈祷在上校草草写就之前，这摊小尿不要扩散到他的公文纸上。所以，几乎是在坂野上校把这张宝贵的纸交给他并令他离开的同时，弗兰克就已经转身出屋，溜之大吉了。

鉴于身后还没传来任何愤怒发狂的日语咒骂，弗兰克想，他得趁坂野上校发现那摊小尿之前赶紧离开军官营房区域，于是赶忙加快了脚步。第二天一早，朱迪的项圈上赫然多了一个金属标签，那是她的"保护委员会"把罐头盒上的一片金属压平后给她做的。那上面用优美的字体刻着："战俘81A-棉兰"。

朱迪"荣升"战俘的消息不胫而走，迅速传开，下一步就该是剩下四只小狗的去向问题了。基什送走后，罗乔克、史克基、小黑和庞其都显得糊里糊涂，笨笨的，总是陷于各种麻烦之中。它们的妈妈根本看不过来。好在，很快就有人想要它们了。亲属集中营，也就是格劳格尔二号的女人们听说了小狗的事，就托一个当地卖水果的小贩把纸条藏在篮子底下，带了过来：

"拜托，能给我们一只你们的小狗吗？"

任谁也不会拒绝这样的请求，尤其是格劳格尔一号的男人们，他们甚至不忍去想在亲属营生活的荷兰女人和孩子该是怎样凄惨的境遇。莱斯·瑟尔觉得，史克基是四只小狗中最漂亮的，所以最合适送过去。于是，当那个卖水果的妇女再次来访时，她的篮子底部特意留出了一点空间。史克基吸了一点柯克伍德医生开的氯仿麻醉剂，进入了昏睡状态。他们用布将她裹好，放进了篮子里，上面还盖了些香蕉作掩护。就这样，冒着可能遭到战俘营看守各种报复攻击的风险，史克基在水果贩子头顶的篮子里，晃晃悠悠地被偷运出了格劳格尔一号，并送进了亲属集中营。等到史克基从昏睡中醒来时，她已经落户新家了。那之后，她给这里的女人和孩子带来了无尽的欢乐。

随着剩下三只小狗越长越大、越来越壮，喂养并看管它们也变得越来越困难了。接下来被送走的是罗乔克。他被从战俘营铁丝网上的一个洞眼塞了出去，交给了驻守在棉兰的一个瑞士红十字会官员，作为对之前援助物资的迟到答谢。

还剩下两只小狗了，然而可怕的厄运正等着其中的一只——小黑。或许是因为他是几只小狗中最好奇也最爱管闲事儿的——这一点无疑是遗传自他妈妈——一天深夜，小黑不知为何，一时兴起，跑出了英国战俘的营房。不幸的是，它撞上了一个喝醉的朝鲜看守，然后就被打死了。这些朝鲜看守特别像被宠坏了的孩子，经常毫无缘由地狂躁暴怒，若是再喝了酒，情况就更糟。

可怜的小黑在错误的时间出现在了错误的地点。

毫无疑问，最近几个月，看守们的性情愈发糟糕，脾气愈发不好了。大家都把这归结到一个事实上，那就是日本帝国在战场上的情况不如预期。几个月以来，看守们一直在大肆吹嘘日军对印度的入侵。他们把一张巨大的印度地图挂在一个显眼的窗户上，还用箭头在上面标出了日军行进的方向。但是，过去几周的时间里，箭头都定在一个名为科希马[1]的山中要塞上，而那条线也没有推进，就停在印度东部边界英帕尔[2]通往科希马的途中。

科希马战役后来被称为"东方的斯大林格勒保卫战"。从1944年4月3日到16日，日本人试图猛攻科希马山脉，因为这里可以控制在英帕尔的英国与印度驻军补给线。科希马的守军人数寥寥，但他们坚持抵抗，排除万难，终于在4月中旬突围成功。随后，英军与印军发起了反击，迫使日军放弃了之前攻占的区域，将他们赶出了这条线路并最终完全赶出了英帕尔一带。

在格劳格尔一号的地图上，英帕尔一直被插着一面显眼的日本国旗，之后通往印度首都德里沿线的几个目标也是如此。然而就在这些旗帜被牢牢钉在上面几周后，那张地图却被悄然取下，再也没有出现过。

格劳格尔的战俘们此时还不知道，英帕尔标志了日军一次决定性

1　科希马（Kohima），印度东北部城市，那加兰邦首府。位于达扬河畔，公路南通英帕尔，北入布拉马普特拉河谷，雨季道路常受阻。工业以传统的手工棉织品驰名，是那加兰邦文化、教育和集市贸易的中心。

2　英帕尔（Imphal），印度东北部城市，曼尼普尔邦首府。位于英帕尔河谷平原中部，曼尼普尔河右岸，是印度东部与缅甸交界地区的一座边境城市，地处吉大港通往印度东部阿萨姆邦的交通干线上。二战期间，英军兵败缅甸后，便撤退至此并把英帕尔建成了一个巨大的军事和后勤补给基地。

的失败。从那以后，比尔·斯利姆[1]将军伟大的第十四军——所谓的"被遗忘的军队"，由几十个不同国家的说着不同语言的士兵组成的杂牌军——为抗击日本人而团结在了一起，并终将日本皇军赶回了缅甸，甚至更远的地方。

但是，随着日军战势的急转直下，苏门答腊战俘营的日本看守却变得更加暴虐凶残。

1944年6月的第二个星期，坂野上校离开了格劳格尔，接替他的战俘营指挥官是尼西上尉。而这个尼西上尉一来，就给所有人上了黑暗的一课。他作为战俘营指挥官的第一个清晨，天刚蒙蒙亮，他便命令所有战俘在操练场集合。而他说"所有人"就是真的所有人——不论你病情多重，伤势如何。

那些站不住的战俘就被伙伴们搀扶着，而那些走不了的也被抬了出来。就连躺在担架上的人都得列队组成一个伤、病、残与将死之人的特别方阵。尼西上尉则站在操练场的中央，像个主人一般审视着所有战俘。他一边用手杖拍打着自己过膝的长筒皮靴，一边冷冷地凝视着这群可怜的人，看着他们跌跌撞撞，看着他们匍匐爬行，看着他们被拖出营房。

然而，就在他锐利的目光扫视着这群消瘦衰弱的战俘时，他手中一直拍打着的手杖突然停了下来。他看到了弗兰克·威廉姆斯和他身边那只惹眼的四腿生物。尼西上尉完全僵住了。他的眼睛瞪得老大，要凸出来了一样，直盯盯地看着这只英国指示犬像个战俘似的站在队

---

1 比尔·斯利姆即是威廉·斯利姆（William Joseph Slim，1891—1970），斯利姆子爵一世（1st Viscount Slim），是著名的英国军事指挥官和第十三任澳大利亚总督。世人多称其为比尔·斯利姆（Bill Slim），因Bill是William在英语当中的昵称。

伍中。一只狗？一只狗！怎么会有一只狗跑进他的检阅队伍中来？

尼西上尉缓缓走向那一人一狗，好像一个掠食者在靠近自己的猎物，脸色阴沉。他握刀的手渐渐滑向了佩刀的刀柄。眼看着尼西上尉不断靠近，弗兰克的心战栗不已。他身旁的朱迪此时单薄瘦弱，筋疲力尽，还未从养育孩子的辛劳中恢复过来。随着这个新指挥官的步步逼近，她的身体开始微微颤抖，嘴角咧开，发出了一声几乎听不到的低吼。

尼西上尉停了下来。

气氛异常紧张。

没有人说话——无论是战俘，还是看守。

弗兰克知道，此刻就是行走在刀刃之上，险之又险。如果等到这个上尉开口，下令对朱迪采取什么残忍的处置，那些看守一定会立刻执行命令处死她的。他必须先发制人，赶在这个上尉喊出任何指令之前。

于是，他颤颤巍巍地把手伸进了他破破烂烂的短裤口袋里，拽出了坂野上校给他写的那张公文纸——朱迪的"正式"战俘许可。然后，一只手指着他的狗，一只手举着那张"许可"，上面赫然显示着坂野上校令人眼花缭乱的签名。尼西上尉盯着那张皱巴巴的纸看了好一会儿，然后一把夺了过去。

他满脸狐疑地看着那张纸，他的同僚们也聚了过来，对着纸条和朱迪指指点点、叽叽咕咕了半天，最后一阵挠头，也只能是大眼瞪小眼。然而，不管这看上去多么不合情理又多么不可思议，这张有关这只狗的纸条看起来确实是出自坂野上校之手。而坂野上校是尼西上尉的上级，如果上校认可了这只狗的正式战俘身份，那么他便无从置喙，毕竟在等级森严的日军军队中，没人能够违抗上级军官的决定。

—— // ∧ \\ ——

最起码现在朱迪不再是尼西上尉宣泄怒火的合法目标了。然取而代之的是战俘们。除了那些将死之人，所有的战俘都被派去参加强制劳动。看守们显然接到提高工作效率的命令，如若不然，就得承担其恶果。尼西上尉似乎决心要在最短时间内累死这些战俘，而很快，战俘们便纷纷倒下了。

第二天的情况更糟，如果这样继续下去，医院很快就会人满为患。但是到了第三天，情况似乎有所缓解。天刚破晓，他们又被集合在了操练场上，只听见尼西上尉大声喊出了一个新的指令：

"所有战俘即刻向新加坡转移。"

这个消息突如其来，但还是让大家难掩兴奋之情。新加坡，与苏门答腊——这个战俘们被迫劳作许久、几乎与世隔绝的丛林岛屿相比，那就是个繁华的大都市。新加坡，那里一定有外界的消息，或许还能知道欧洲的战况如何。新加坡，那里的待遇肯定比这儿好，会有更多的食物，说不定还能收到家里的来信。

就算没有这些，大家离开格劳格尔的愿望也已如此强烈，以至于他们觉得，任何地方都比这儿强。莱斯·瑟尔用自己的破衣角帮躺在身边担架上的战俘擦了擦汗。

"高兴点，兄弟。"他低语道，"你很快就要离开这儿啦！"

这天晚上，各个营房都是一片混乱景象。大家都在忙着收拾东西，反复打包行李，为离开做准备。每个营房都迎来了看守们的巡查，并被警告说，第二天天亮之前必须准备就绪。

然而，弗兰克·威廉姆斯迎来了一个与众不同的造访。尼西上尉亲自前来，跟他这个朱迪的首要保护人说了些话。事实上，应该说是这位指挥官下达了一条简短的指令。他希望他说清楚了：这只狗不能前往新加坡。既然朱迪是格劳格尔一号的吉祥物，那么她就必须留在格劳格尔一号。

尼西上尉离开后，弗兰克花了很长时间来消化这个消息。但他还是被吓坏了。他坐在营房一角，用双膝围拢着朱迪，试图想出一个计划——既能阻挠这个残忍的指挥官，又能把朱迪留在她的同伴、她的家人身边。他知道莱斯·瑟尔、乔克·德瓦尼，还有其他人都会帮他，但是最主要的风险还是得他自己来担。

他就这么看着朱迪，过了好一会儿。他不能期待任何人为了她牺牲自己的生命。毕竟，违背尼西上尉的命令就等同于找死。日本人——特别是像这种新上任的战俘营指挥官——是决不能允许自己"丢脸"的。如果弗兰克现在构想的计划成功了，一旦朱迪被发现逃走了，所有人都会知道有人违背了尼西上尉的命令，而这个违背者还是个低贱的战俘。那么，尼西上尉就会颜面扫地，后果不堪设想，残酷的惩罚也将不可避免。

但是，弗兰克已下定决心：不管他要去哪儿，他的狗都得一起去。不管是谁来下令，都不能将他们分离。那一夜，这一人一狗都几乎没有合眼。弗兰克花了好几个小时教朱迪玩一个新把戏——一个演变自"从日军坟墓衔回新鲜水果"的游戏。

战俘们将由一艘陈旧的货船运往新加坡。黎明之前，饥饿又疲惫的大伙儿终于在难眠之夜后睡着了，营房里呼噜声与呻吟声此起彼伏。而此时的弗兰克正在利用这最后一点安静的时间，训练朱迪在他给出暗号后，钻进他手中拿着的粗麻布袋子。当朱迪看起来已经熟练掌握这一过程后，弗兰克又教她在听到自己打响指后，跳进或跳出麻袋。

不管是什么品种，狗在接受训练时，最喜欢的奖励都是玩耍与表扬。弗兰克没有任何其他东西可以奖励朱迪，却可以给她足够的陪伴、玩耍与表扬。

　　当黎明的第一缕曙光洒在格劳格尔一号营房的屋顶上时，朱迪似乎已经完全掌握了她的新把戏。她还不太明白学这个要用来干嘛，但她绝对信任她的导师。

　　她也还不知道，她正命悬一线。

　　而他们所能做的就只有等待和希望。

第十六章

　　黎明时分，战俘们受令集合，接受他们最后一次检阅。然而，战俘"81A-棉兰"却被拴在了英国营房里的一根木桩上。幸亏弗兰克曾经在商船上干过，知道水手结的系法。他给朱迪系了个活扣，只要稍一用力就能松开的那种，然后命令她"待在原地"，便离开营房，走向了在微弱晨曦中集合的队伍。

　　尼西上尉的残暴政策施行还不到一周的时间，队伍里的担架就变成了两排。天知道如果战俘们还不得不继续忍受他的暴虐统治，将会遭遇些什么。莱斯·瑟尔、乔克·德瓦尼和朱迪其他靠谱的老朋友都"有份参与"弗兰克的营救朱迪计划，且各有任务。他们紧张地等待着看守们一遍又一遍地清点战俘人数，然后一遍又一遍地检查他们少得可怜的行李。

　　弗兰克计划的关键就在于，他要让人看见他扛着一个鼓鼓囊囊的麻袋，尽管事实上他根本没什么值钱的东西可带。他往麻袋里塞了一条旧毯子，让它看起来又满又鼓，以应对那些可能检查的人。最终，看守们似乎对检查结果很是满意，向尼西上尉报告说：全员到齐，一切就绪。

于是，尼西上尉下令出发。

战俘营的大门最后一次摇摇晃晃地打开了，至少对于这些战俘而言是最后一次。最先离开的是被从医疗区营房里拖出来的伤病号，现在悉数躺在匆忙赶制的担架上。当那些担架抬着的战俘经过格劳格尔一号的大门时，他们形如枯槁的身影活像坟墓开棺看到的死人。他们曾经都是活生生的人，但经过了残酷的强制劳动、热带疾病以及长期饥饿后，他们已经变成了一个个幽灵。

那些还算"健康"的——尽管这个词在格劳格尔一号的意义与其本意相去甚远——在愕然与沉默中目睹了这些半死不活的伤病员犹如幽灵巡游般地经过。平时工作组的劳作繁重，所以并没有多少人有精力、意愿，或是需要走进医疗区营房。而今天，尼西上尉的命令使医疗区营房的秘密被迫公之于众。许多人不由自主地咬紧了嘴唇，或是指甲已抠进了掌心，他们克制着自己对那些做出如此恶行之人的愤怒，也压抑着想要立刻反击的冲动。因为任何进行反击的战俘，不是死，就是落入可怕的日本宪兵队（Kempei-tai）手里，比死更惨。

日本宪兵队就相当于德国纳粹的秘密警察——盖世太保。在这些行进的活死人中，有不少都曾落入他们的魔爪中。这些人大多是曾任职于苏门答腊的荷兰军官，日本宪兵队用不堪言说的残酷手段对他们进行了审讯与拷问，意图从他们身上得到关于这片他们曾统治过的地区的各种情报。当他们回到格劳格尔时，已经彻底垮了：不只是身体上的，更是精神上的。他们如行尸走肉般跌跌撞撞地走着，迷失在那个灵魂倍受摧残的世界中，充满绝望，无法自拔，最终彻底崩溃。

弗兰克徘徊在被视为"健康"俘虏的队列后面，等着轮到他出发。随着队伍开始逶迤前行，为了能够再拖一会儿，他进入队伍的最后面。直到走过大门那一刻，他才轻轻吹了声口哨，那是朱迪能够识别的叫她过来的暗号。他们此行的第一步是乘坐火车前往码头。但是，当他跟在队伍的最后头，逐渐走向附近的火车专用线时，却到处都看不见他心爱的朱迪。

弗兰克担心坏了，怕自己给朱迪系的扣太紧了。可是他现在还能怎样？他不可能再回头去找她。那样他会被发现的，然后麻烦就来了，连朱迪也很快就会被发现的。所以此刻他唯一能做的就是跟着队伍移动，排队登上火车，同时四下张望，找寻他的狗。

就在这时，他看见了她——黑黑的、潮湿的鼻子和那一双明亮的眼睛，半躲在一节车厢的阴影里。他单膝跪了下来。莱斯·瑟尔和乔克·德瓦尼则招呼其他几人凑近过来，在他身边围成一圈，以掩护即将发生的事。只见被团团围住的弗兰克迅速将麻袋里的毯子抽了出来，又打了个响指，朱迪便从藏身之处疾冲过来，跳进了空空的麻袋里。

为了更好地掩护朱迪，毯子又被塞了回去，盖在了最上面，然后弗兰克把沉重的麻袋往肩头一扛，便爬上了一节等待着的车厢。带着藏好的朱迪，前往码头的旅程变得虽苦犹甜。尽管前途未卜，但这些英国和澳大利亚的战俘大多还是为终于能离开格劳格尔一号而松了口气。对于那些荷兰战俘而言，这次离开却意味着将与家人分隔两地，相见遥遥无期。所以，当火车经过亲属集中营时，绝望的衣袖与手帕伸出了车窗外，挥舞着做最后的道别。

快到达码头时，刹车启动，所有的车厢都开始剧烈颤抖，并发出尖锐的摩擦声。此时此刻，才是真正考验弗兰克计划的时候。他把朱迪从麻袋里放了出来，让她冲出了敞开的车厢门，在火车马上就要完全停下的时候，躲到了车厢底下。

—— // ∧ \\ ——

战俘们又一次列队，以迎接日本人今天的第二次人数清点与行李检查——其实主要是为了确保没有人在这段火车行程的中途逃跑，也没有人走私携带违禁品。战俘们此时关切地看着眼前这艘船。这艘船的本名——"范·维尔维克号"（*SS Van Waerwyjck*）——已经被新刷的日本名字"春闻丸"（*Harukiku Maru*）所盖住，高高的灰漆船身上是一道道锈斑与污痕。

"范·维尔维克号"是一艘被俘的荷兰船只，被迫编入日军服役。这艘1910年造的客运汽船在二战爆发时被荷兰皇家海军征用，后受命凿沉于爪哇岛的丹戎不碌港[1]入口处，临近苏门答腊岛南端，以图阻止日军从海路入侵。但是在日本人占领这一区域后，便将此船打捞出来并加以修整，使其变成了日军军用的运输船只。而"范·维尔维克号"是在这里的所有战俘在勿拉湾港口见过的最大的船只。

人数清点似乎没完没了，战俘们的行李检查也是一样。当他的麻袋被检查过后，岸边看起来安全之时，弗兰克再次吹响了口哨。列队等待中的战俘们则开始低声口口相传，朱迪要来了。之前一直在火车底下爬行的朱迪此时猛然冲了出来，从战俘的队列间跑过，直奔弗兰克所在的位置。

她跑过时，甚至没有人低头看到她。弗兰克瞅准时机，再次弯下腰，把朱迪迎进了麻袋，然后很快便把她扛上了肩头。到此为止，一切顺利。等待已久的战俘们开始朝着通向"范·维尔维克号"主甲板的舷梯曳足而行。他们被分成了两组——军官与伤病员上前舱，其余

1　丹戎不碌港（Tanjung Priok），又称丹戎普瑞克港，是印度尼西亚首都雅加达的外港，也是全国最大的货运港。该港位于该国中部爪哇岛的西北，港市之东北，临爪哇海。西距巽他海峡70海里，距新加坡港523海里，东距苏腊巴亚（泗水港）392海里，至龙目海峡622海里，至乌戎潘港775海里，为重要国际货运港口。

战俘上后舱。

　　码头上聚集了大约七百名战俘，这么多人陆续登船怕是要用上很久，更何况还有伤病员。正午的太阳从苏门答腊万里无云的天空上直晒下来，炽热而无情。汗如雨下的战俘们只能一动不动地站在队伍中等待上船。弗兰克开始觉得四肢有些酸软无力，但却不愿放下此刻肩上的重担。

　　忽然，他感到站在他旁边的一个高大的澳大利亚人靠了过来，并把一个东西放在了他头上。那是一顶宽边的澳大利亚草帽。

　　"如果我倒下了，会有人把我扶起来。"他喃喃低语道，"但是如果你倒下了，兄弟，你就完了——你和你的狗就都完了。"

　　突然之间，尼西上尉出现在了弗兰克面前。大概有一两秒钟的时间，他就在那儿审视着戴在这个战俘头顶的宽边草帽。弗兰克能够看出他那双野兽般残忍的眼睛背后在疯狂地想些什么。在棉兰的营房里，尼西上尉亲眼看见朱迪被绑在了木桩上。在战俘营和这里，他也看见弗兰克的麻袋被一再检查过了。看起来，那只狗应该是被留下了，如他所令。

　　"那只狗没跟来吗？"他邪恶地用日语问道。

　　"那只狗没跟来……"弗兰克怏怏不乐地用日语确认道。

　　他尽力装出失去忠实挚友才有的沮丧模样，双眼望着地面，而与此同时，肩上沉重的麻袋已坠得勒进了他瘦骨嶙峋的肩膀。此时此刻，哪怕朱迪呼吸一下，尼西上尉都不免会注意到其中蹊跷。

　　"那只狗没跟来！"尼西上尉肯定地说道，脸上绽开一个胜利的微笑。又微点了一下头之后，他便走了。

　　弗兰克双膝颤抖着走上了舷梯跳板的顶端，直到此时，他麻袋里宝贵的东西仍未被发现。然后，他被粗暴地抓住又推向了通往前舱的陡峭铁梯上。救生衣没有分发给任何一个战俘，而是锁在上层甲板紧靠着救生艇的木柜里。

肩上扛着麻袋的弗兰克几乎是被扔下阶梯的，直接就摔进了下方黑暗中的人堆儿里。在台阶的尽头，他看到了一个已被改造成"囚船"的船舱。船舱内部被一块粗糙的木板分成了上下两层。先从梯子上下来的人都被赶进了伸手不见五指的下一层。

船舱里的条件极其恶劣。在挑高仅有四英尺的下层，人根本无法站立，而且由于人数过多，下面被塞得满满当当，也没有足够的空间可以躺下。他们只能蹲着，一排挨着一排。弗兰克给自己在上层找到一个位置，但也没好多少，不过这里有舷窗，这意味着至少等船开起来后，能有点空气进来。

弗兰克同莱斯·瑟尔、乔克·德瓦尼，以及其他人坐在一起，背靠着铁舱壁。船舱里已经开始闷热难耐了。头顶上的舱口好似一方天窗，一束阳光从那里投射下来，一线到底，穿透了下面的幽暗。可是没过多久，就连这个舱口也被砰的一声关上了，里面的人像被封在了一个巨大的金属烤箱里。转眼间，战俘们就都浸泡在他们自己的汗水之中了。

舱口关闭后，弗兰克觉得自己终于可以冒险把朱迪放出来了。她从麻袋里面探出头，伸着舌头，呼呼地喘着粗气，同时环顾了一下周围的新环境。很快，弗兰克就让她从里面出来了，并且给她喝了几口自己从战俘营带出来的水。这之后，他们便开始尽力忍受这段前往新加坡的海上旅程。

下午三点左右，"范·维尔维克号"终于开锚启航，驶离了码头。进入开阔海域后，为了安全起见，它便与两艘油轮、一艘货船，以及两艘日本海军小型护卫舰组成了一个支护航队。它一路沿着苏门答腊岛的海岸线向上行驶，海浪有节奏地拍打着船身，令很多人都精疲力竭地睡着了，却睡得既不舒服也不安稳，因为他们的小腿都只能盘曲着，这里既没有地方可躺，也没有地方活动。

莱斯·瑟尔发现自己特别想伸伸腿，可他蜷曲着已经顶到了舱壁，前面还有一个战俘横在他前面，根本动弹不得。至于朱迪，尽管舱内空间狭小，拥挤不堪，她却看起来很满足。因为她终于可以和弗兰克以及她的大家庭——她所有的同谋者——在一起了，至少现在她已经逃脱了被尼西上尉的魔掌所摆布的厄运。

黄昏时分，"范·维尔维克号"停了下来，抛锚且关闭了引擎，但是拥挤的船舱内那种令人窒息的闷热一直持续到了深夜。黎明破晓时，"范·维尔维克号"再次启程。这是1944年的6月26日，一个将会被所有登上这艘命运多舛之船的人永远铭记于心的日子。

在反复抱怨后，日本看守终于允许战俘们可以短暂离开甲板下的恶劣环境。他们获准分批上甲板呼吸新鲜空气，每次的时间为20分钟。不过，战俘"81A-棉兰"却哪儿也去不了。偷渡者朱迪只能待在最黑暗的舱底，否则就有被发现的危险。

一桶又一桶的热水被不断送下来，给战俘们泡茶用。可是，他们喝得越快，身上的汗也就流得越快。待到正午时分，舱内的酷热已达到极点。从船头到船尾，所有人都沉浸在一片死寂之中。战俘们麻木地默默忍受着——这烤箱一般的环境似乎把他们的脑子都烤焦了。只有那些疟疾和痢疾患者不断打破这缄默与沉寂，他们可怕的呻吟与神志不清下的狂叫在船舱里不断回荡。

朱迪隐秘地藏在属于她的角落里，安安静静地坐着，轮廓优美，犹如塑像，就好像她知道自己是一个偷渡客，也知道被发现的后果似的。朱迪的存在又一次极大地振奋了战俘们的士气与精神，一如往昔。她仍在他们中间，这个事实已足够表明他们又一次战胜了日本人。她是他们顽强抵抗与坚忍生存的象征——要知道，这一路走来，于她而言，生存是何等不易。

从朱迪坐的地方横跨船舱，正对面坐着的是一个年轻的英国陆军中士，名叫彼得·哈特利。哈特利曾在新加坡保卫战中脱颖而出，缘其为指挥官下令投降后，少数不愿向日本人屈服的士兵之一。他从新加坡码头偷了一条船，经由因德拉吉里河前往巴东，此间历程几乎同朱迪和其他炮舰成员的一模一样。

他与朱迪他们几乎是同时赶到被困的巴东的，所以也错过了最后一批起航前往安全区域的撤离船只，于是最终也被关进了格劳格尔一号。这期间还发生了一系列的怪事。作为一个虔诚的基督徒，哈特利在战争爆发前就已笃信上帝。因此被俘后，他被战俘营的英国随军牧师选中辅助自己的工作，特别是帮着主持葬礼仪式。然而，这位牧师还没来得及教授哈特利，自己就因病去世了。

就这样，哈特利既没有受过相应训练，更没有被正式任命，却生生被默认成了格劳格尔一号的英军"牧师"，而且还干得相当不错。坐在"范·维尔维克号"的船舱里，哈特利注视着对面这只大型的白底赤肝色英国指示犬，不禁惊叹她非凡的经历。格劳格尔所有人都听闻过他们这只吉祥物的冒险经历——在英国炮舰上的，在新加坡的，以及她一路奋战到战俘营的——而这一切都更加坚定了他们要让朱迪始终留在他们中间的决心。

如今，她又在这里了——被私带上船，又奇迹般地待在了他们中间。哈特利感谢上帝没有让她被日本人发现。有她同在这艘地狱般的船上，对所有人而言，都是极大的安慰。哈特利看着格劳格尔一号的吉祥物把她美丽的头趴在了前爪上，像是要休息了。渐渐的，他也感觉自己的眼睛要闭上了，在这无可奈何的闷热与船只的晃动中，睡着了。

然而，无论是人还是狗，都不会休息太久的。

6月26日，苏门答腊以东的海域风平浪静，晴空万里。开往新加坡的"范·维尔维克号"上，船长和船员都心情愉悦，无所忧虑，完全没有意识到自己已经被一艘英国潜艇盯上了。

遥远地平线上腾起的一缕黑烟让英国皇家海军潜艇"威猛号"（*HMS Truculent*）的指挥官罗伯特·亚历山大察觉到了这支小型船队的踪迹。几分钟之后，他发现一架战机在上空盘旋，似乎是在为船队护航。于是，他下令潜艇靠近至距离船队3500码以内的地方，以便可以仔细观察这些船只。

当他躬身透过潜望镜仔细观察敌方船只时，这位英军指挥官意识到他撞见的是一支小型的日本船队。他从头到尾地审视着这个船队，发现其中一艘双桅杆、单烟囱的汽船正喷出一缕黑烟——显然是最大的一块肥肉。他哪里知道，正是这艘汽船上乘载着好几百名英国与盟国的战俘。就这样，指挥官亚历山大下令发射了四枚鱼雷，然后迅速下潜至58英尺深的位置。

此时在"范·维尔维克号"上，莱斯·瑟尔刚刚被叫上露天甲板，可算是有个机会能透口气了。能离开下面船舱那种遭罪的变态环境让人倍感惬意，尽管他被召唤上来是为了做一项绝对令人不快的工作的——打扫船上的公共厕所。打扫到一半时，他的第六感让他向海上瞥了一眼。而这一眼却让他整个人僵在了原地。就在海面之下，可见几道不断延伸的白色水流，那无疑是鱼雷行进的轨迹。一共四枚，正快速向他们下方袭来。

— // ∧ \\ —

莱斯完全被震住了，惊惧不已，难以置信，但他还是喊出了预警："鱼雷！左舷外有鱼雷！"

然而，已经太迟了，汽船根本来不及闪躲。不一会儿，第一枚鱼雷击中"范·维尔维克号"，掀起了一股如喷泉般冲天的白色水柱。被击中的正是前舱的尾部，紧挨着船上的煤仓。站在甲板上的人瞬间意识到发生了什么，其中几个立刻跳入了海中。但是，那些挤在后舱里的人只听到一声穿透整个船体、震耳欲聋的回响，却并不知道"范·维尔维克号"已经在劫难逃。

莱斯迅速穿过甲板，想去警告他们，然而第二枚鱼雷赶在了他的前头。这颗钝头的炮弹顶上了后舱，而那里正有几百名战俘和一只狗像沙丁鱼罐头一样挤在一起。爆炸异常猛烈，连甲板都被炸得变了形，几名日本看守直接被炸得飞上了天。海水开始从破裂的船身倒灌进来。

"范·维尔维克号"发出一声痛苦的哀鸣，船身开始向左舷倾斜。在前舱，原本隔开轮机舱与战俘的隔离壁已经垮塌。空气里充斥着被炸飞的煤灰，漆黑如夜。满身烟灰的人犹如幽灵般，互相推搡着涌向舷梯，期望能争得爬到安全之所的机会。甲板之上，一名随军牧师一边用他最大的声音高喊着"万福玛丽亚"和"天父"，一边撞开了装有救生衣的柜子，将救生衣分发给身边准备离开这艘将沉之船跳海逃生的人。

木桶、木箱和坠落的木板在严重倾斜的甲板上滚动碰撞，把那些拼命想爬上甲板的人困住了。"范·维尔维克号"的船尾首先开始下沉，涌进的海水已经夺走了第一批遇难者的生命。后舱里一片混乱。人们争先恐后，甚至踩着别人向上攀爬，想要到达阶梯口。随着船体继续倾斜，木质隔板也解体了，大块的木板与大量的木屑碎片不断坠落，砸在人们的身上头上，困住了大伙儿。巨大的舱口盖也在爆炸强大的冲击力下坠入了舱内，直接压住了下面的人。

船体仍在倾斜，甲板上装运货物的箱子开始纷纷滚落，跌入船舱。海水旋转着，翻滚着，汩汩涌入，人们都在奋力逃生。莱斯·瑟尔从敞开的舱口向下凝望，想在扭曲的金属、断裂的木头和汹涌的海水中寻得乔克、弗兰克、朱迪和其他人的身影。他开始屈身探进黑暗之中，同甲板上的人一起将尽可能多的被困人员从那个巨大的钢铁棺材中拉拽上来。

然而一直没有看到乔克、弗兰克和朱迪的踪迹。

第一枚鱼雷击中船身时，彼得·哈特利，格劳格尔的临时牧师，猛然惊醒。待他站起身来，舱内已是一片恐慌，不料紧跟着他们又遭到了第二枚鱼雷的攻击。过了一会儿，他麻木的大脑才被各种嘈杂的声音所唤醒：哗哗的急流声，木板的碎裂声，以及被困人员痛苦的尖叫声。船上警报刺耳的哀号使气氛更加阴暗恐怖，脚底下的地板不停晃动，像是地震一般，要把整艘船都撕裂了。

头顶上的高处能看到一方天光——那是舱口——人群早已绝望地聚在那下面。梯子已经被团团围住。他根本无法从这条路径逃出去。于是，他开始攀爬那些落入舱底的箱子所堆成的参差不齐的小山。如果他能爬到最高点，或许可以纵身一跃，攀住敞开的舱口。

就在这一瞬间，他瞥向了刚刚朱迪把头趴在爪上睡觉的地方。眼前的一幕让他震惊不已。弗兰克·威廉姆斯正将朱迪高高举起，试着把她塞出舷窗。鱼雷来时，朱迪正舒服地靠在弗兰克双膝之间睡觉。他知道，他根本不可能带着她穿过茫茫人群，去争抢那唯一的逃生路径——通往甲板的梯子。于是，他转头来到最近的舷窗，将其完全拧开，然后把朱迪举向窗口。

船已经开始了它最后的垂死挣扎，而即使在这生死关头，朱迪始终相信弗兰克，并任由他把自己的头和前腿塞出窗口。当她转过头回望这艘已严重受创的船时，目光始终在寻找弗兰克的身影，好像是期待着他跟上来一样。

　　然而，弗兰克只是喃喃地说了几句鼓励的话："出去吧，好姑娘！快游走！"

　　与此同时，他又在朱迪的后臀上推了最后一把，然后，萨塞克斯的朱迪便落入了海中。

第十七章

下午2点4分，"范·维尔维克号"彻底垮了，一阵阵海浪将其渐渐吞噬。仅仅12分钟之后，它便沉没了。不过，并不是全然不见，它的船尾陷在了泥里，而船头部分仍冒出海面。她已经断成了两截，但在生还者的眼中，她还没有完全沉没：她的周围还有几百个人在水中，奋力求生。

与此同时，它的惩罚者英国皇家海军潜艇"威猛号"正在尽力逃脱几艘日本护卫舰的追击。一组六枚的深水炸弹已被放出，猛然喷起的水花显示出它们在水下爆炸的位置与深度，然而，这一拨齐射却离目标差了十万八千里。护卫舰只得掉回头来，再次放出深水炸弹，而这一次的投放地点则离这艘英国潜艇近了许多。日军的第三轮攻击放出了更多的深水炸弹，将其目标周围的海水全都搅了起来，震动的波浪以一种死亡的节奏冲击着这艘英国潜艇的艇身。

但是到现在为止，指挥官亚历山人仍可把拴他的潜艇继续航行，并设法悄无声息地离开现场，逃之夭夭。而它身后的海面上，只留下一片残骸与碎片，还有几百个挣扎求生的人。

—— // ∧ \\ ——

"范·维尔维克号"沉于马六甲海峡，新加坡以北大约500公里的地方。海岸离这里有几英里远，根本没人能够游到。因此，大部分人只能紧紧抓住任何可以提供浮力的东西——断裂的木梁、救生筏和散落的救生衣。海面上浮起了一层厚厚的含油浮渣，在浮渣之中漂着一个装有活鸡的板条箱，这些活鸡恐惧不安地咯咯叫个不停，给眼前这幕可怕的景象更添诡异。

头顶上空出现了一组有战斗机掩护的日本轰炸机，它们在寻找那艘英国潜艇，却徒劳无获。英国皇家海军潜艇"威猛号"早已潜入了更深的海域，悄然离开了，正如它当初悄然地来。随着威胁解除，刚刚在近岸处躲避的日本油轮才再次出现。救生艇被放了下来，但油轮上的船员要执行上级严格的命令：优先解救日本人和他们的朝鲜同伴。英国人、荷兰人和澳大利亚人只能先等着。

弗兰克·威廉姆斯在第一批最终被日本人从海中打捞上来的战俘之中。他紧紧地抱住一块船体残骸，在水中泡了足足两个小时。而这期间，他的眼光一直在急切地搜寻着一个熟悉的身影———只在浮油中扑腾的白底赤肝色英国指示犬。

当弗兰克最终爬上油轮一侧甩下来的渔网时，已经因为在水中泡了太久而筋疲力尽了。附着了一身黑油的他只有眼睛处是两个白圈。他靠着油轮的护栏，向海上投去了最后绝望的一瞥，便被人从船尾带到了船廊。如此，他只能安慰自己说，他已经竭尽所能去救朱迪了。

至于朱迪能否躲过这一劫，就要看她自己的造化了，尽管他不相信日本人会费力搭救一只狗，而且还是一只严禁偷渡的狗。此外，他最担心的是朱迪可能会返回那艘严重受损的船上去找他，并因此没能赶在船沉没之前逃出来。毕竟，她曾经被困在"蚱蜢号"上，还是怀特军士回船抢救物资，才救了她。

弗兰克和其他获救的战俘都得到了一个只能用沾满油污的手往嘴里塞着吃的饭团子，还有一杯茶。随着越来越多浑身黑乎乎的战俘被打捞上来，甲板上很快就变得异常拥挤。油轮上只有一大片露天的铁质甲板，幸存者们都蹲在上面，而在午后太阳的炙烤下，整个区域都犹如熔炉一般滚烫。很快，只要脚踏在甲板上，脚掌就能被烫伤。但是，所有人都只能在烈日炎炎下蹲着，陷于惊魂未定的沉默中。而搜救工作还在继续。

已经获救的战俘们还不知道，有史以来最伟大的四条腿救生员此刻正在水里努力救人。之前，莱斯·瑟尔想方设法地逃离了受损的"范·维尔维克号"，准备游向离得最近的日本油轮。可正当他在满是残骸的海面上划水前行时，却碰见了最不可思议的一幕。一颗轮廓美丽的黑色狗头正在破水前行，一对有力的前爪奋力地拍打着水面。朱迪的旁边有一个人，他的一只胳膊搭在她的肩上，而朱迪正将他拖向安全地带。

莱斯简直不敢相信这一切。他不明白，这只可怜的狗为什么不把那个人甩掉？要知道，被一个成年人的体重压着，她是会淹死的呀！

但朱迪还是游到了最近的救生船畔——一艘刚刚加入搜救的当地舢舨——然后她救的那个沉船受难者便被拉了上去。她却没有停下来。在一片鼓励和欢呼声中，她转过头，又开始去寻找其他的落水者。如此，她先后救起了六名幸存者，直到精疲力竭，无力再救，才停了下来，但即便这样，她还在尽力将浮木推给那些最需要的人。

最后，朱迪也被拉上了舢舨。满身油污、湿漉漉的她，看上去没有一丝生机。她真的太累了，瘦弱又湿透的侧腹可见根根突出的肋骨，一双眼睛仍旧明亮美丽，眼圈却已发红——无论如何，她都是这一刻最伟大的英雄。

然而悲哀的是，她没有机会享受如救人英雄一般的待遇，反而不得不挤在一块用来遮盖死人尸体的帆布底下，那下面盖的是她最恨的压迫者——两个在船下沉时淹死的朝鲜籍看守。前往新加坡剩下的航程里，朱迪将不得不与这两具尸体为伴，否则日本看守就可能会发现她的存在，并想起尼西上尉的命令，将她残忍处决。

最后一批被拽出海面的人当中有一名英国皇家炮兵团的上尉戈登。他费尽力气游到了一处当地人在海岸附近设置的捕鱼陷阱，然后攀着那个东西长达数小时。最后被一艘小型日本护卫舰救起。在感谢过那位舰长救了自己及其他许多人之后，戈登上尉请求这位日本指挥官再在这片水域的残骸中做最后一次搜救。对方同意了，于是那天下午4点30分，水中所有的幸存者都被救了上来。

余下的船只再次组成了船队，并启航向南，前往新加坡。然而，白天被太阳晒得滚烫的甲板，在夜幕降临后变成了刺骨寒冷的冰床。没有毯子，甚至衣物蔽体的战俘们——海难让他们失去了一切随身物品——如今只得尽可能紧密地挤在一起，以彼此的体温相互取暖。每当冷风吹过毫无遮蔽的甲板，就会掀起幸存者们的咒骂声与寒战声，混杂着伤病员们一阵阵空洞而绝望的哀号。

莱斯·瑟尔、乔克·德瓦尼、弗兰克·威廉姆斯、萨塞克斯的朱迪，还有格劳格尔一号的临时牧师彼得·哈特利，都逃出了"范·维尔维克号"的沉船海难——只不过现在他们分散在多艘船上。他们眼前面对的是一段艰难的旅程，除了夜晚受冻，白日暴晒，他们还将迫于无奈，把自己的战友——那些伤得最重、无法存活的战俘——埋葬于大海之中。

等这支严重受创的船队抵达新加坡时，大部分人已经被海难的惊恐与长期的疲劳折磨得麻木了，以至于对任何事情都失去了关注，只是沉默地意识到，他们已经到了。

两年多前，弗兰克·威廉姆斯还在这里的英国皇家空军基地服役，莱斯·瑟尔，乔克·德瓦尼和朱迪也还在他们的炮舰之上，英勇奋战以逃出日军的包围，而彼得·哈特利也是在此拒绝了投降的命令，开始了他的绝命逃亡。然而此时此刻，他们坐着日军的船，在海港中不断被各种残骸碰撞着，身边经过的是两艘流线优美的德国U型潜艇，艇身灰色，赫然装饰着红白双色的巨型纳粹党曲十字标识。

前头的几艘船都停进了一个空着的码头。这些船难的幸存者像是一片光秃秃的稻草人，蹲在甲板上，此刻才渐渐回过神儿来。衣不蔽体，满身油污，但毕竟"范·维尔维克号"上的七百名战俘中，还是有大约五百人活了下来。他们可能又脏又臭，身有血污，甚至一丝不挂，但终于回到"文明"社会的他们并不觉得羞愧难堪。

相反，他们为还能活着而心怀感恩。

但是对战俘"81A-棉兰"而言，这段噩梦般的旅程中最生死攸关的一刻才要来临。朱迪搭乘的舯舡也进入了码头，那里有一队日军卡车在等他们。灰色的卡车之中站着一个独特的身影，他的头部和肩膀在一群随行军官中时隐时现——是坂野上校。在经历过尼西上尉的恐怖政策后，一些战俘——包括莱斯·瑟尔和牧师彼得·哈特利等人——甚至为能再次见到格劳格尔一号的前指挥官而感到高兴。

一开始，坂野上校还面带微笑地迎接他们的到来。但是很快，当他概观到在甲板上挤成一团、骨瘦如柴的战俘时，便随即知道发生了多么可怕的事故，那笑容瞬间转为阴沉。坂野上校一如既往地情绪易变，然而眼前这凄惨的一幕，不禁让他流露出一丝少有的恻隐之心。他转向他的卫兵，开始发号施令，一双手一直在对船上的战俘指指点点，做着示意的手势。

舯舡擦着码头外侧的水泥面，渐渐停了下来。跳板被放下，一些战俘被喊来抬伤员下船，这其中就包括一些朝鲜看守——他们在"范·维尔维克号"被击中后的第一时间便跳了船，却赶上了第二枚鱼雷所带来的冲击波，结果受了非常严重的内伤。还有就是当时居于后舱的战俘，被第二枚鱼雷引发的爆炸所伤。此外，有几名日本看守跳海时用双腿夹住了一种所谓的现成救生筏——可能就是船上的一块木板——结果却恰恰因为木板的撞击而身受重伤。

　　伤员被抬下船后，身体健全的战俘被命令下船。莱斯·瑟尔轻声把朱迪从躲藏处哄了出来，可他没有装她的麻袋，也不会打什么响指让她迅速冲进口袋里。他别无选择，只得无遮无拦地带她走下了跳板。虽然距离不远，但是他和朱迪，还有牧师彼得·哈特利都走得跌跌撞撞，步履蹒跚。在逃生的途中，哈特利的腿和胳膊都被碎裂的木头划伤了，而莱斯和朱迪的身体状况也好不到哪儿去。

　　然而，这三个幸存者刚一出现在码头上，朱迪就召来了格劳格尔一号看守的注意。登岸处周围的气氛陡然改变。两名看守突然冲上前来，破口大骂，手还疯狂地指着朱迪，指着莱斯·瑟尔，又指向大海。这个意思很明确：他们在威胁说要将朱迪扔进港口，并且很可能连同她的伙伴一起扔进去。莱斯·瑟尔很怀疑自己能否再经受住一次落水，况且，看看朱迪，她已经累得半死，毫无气力了。

　　正当看守要上来抓住这只行为违规的狗时，旁边响起了一声有力地断喝。看守们的手立刻停了下来。那是坂野上校的声音。看着发生的这一切，坂野上校终于喊出了阻止的命令。看守们被他的呵斥硬生生地拉了回来，只得赶忙向他的方向鞠躬致敬，便从朱迪身边走开了。

　　坂野上校大步向前，朝朱迪走来。当他从那些日本看守中间穿过时，所有的看守都谄媚奉承地向他点头哈腰。接下来，他却并没有如往昔般拔出军刀，逗弄朱迪，而是俯下身来，轻轻拍了拍她沾满油污的耳朵，向她明确表示暂缓追究她的过错。在许多战俘眼中，那一刻，坂野上校已经为他在格劳格尔一号时对战俘所施加的诸多暴行赎罪了。

衣衫褴褛的战俘们又一次列队站好了。他们中的很多人完全是赤身裸体的，身上唯一的遮蔽物就是那一层厚厚的煤灰与油污。更多的卡车进入码头。人数清点完毕后，所有人——包括一只在最后时刻获得缓刑的狗——都开始按照指令登上等待中的卡车。然而，另一个熟悉的身影出现在了新一批抵达的卡车旁，而这个身影一点也不受欢迎。

这个刚刚来到码头的人，正是可怕的尼西上尉。正当莱斯·瑟尔要将朱迪举进一辆卡车车尾时，这名日本上尉愤怒地发出了一声令人窒息的尖叫。紧跟着就是一连串谩骂。两名士兵也走上前来，举起了来复枪，准备射击。

如今的朱迪早已不复当年在长江炮舰上的风采。她瘦弱得令人心碎。白色的毛皮因为再三冲进海中施救而被油污所染黑，咧开的嘴唇下露出了发黄的牙齿，一双红眼却瞪着这些要抓她的人，燃烧着熊熊怒火。然而，就在他们将要动手之时，一个更加老成、更具威严的声音叫停了这一切。又是坂野上校，而这一次他直接取消了尼西上尉的命令：不得伤害战俘"81A-棉兰"。

尽管百般不情愿，尼西上尉也不得不让步。于是，趁着他们还没有进一步伤害朱迪的举动，莱斯·瑟尔赶忙把她推进了卡车，自己也紧跟着跳了进去。很快，他们便沿着港湾道开始了颠簸之旅。一路上，每个人都窝在一个黑暗角落里，深深沉浸在自己的思绪之中。即便是成功挫败了尼西上尉的谋杀企图，也没能振奋大伙儿低落的情绪。

车队在新加坡的街道上呼啸而过，这里曾是英国的海岛要塞，如今却已变成他们仇敌的堡垒据点。穿过城市的路程很短，卡车很快便停了下来。战俘们被命令下车。他们被带到了一个新的战俘营——或者至少对他们来说是"新鲜的"，但事实上是一个他们难以想象的，更加破烂不堪和令人沮丧的地方。

这里的营房是由粗糙砍就的木头支架搭建的，顶上本该覆盖着一层聂帕榈叶——一种从丛林里割来的茅草，但是其中很多营房屋顶上的聂帕榈叶不是被风刮没了，就是已经腐烂了。这个倒霉的地方叫"河谷路战俘营"，之所以叫这个名字，想来应该与一条被垃圾堵塞、从此穿过的臭水沟有关。

"范·维尔维克号"的第一批生还者排队进入了这个战俘营，途经一排已经关押了盟国战俘的营房。他们被禁止停留或与他人交谈，只能被驱赶着，跨过小河与臭水沟，穿过一扇有卫兵把守的带刺铁丝网大门，进入这个荒凉的战俘营里最荒凉的角落。

在这个战俘营的尽头，到处都是垃圾与脏东西。更远的一边可见一排空着的营房，每间都装有木质的通铺床板。现在，这里便是他们的家了。

这些人在"范·维尔维克号"的沉船中失去了所有的东西。他们从格劳格尔一号带出的那一点可怜的财物也都沉入了马六甲海峡。如今的他们，麻木恍惚，像是赤身裸体的"动物"，仍在被惊惧、恐怖与衣不蔽体所折磨，他们的头发油腻缠结，脸上满是硬胡茬，绝大部分人看起来已几近癫狂——这一刻，"范·维尔维克号"的幸存者们像极了一支精神失常的狂魔之军。

——// ∧ \\——

垃圾箱被翻了个底儿掉，以寻找可以当成口杯使用的空罐头盒，和勉强能凑成衣服的零散破麻布片。吃饭时间，他们每人分得了一点米饭和咸鱼干。他们没有任何餐具，只能从树上扯下树叶来当"盘子"，用手抓饭菜吃。不加糖的粗劣红茶只能用锈迹斑斑、附着泥土的罐头盒来喝。但是，这点配给根本连塞牙缝都不够，只会让他们更加饥饿，要知道，沉船之后他们基本上就没吃过什么东西，舯舡上的船员也未曾料到，他们还要给半路救上来的几十个战俘提供食物。

而现在，这简直是要饿死人的食物配给。

莱斯·瑟尔走进了他的营房，想让他酸痛的四肢休息一下，干瘪的肚子却还在痛苦地鸣着不平。他本以为朱迪会跟着他一起进来，但奇怪的是，她并没有，而是开始走过一个又一个营房，依次排查，然后又跑遍了整个战俘营。现在，莱斯大概猜到她在干什么了：她一定是在寻找他们失散的朋友——弗兰克·威廉姆斯。但是，他也不知道该说什么或做什么来安慰她。

他所能做的也就是设法把朱迪从尼西上尉的怒火中救下来——当然还是在坂野上校的帮助下。他不知弗兰克·威廉姆斯是否逃过了沉船海难。他们都听说了弗兰克把朱迪塞出舷窗的事，但是那之后呢——谁又知道？然而，朱迪并没有放弃她的追寻。当她确定弗兰克并不在战俘营内后，她便趴到了大门口，头俯在前爪之上，忧郁的双眼直直地注视着前方，盼望着自己的"主人"会奇迹般地从那个方向出现。

她就这样独自守候了两天。没有人能劝她离开。过去，她曾一次次与自己亲密的保护者们分离——"蟛虫号"上的杰弗瑞上士和堂吉·库珀，"蚱蜢号"上的军士乔治·怀特，还有格劳格尔一号的鞋匠二等兵卡曾斯，等等。如今，朱迪就是拒绝接受弗兰克·威廉姆斯已经遇难的可能，就好像只要她坚信不疑，老天就一定能把他活着带回她的身边似的。

于是，她就这样耐心地等待，等待着她确信会来的重逢。

在第一批战俘抵达河谷路战俘营大约48小时后，弗兰克·威廉姆斯也来到了这里。沉船海难与赤膊裸露让他身心俱疲，异常虚弱，再加上他以为自己失去了他最心爱的狗，精神严重受创，已经渐渐失去了活下去的勇气与求生的意志。

当他从卡车上爬下来时，每动一下都令他极为痛苦，然而他还是跌跌撞撞地走进了这座可怕的战俘营。他沉浸在自己痛苦黑暗的世界里，对周遭一切都不闻不见，以至于当他蹒跚走进那扇带刺铁丝网大门，肩膀被扑了第一下时，他只是耸了耸肩，以为是另一个筋疲力尽的战俘撞了他一下。

而第二次扑来的力量甚至让身体虚弱的弗兰克摔了个狗啃泥。当他麻木呆滞、一脸茫然地趴在地上时，感觉到有个人或者什么东西正在焦急地扒摸他的头和肩膀，好像拼命在引起他的注意。

然后，他听到了她。一开始他简直不能——也不会——相信自己的耳朵。低沉的、持续的呜咽声，穿透了他因饥饿、心理创伤以及让人支离破碎的疲惫而糊里糊涂的大脑。好像就是为了帮他确认这个不可能的希望似的，他感觉到一个冰凉而潮湿的脸庞贴上了他的脸颊——此刻，那呜咽声就在他的耳畔。

他的耳朵没跟他开玩笑！是她！是朱迪！那只他以为已经死在受创沉船"范·维尔维克号"周边海域的狗，那只他从舷窗塞出去想要拯救的狗——死而复生了！

看到弗兰克终于认出了自己，朱迪狂喜不已，一下就扑到了他俯卧的身上。弗兰克好不容易才翻过身来，紧紧抱住了她，然后深情地凝视着她那双历经磨难却总是充满希望的眼睛。他能感觉到她的身上覆盖了一层厚厚的煤灰与油污。他也能感觉到她的胸腹和腰腿是多么瘦骨嶙峋。他还感受到，她是多么迫切地想找到自己。

他们相拥在一起，在这奇迹般的重聚中，什么都不必说。这是最甜蜜的时刻之一。弗兰克觉得，在这纯粹的喜悦中，自己的心好像都快跳出来了。至于朱迪，她漫长的等待终于有了回报。就在这一刻，弗兰克似乎又重新找回了生存的意志。他爬了起来，用他重新积蓄的一点力量把他的狗揽进了怀里。

"来吧，好姑娘。"他对她说，热泪盈眶，"别再犯傻了。"

就这样，一人一狗，走进了他们的新营房。

第一天晚上，朱迪伸展地躺在弗兰克的脚边。尽管最近她备受折磨，却依旧保有警惕性，尽责地看护着自己最爱的人。只要睡意沉沉的战俘营里有任何风吹草动，她便会睁开一只眼睛，嗅着空气中的味道；并且竖起耳朵，察觉是否有任何危险迫近的细微迹象。朱迪下定决心，再也不要失去她最好的朋友了。

所以，只有等到她确定了没有危险迫近后，才会闭上眼睛，进入又疼又累的睡梦中。

接下来的几天，他们都在休息和恢复身体——不过，战俘营并没给他们的休养提供什么条件。不光是战俘营，就连整个新加坡都没有任何这些绝望的战俘之前所期盼的"享乐"。这里没有从家里寄来的信件；也没有更广阔战场的战况消息；他们的伙食甚至还不如在格劳格尔一号；而这个战俘营，与他们在苏门答腊坚固的营房相比，就是一个又破又旧、漏风漏雨、一阵风刮来就能被摧毁的地方。

—— // ∧ \\ ——

他们每天的伙食就是米饭跟鱼干，缺乏抵抗脚气病——一种因严重缺乏维生素而引起的使人逐渐衰弱的病——所需的绿色蔬菜与水果。于是很快，战俘营周围能吃的绿色树叶就被摘得一片不剩了。偶尔，他们的伙食里会有那么一点干海藻，不过它看上去和吃起来都像是用盐腌过的旧绳子。荷兰和英国的医生预言，若是伙食的质与量得不到改善，后果将非常严重。

但是，一切都没有改变。

日本人给他们发了"新"衣服，以代替他们在沉船时所丢失的，然而这些衣服大多不过是补了又补、缝了又缝的日军军装，看起来很像是从死人身上扒下来的。还有一些破旧的英国军靴也被发了下来，但是数量实在太少，根本不够分。此外，他们每个人都分到了一条毯子，这可是他们被俘以来的头一回。他们确实迫切需要这条毯子，因为这里的破营房漏得跟筛子似的。他们这段时间主要的任务就是尝试睡觉，恢复，还有用旧罐头盒制作简陋的勺子和盘子，用树枝做成临时的"牙刷"。

他们到达河谷路战俘营的第一个星期日，彼得·哈特利——格劳格尔一号的临时牧师——勉强举办了一场临时的礼拜。他没有《圣经》，所有的东西都随着"范·维尔维克号"一同沉入海底了。于是，他想方设法从看守那里求来了一些碎纸片和一支铅笔，把他能记住的四首颂歌草草写在了上面，而那些想不起来的歌词，也都由其他战俘帮着一起填上了。礼拜在一间极其简陋的营房内举行。神圣的歌声高扬，若不是屋顶早已腐朽不堪，一定会被这歌声掀翻的。那些历尽生死活下来的人用这颂歌来哀悼他们死去却不会被忘记的朋友们，也用这颂歌来感谢上帝让他们在海难中得以解脱。

而事实上，那解脱也不过是海市蜃楼。他们只会在此停留四周的时间——因为日本人估计他们大概需要这么长的时间才能从之前的磨难中恢复过来。这里只是个过渡用的营地。1944年7月的最后一周，格劳格尔一号的战俘们被通知将要继续转移。以前在格劳格尔，如今在河谷路战俘营，这些战俘都以为自己已经到了最接近人间地狱的地方。然而，他们即将前往的下一站才是真正的鬼门关。

　　他们将回到苏门答腊，为修建那条地狱铁路做苦役。

第十八章

　　19世纪末，荷兰人开始考虑要在苏门答腊看似不可穿越的中央高地修建一条铁路。那里有高耸入云的险峻山峦，陡峭的山坡上覆盖着像毯子一般的浓密丛林，崇山峻岭间交织纵横的是急流与深谷，而那下面还遍布着迷宫般的洞穴与隧道。简直就是不可能操作的地形状况。可是，它潜在的回报也是惊人巨大的：黑金。苏门答腊的群山层峦蕴藏着世界上最丰富的煤炭资源。

　　荷兰的铁路工程师最初勘探的路线与朱迪和她的伙伴1942年春天为逃出日军的包围圈，沿着因德拉吉里河所走的路线大体相似，只是略有不同。这条线路的大部分路段都是沿着关坦河（Kwantan River）——因德拉吉里河的一条支流——在狼牙般陡峭连绵的山脊间穿行。一路上，河谷两岸的绝壁如刀切斧砍一般，几乎都是垂直上下的，每有巨砾滚落，跌入河中，都会将急流变成一片片泛着白色泡沫的险滩。

　　有些地方，河流看起来好像就要完全消失于地下了，可是再向前，又会在下游喷薄而出，好似一个巨大的间歇泉一般。在其中一个河段，有一处蝙蝠栖息的幽暗洞穴，从河谷一直延伸进入山体多石的内部，长达4公里。一开始，这个洞穴让荷兰的工程师们以为可以让铁路从此穿过最难走的地带，但最终所有的长远规划都止步于一个巨大的地下湖。

W. 伊泽曼，是引领这次冒险勘察的荷兰工程师，然而他没有机会亲眼看到自己的劳动成果。他当时手持着测量仪器，就站在关坦河的浅水边，突然之间脚下的沙子开始下陷，他整个人被吸入一个螺旋状的地下深渊之中。他的尸体再也没有被找到过。

随后的勘察证实，伊泽曼所开发出的这条路径——从河边城镇北干巴鲁[1]向西南，经由关坦大峡谷，到穆拉（Moera）——的确提供了一种铁路得以穿过这片极复杂地形的可能性。但是，观望前景，荷兰政府还是犹豫了：这条铁路的造价将会惊人昂贵，而且不保证能修筑成功。它将深入一大片无人居住的区域，那里净是野生动物与像疟疾和伤寒这样的传染病。这样的工程很可能是要以人命为代价的。所以最终这个项目还是在它声势浩大地搞起来之前就被放弃了。

然而，对1944年的日本人来说，完全没有这方面的顾虑，因为他们有成千上万的盟军战俘可以成为免费且不必考虑死活的劳动力。况且，随着战争局势开始转为对日本帝国的无情打击，它比以往任何时候都更迫切地需要自然资源。特别是，日本本土几乎没有原始能源，而许多为其战争机器运输供给的老式船只都是烧煤的。

苏门答腊中央高地尚未开采的煤田每年能够产出50万吨最优质

1　北干巴鲁（Pekan Baru），是印度尼西亚廖内省首府，位于苏门答腊岛东海岸中段，滨锡阿克河右岸。其附近有全国最大的油田米纳斯，最大的石油输出港杜迈，以及重要的渔业基地巴眼亚比和望加丽等。原文作者将此地名拼写成Pakan Baroe，为荷兰语写法，特此注明，后文不再赘述。

黑金。为此，日本人，在最后关头，重启了荷兰殖民政府废弃已久的铁路项目。他们的目标是开通一条进入苏门答腊高地的铁路和河道，如此便可将地下丰富的煤炭资源挖掘出来，并由船沿河向东运输，为他们的船只补给燃料，先是到新加坡，然后再运到日本占领的世界各地。

迄今为止，专门为修建这条铁路而被强迫做苦役的主要是当地人，就是所谓的"romusha"，日语里的"劳工"。在这里，有数以万计的当地劳工在日本人的枪口下被迫修建着这条铁路。而等到1944年5月19日的那个周五，第一批盟军战俘抵达北干巴鲁后，就会加入这支劳工队伍，将这条残酷的铁路修进丛林之中。数周之后，弗兰克·威廉姆斯、莱斯·瑟尔、乔克·德瓦尼，萨塞克斯的朱迪以及其他"范·维尔维克号"海难的幸存者也将步他们的后尘，成为这里的"强制劳工"。

"范·维尔维克号"的生还者们于1944年7月27日重返了苏门答腊，所走的路线与许多战俘初次进入这片环境恶劣却风景优美的土地时一模一样。唯一的区别在于：如今他们行程的终点是偏远的北干巴鲁，那里四周被看起来无边无际的沼泽与滋生疟疾的丛林所环绕——与他们当初的目的地，可能搭乘到盟国船只逃离此地的海边港口城市巴东，迥然不同。

"范·维尔维克号"的生还者们一抵达北干巴鲁，这里战俘营的指挥官三浦中尉就接见了他们，并向他们说明了他们在此的宿命。在那之前，战俘们一直以为自己将被送往一处"果园"劳动。三浦中尉很快便澄清了诸如此类的种种误解，并告诉战俘们将"有幸"为日本天皇修建一条铁路。并且完工后，他们都将获得一枚天皇颁发的奖章，作为对他们努力工作的奖赏。

听到日本中尉这么说，聚集的战俘们开始小声抱怨说，他们觉得天皇可以把奖章留给他自己。幸亏三浦中尉和他的随行军官英语都不太好，没能明白他们嘀嘀咕咕的话，否则那还得了。负责督建铁路的日本人和朝鲜人对这类工作经验丰富，他们大多是从声名狼藉的泰缅铁路直接调任来的，对于成千上万的盟军战俘劳作致死，早已习以为常。

彼得·哈特利也来到了北干巴鲁。离开河谷路战俘营之前，日本看守们设法给他弄来了一本英文《圣经》。这本《圣经》就好像是一个黑暗的巧合——因为此时此刻，这个临时的牧师比以往任何时候都更需要它，却是要用它来主持死去战俘的葬礼。

"范·维尔维克号"的生还者们暂时被安排在了二号战俘营，位于待建铁路沿线，纵伸大约五公里左右的一片区域。二号战俘营据称是医院营，但是它很快就将变成"死亡之营"了。在这里，他们由帕特里克·斯莱尼·戴维斯中校管辖，而他也是最近刚从邻近的爪哇战俘营转移至苏门答腊的。

日本人指派戴维斯中校担任盟军战俘的指挥官，负责管理所有修建铁路的战俘。他身材高挑，但消瘦憔悴，眼窝深陷，有黑眼圈，在战俘中毁誉参半。虽然有些战俘觉得他"与人疏远且性格冷漠"，但他在残暴的日本人面前的无畏勇敢，代表战俘与日本人巧妙周旋，迫使对方让步的勇气和智谋，还是为他赢得了超凡的声誉。

然而，这名28岁的英国皇家空军军官所面对的是一项近乎不可能完成的任务。戴维斯中校要负责监管的战俘数以万计，分处于17个不同的战俘营之中，并且分散在纵伸220公里长，穿梭于险峻地形中的铁路沿线上。况且在丛林深处，那些残忍且热衷施虐的看守们就是法律，中校虽有心保护他的战俘同胞们，但鞭长莫及，他所能做的将极为有限。

在二号战俘营休整了"足够长的时间"——至少在战俘营看守的眼中这群海难幸存者已经恢复了"健康"——便即刻被发配到深入丛林的那条铁路线上。他们的目的地是位于特拉塔克布鲁（Teratakboeloeh）的四号战俘营，沿着尚未成形的铁路线绵延大约25公里的一片区域。

日本人给一辆老旧的柴油卡车装上了铁道轮子，然后用它来运送战俘上下工。当这辆卡车拖着两节有轨车厢，突突地沿着一条危险四伏的路前行，如一把利刃切入丛林之中时，战俘中的气氛阴郁到了极点。像他们中的许多人一样，莱斯·瑟尔也感到他们的命运已经跌至谷底了。

他们所有人都曾听说过战俘们在泰缅铁路的窘迫境遇与凄惨经历，因此如今他们有充足的理由去恐惧自己的遭遇也会同样悲惨，甚至可能更惨。莱斯·瑟尔确信，摆在他们面前的，借丘吉尔的话来说，唯有"热血、汗水和眼泪"[1]，只不过他们所奉献的这些并不是为了保护英国不受纳粹侵袭，而是为了推进可恨的日本人的战争企图与成果。他们被当作可以随便消耗、随时抛弃的奴隶来使用，所做的一切却都是为了给敌人的战争机器供给燃料——还有什么能比这样的命运更可悲，更令人沮丧呢？

随着这辆改造过的卡车沿着铁路不断向前，朱迪和她的朋友们感

1　这句话借引自丘吉尔于二战爆发后的1940年5月13日，第一次以英国首相身份参加下议院会议时所发表的一篇励志演讲，其中最有名的一句是："I say to the House as I said to Ministers who have joined this government, I have nothing to offer but blood, toil, tears and sweat."（我向国会表明，一如我向入阁的大臣们所表明的，我所能奉献的唯有热血、辛劳、眼泪和汗水）。

觉自己就要被彻底遗忘了——一个失落的世界中，一群被遗弃的人。大多数人早已接受了这个事实——他们存活下来的概率微乎其微。最可怕的是，对于外面的世界而言，或许他们早就已经"死了"。他们没有收到从英国寄来的任何一张明信片，或是任何一封信件。而少有的几张日本人给他们寄回家用的官方明信片也早就在营火中被烧成灰烬了。他们就像是被吸进了这片无边无际的蛮荒之中，在这里没有时间，只会感觉到生不如死，然后一步步走向毁灭。

而在这一卡车满载的咒骂与沮丧中，却有一个象征性的身影——那是朱迪挺立而坐、无畏顽强的身影。狗经过长久的驯化培育而被赋予了一些独有的特质，而这其中最重要的一项就是成为"人类最好的朋友"。在狗所有的特质当中，它们的忠实陪伴或许是我们人类最为珍视的一点。通过上千年的相处，狗已经对人类的情绪极其了解。当这辆被诅咒的铁路卡车轰隆隆地穿过闷热潮湿、腐烂发霉、让人窒息的杂乱丛林时，朱迪的朋友们知道，她懂得他们的所有感受。

她注视着他们，满眼的温柔与感同身受。她那坚忍却依然充满关爱的目光，已经诉说了千言万语。它说出了同情，说出了理解。更重要的是，她张嘴喘气的样子好像是在微笑，其中闪耀着她满满的母性光辉，令人心安。她好像是在说，我了解你们所有的感受，但是相信我——我们会没事的。朱迪的存在，以及她那不屈不挠的精神，给了这些战俘挺起胸膛、面对未卜前途的勇气。

当然，朱迪的境遇也和大家一样，而且事实上，她存活的概率可能比她的人类朋友们更低。在铁路看守的眼中，她是一只讨厌至极却可以食用的狗。每当她的伙伴们遭到残酷的虐待时，她都觉得自己必须保护他们，但这反而会招来看守们前所未有的残忍和愤怒。

四号战俘营的第一夜已经明确预示了他们的未来。莱斯·瑟尔、弗兰克·威廉姆斯、乔克·德瓦尼和彼得·哈特利，每人分到了一片18英尺宽的硬木板，这就算是他们的新"家"了。战俘"81A-棉兰"什么都没分到，但是能蜷缩在弗兰克的脚边，知道自己依旧奇迹般地同自己最爱的人，以及最好的朋友们在一起，已足够让她开心且满意了。在一盏自制的灯笼——其实就是一片破布漂在一罐椰油之中——粗糙简陋的光亮下，这间他们被安排居住的营房，其恶劣不堪的状况，清晰可见。

所谓的墙和屋顶不过是把大片大片的棕榈叶绑在了粗糙的竹竿上。床板之下，热带的杂草伸出了它们饥饿的枝叶，而营房里面充满了各种丛林里滋生出来的贪婪的昆虫。一群吸血咬人的飞虫正围绕着那一点灯光，还有许多不明生物从墙面或是房顶上脱落下来，掉在这里或那里，然后便开始攻击这个或那个房内的人类居住者。四面的丛林里传来昆虫有节奏的大合唱，唧唧——、吱吱——、叽叽——，震耳欲聋。如此情况，谁还能睡得着呢？

营房里充斥着浸透的木头和腐烂的植物所散发出的恶臭，而且很快便加进了日积月累的汗臭味和不眠的恐惧气息。牛蛙发出一阵阵潮湿而嘶哑的呱呱声，呼朋引伴，要一起穿越渐渐暗下来的丛林。不知名的野兽发出的嗥叫与尖叫诡异地回荡在树林里，像是谁在狂笑。有时候，它们听起来好像近在咫尺。其实却是幻觉。

一个暖水澡、一条干净毛巾的触感、一个亲爱之人的抚摸、一顿家常便饭的慰藉——所有这些生活中最普通的事情，如今看起来却是那么遥不可及！

来到四号战俘营的第一夜，战俘们觉得自己也就睡了几秒钟，刺耳的号角声就穿透了恶臭的营房。外面依旧一片漆黑，但是毫无疑问，这就是他们的起床号。铁路上的生活从早上7点开始——不过，是东京时间的7点。此时的苏门答腊刚刚凌晨4点30分，夜色还浓。那可不管：在他们的日本工头看来，所有来自日本帝国的东西都至高无上，甚至包括他们的时间。

在刺耳的号声中，大伙儿在黑暗中跌跌撞撞地走出营房，到外面列队集合。这里简单粗暴的生活折射出战俘们已沦落至何等地步：在这里起床后不需要换白天穿的衣服，因为没有；也不需要穿鞋，因为大部分人没有；更不需要用刀片刮过他们棱角分明的脸庞，因为哪怕是最锋利的剃须刀也刮不动他们浓密纠结的胡子，况且根本没人有剃须刀，更不用说辅助洗漱或剃须的其他物品了。

在幽幽的月光下，战俘们列队集合，然后开始照例清点人数。他们前方半明半暗的阴影里，隐约可见一些油桶烟雾缭绕的轮廓，那下面还烧着火，这表示早饭准备好了。当第一缕阳光洒进战俘营时，每个人破旧的罐头盒或碗中都被扣进了一勺灰褐色的糊糊。这就是全部的早饭了——一勺水煮木薯粉，冷却之后，看起来像一块蝌蚪肉冻。

木薯是一种热带土豆，将其根部块茎捣碎，就是木薯粉。用木薯粉煮成的糊糊既没有糖分，也没有盐分，吃起来没有任何味道，而且只能提供一点碳水化合物，严重缺乏维生素和其他营养。然而，就靠这么一点儿伙食，战俘们就得开始一整天——事实上总是要久于一整天的在铁路上的艰辛劳作。

战俘们被按照不同的任务分工分成了多个工作组。第一组被派往丛林深处，在铁路前方的延伸线上搭建连续的营地，以供随后而来的大批劳工居住。第二组的人数量较多，主要负责建筑铁路的路堤——用手掏挖出沙子或泥巴，再用编织的篮子装运到铁路线上。这是整个工程中最艰苦的工作之一，因此大多被分派给那些"romusha"，也就是当地的奴隶劳工，他们大部分人就来自临近的爪哇岛，如今已是这条铁路线上的活死人。

接下来的工作组，有的负责为铁路建设伐木取材，有的负责往向前推进的铁路火车上装载枕木与铁轨，或是将轨枕安放在垫起的路堤上，又或是将铁轨铺在轨枕上，还有的负责用锤子敲打最后安放的铁轨，将其固定在轨枕之上。

一个管事的日本下士按照他认为合适的方式，也给"范·维尔维克号"的生还者们分派了不同的任务。莱斯·瑟尔算是比较幸运的：他被分到了一个约三十人的先遣组中，派往深入丛林，在铁轨前方搭建新的营地。而弗兰克·威廉姆斯还有朱迪就被分到了更为艰巨的工作，要负责从有轨卡车上卸载铁轨，并将其搬运至铁路线上，再安放在枕木上。

从一开始，这里随处可见的残忍与对生命赤裸裸的轻贱就已经触目惊心。莱斯·瑟尔所在的工作组总是听到日本人尖声喊着"Kura! Kura! Kura!"的命令，但没人确切知道怎么把这个词翻译成英语。不过，所有人都明白它的意思，就是"嘿！"在这条地狱铁路上，它意味着——现在就去仓库拿起你的工具，否则有你好看！

日本工程师将新营地选建在一处河畔地带，这样可以离水源近一些。他们的第一步工作就是要清除植被，然后再砍伐处理成堆的竹子。这里的竹子有一个男人的小臂那么粗，一般都要超过60英尺高，所以想劈开削成可以搭排的竹棍并不容易。通常情况下，他们需要先将一把斧头绑在一棵树上，然后再将竹子撞向斧刃，才能劈得开。

把劈好的竹子用热带藤蔓绑在一起，搭建出营房的基本框架，再把从丛林里割来的茅草与棕榈叶覆盖其上，就算是成了。这期间所有的步骤都需要看守下令，战俘执行，然而所有的命令都是以后者完全听不懂的语言发出的。因此，总会有战俘因听不懂日语的指令而迎来一场宣泄凶蛮的毒打。

莱斯·瑟尔就曾目睹一名战俘因听不懂日语而被用铁锹活活打死，那场面血腥残忍，令人心有余悸。而这样的死，死得毫无意义。当然，此前他们也遭受过毒打以及恐怖的虐待——就像在格劳格尔一号的禁闭惩罚。但是，在这里，无缘无故的施虐暴行每天都在上演，就像是设计好的程式，要尽可能快地将战俘们的生命消灭殆尽一样。这其中非人道的谋杀与残酷行径是很多人永远都无法坦然面对的事实。

鉴于其中士军衔，临时牧师彼得·哈特利被日本人指派为"小头目"——担任一支劳动小队的小队长。小队长自己要干的活儿相对较少，但是他必须直接对日本看守负责，以确保他手下的人精准无误地完成上面交派的任务。这样的角色，所有人都避之不及，因为劳作中若是出现任何误解或失误，日本看守八成会把怒火撒到"小头目"的身上。

一天早晨，哈特利看见一个日本看守在没什么明确缘由的情况下，就要暴打他队里的一名战俘。只见那个看守顺势抡起一把很沉的铁锹，铁锹锋利的边缘直奔那个战俘的头部而来。这要是被击中了，不死也是重伤。所幸，这一击差了毫厘，并未击中。但是，在这个日本看守重新站稳，恢复平衡后，紧跟着又第二次抡起了铁锹出击。哈特利本能地冲上前去，抓住了看守的胳膊，以防铁锹击中那名战俘的要害。但是那之后他就失去了意识，完全不记得自己是怎么回的营地。等他醒来时，只发现自己浑身缠满了绷带，而那把铁锹的锹头在他身上留下了永久的疤痕。

但是，要说境况凄惨，还是那些在铁路轨头劳作的战俘们最惨。至少莱斯·瑟尔和他的小队大部分时间还能在丛林深处的阴凉下干活，而在露天铁路线上劳作的战俘们则是完全暴晒在烈日之下的。就在四号战俘营的南面，规划中的铁路线将穿过赤道。在这里，一旦清晨笼罩丛林的薄雾蒸发消散，温度就会攀升到难以忍受的高度，特别是对于这些半裸着身子，被迫在日光中一刻不停地劳作的战俘们，简直就是酷刑。

弗兰克·威廉姆斯是负责抬铁轨的一个八人小组的一员。首先，他们必须要按照由高至矮的递减顺序排成队列，这样才能保证将铁轨那能把人压碎的分量平摊到他们每个人骨瘦如柴的肩膀上。然后，看守一声令下，铁轨便被抬了起来。两列饥饿、瘦弱，半裸着上身，还基本上都没有鞋穿的战俘，即便是在他们状态最好的时候，抬着300公斤重的铁轨前行，也是一件极为凶险的事情。更何况还要在烈日的炙烤下，沿着凹凸不平又热气腾腾的黏滑路堤行走，这完全就是谋杀。

抬轨的两列战俘必须步调一致，以免铁轨失衡坠落，砸到谁的脚。但是，队伍中的新进成员——比如弗兰克和他的朋友们——还没有学会这其中的诀窍。在阳光持续不断地照耀下，铁轨已经热成一条条滚烫的烙铁，如果不在肩膀上披一块布垫保护，这裸露的金属就能把人肉烤焦，嵌入战俘们裸露的皮肤之中。而且，他们干活的速度必须很快——任何"偷懒懈怠"都会招致军靴的踢踹或枪托的抽打。

一个看守会等在运送的终点，铁轨将在那里被一根接一根地放在枕木上，排成一条线。在看守喊出指令后，这些死沉死沉的铁轨必须先从肩膀上移开但保持悬空，然后才能小心翼翼地徐徐放下。因为这些轨枕还未固定在路堤上，若是他们真的猛然放下铁轨，铁轨的重量会一下砸翻枕木，伤到离得最近的战俘们。

每成功放好一段铁轨，工作组的小头目就会得到一根小木棍。当队伍攒够一打这样的小木棍后，他们就被准许到旁边喝一杯"茶"——其实就是在轨头旁边的一个废弃的旧油桶里，把沼泽水烧开，再在里面撒上几片零星的红茶茶叶制成的。但是茶歇时间不允许到处闲逛，因为总有一个看守在近前盯着，赶着他们回去干活。

快到正午时，巨大而炫目的太阳便会高悬于头顶正上方，变成这些运轨、放轨的战俘们最大的敌人。土质的路堤在腾腾热气中闪闪发亮，反射出的强光直刺进战俘们没有防护的双眼，让人目眩眼花。连空气都好像着了火一般，吸进肺里的每一口气都会伴随着痛苦的灼烧感。烈日当空的无情炙烤先是吸走了他们无遮无掩的皮肤上微薄的水分，然后便开始灼烧他们裸露的头部和肩膀。

也就是午餐时间，他们才得以舒缓片刻。然而，他们所有的午餐只有一杯米饭，里边就是分饭人用木棍舀上来的那一点儿量，外加一口用木薯叶子煮成的没有味道的清汤。待战俘们狼吞虎咽地吃完这点儿可怜的午餐配给，过不了一会儿，他们就又得去干活了。然后便开始满心盼望着夜晚的到来，因为只有到那时，他们饥渴的身体才能再次休息下来，吃点东西。

当扛着沉重的铁轨行进时，弗兰克和他的伙伴们开始向旁边那列战俘喊起了步子："左，右，左，右，左，右……"就这样一边喊着，一边在重压下前行。

如果他们的动作不能保持完全一致，一个消瘦的肩头错频地抬起，都会让铁轨开始颠簸，伴随而来的将是惨痛的后果。

至于朱迪，她会在他们前方不远处，来回跑动，在轨道两边的丛林里嗅嗅闻闻，寻找有趣的东西。她也会时不时地跑回来查看搬运铁轨的队伍，以确保看守们没有找他们的麻烦。尽管他们不得不以这种糟糕的方式彼此陪伴，但朱迪还是很喜欢到丛林里玩耍的。在那里能够找到各种各样稀奇有趣的生物，而且在厚厚的植被下面到处都是狗狗在这个世界上最喜爱的东西——新鲜的骨头。

当这些战俘来到轨头时，或许最艰苦的工作已经完成了——这包括清理铁路沿线并筑起路堤。有些地方满是低洼与沼泽，需要运送大量泥土来填平并加固。还有些地方需要一支开凿队，用手持的工具，生生在悬崖峭壁间开凿出一条通道来。负责完成这些工作的正是数万名当地劳工，而他们正在以惊人的速度死去——每一天都会有一百名甚至更多的当地劳工死在这条铁路线上。

这些当地劳工与盟军战俘不同，日本人几乎没有给他们搭建住宿的营地。的确，战俘们每日都在忍受着痛苦的饥饿与营养不良，但当地劳工从日本人那里连一丁点的伙食都得不到。什么都没有。每天晚上，在结束了一天折磨人的苦役后，他们都必须自己去丛林里找吃的。日本人把他们当作牛马一般随意役使，不顾死活——开凿、清理、运输——直到他们病得太厉害或太过虚弱，无法移动时，就会被永远丢弃。

丛林里到处扔的都是死人和将死之人。他们的尸体会引来食腐动物：老鼠、巨蜥甚至是老虎。他们死去时身上所剩无几的血肉很快就会被剥光啃尽，只剩下到处散落的白骨。对朱迪来说，这些被丢弃在丛林里的骨头一直都极具诱惑——尤其是她分不到任何食物配给的现在。

只不过，眼下对朱迪而言，最大的问题是：她该如何保护她所爱的人们，才能让他们免遭与那些当地劳工一般的厄运？

第十九章

　　在第一天艰苦的劳作结束后，晚饭发放的伙食再次强化了这里永恒的主题——饥饿。唯一的区别是，那一杯米饭比之前盛得多了一点儿，清汤里多了几块木薯，周围还漂着些秋葵。但是，正如午饭所提供的养分在搬运铁轨后几分钟就被消耗殆尽了一样，这一点儿晚餐只是勾起了身体里每个器官的食欲，让它们哀号着想要更多。而每个战俘都开始恐惧，这漫长的一夜将会在饥饿的痛苦中煎熬难度。

　　当然，朱迪还是没有任何伙食配给。但弗兰克和他的伙伴们都不愿看她挨饿。弗兰克与朱迪之间的情感联系是如此紧密又明显，以至于大家都很担心，若是朱迪患病死了，弗兰克也会随之而去。同样的，若是弗兰克先一步撒手人寰，那么恐怕朱迪也会失去求生的意志。这就好像是这一人一狗的生命被绑在了一起一样，生死同命。所以，那些好心的人都会留出一点米饭给朱迪，这样她也可以活下来，不致饿死。

　　朱迪朋友圈里的人——有海军、空军和陆军——都早已学会了至关重要的一课，那就是一个战俘的外在形象反映着他们的内心。那些不再管理自己仪容仪表的战俘很可能已经放弃了这场不平等的较量，然后一步步走向"医院营房"，而凡是去了那里的人，几乎都没再回来。因此，努力保持一点卫生和自尊是生死攸关的。然而，在这阴森蜿蜒的铁路沿线，在这参差破败的战俘营里，连维持基本生活的机会都是渺茫而微小的。

四号战俘营的"洗漱设施"是一条缓慢划过树林、浑浊泥泞的小河。唯一能够清洗身体的时间只有晚上，而为了赶到河边，战俘们必须快速穿过暮色中的丛林，踩着半淹的树干越过一片沼泽地，再一点点爬下湿滑的河堤，才能抵达。这对于已经干活累得半死、肚子里只剩胆汁和饥饿的战俘们来说，可真是个天大的挑战。

这便是他们在这个战俘营——供养这条贪得无厌的"吃人铁路"——最初的岁月里所面对的残酷现实。随着苏门答腊的季风即将到来，"范·维尔维克号"的生还者们很快便会充分了解，"泥河浴室"的唯一一种替代方式，就是等待一场热带地区的倾盆大雨。届时，天空就像是开了天窗，雨水倾泻而下，淋漓滂沱，战俘们倒是可以冲进雨帘中，洗个从天而降的"淋浴"。

来到四号战俘营的最初几夜，他们总是难免会想起从前相对"富裕"的日子：在巴东时，从荷兰人的垃圾桶里翻捡残羹剩饭；在格劳格尔一号时，犹如神助般地收到红十字会的物资；在河谷路战俘营时，竟然奇迹般地得到了一本《圣经》；在格劳格尔时，弗兰克·威廉姆斯和他的朋友们每天还能留下一些他们分到的糖——一种棕褐色的当地粗糖，但也是糖——来破坏日本人的战争成果。

那时候，他们常趁着看守转身时，就偷偷将几勺糖洒进他们受命装卸的一桶桶航空燃料或汽油当中。俗话说得好，糖能促成最完美的甜蜜复仇——它能摧毁一台内燃机。顺着燃料管被吸进引擎后，糖会随着温度的升高而融化成黏稠的糖浆，粘在引擎的内壁上。而最致命的一击是当引擎冷却后，糖浆也会随之冷却，变得坚如磐石，从而彻底将引擎内部的主要管道污染堵塞。

在格劳格尔，这种冒险行动若是被抓到，无疑将会面临关禁闭的惩罚，但即便如此，也不太可能会被用铁锹活活打死。在格劳格尔，牺牲一点粗糖来报复日本人还是完全行得通的，可是在这条铁路上，就连得到糖本身都快变成一个不可能实现的梦了。

经过被饥饿折磨的漫漫长夜后，四号战俘营的第二天一如前日般地开始了——唯一的变化是还不知道今日各组被指派的监工都是谁，因为那些声名狼藉的看守已经先于他们前往工作地点了。在四号战俘营，与大多数战俘营一样，朝鲜看守往往是最凶残卑劣、热衷施暴的。朝鲜是亚洲大陆的一部分，毗邻日本岛屿，而1910年时，朝鲜——在那之前还是一个完整独立的国家被日本帝国强占吞并了。

大部分朝鲜人痛恨鄙视日本侵略者，而被日军征召入伍的朝鲜人往往都是各种道德败坏、品行低劣的社会渣滓：他们本就没什么自持，更没什么可失去的，所以自然就将自己的命运与征服者绑在了一起。给他们一身制服，一挺枪，还有掌控手下战俘生死的权利，他们怎么可能有任何怜悯与仁慈。相反，倒是有些日本人勉强对盟军战俘表示出了一丝尊重，在他们看来，这些战俘至少还是"战士"，故而是"有荣誉"的人。

在二号战俘营——也就是"医院"营地，或者说是死亡营地——朝鲜看守将他们的烟头摁在那些病得奄奄一息的战俘脸上。铅笔和其他尖锐的物体会被插进伤病员的耳朵，导致鼓膜穿孔。每个战俘营都有一群恶魔，他们的绰号反映出他们最拿手的暴行："摔跤手"（一个又高又大的朝鲜人，总爱找那些骨瘦如柴的战俘们进行摔跤比赛）、"蠢猪"（一个体格肥硕的魔鬼，凶蛮无脑的暴徒）、"怒殴者"（看名字就知道了，无须解释）。

不过，他们当中最可怕的，可能还得说是四号战俘营里的一个有黑胡子的朝鲜人，绰号"黑下士"，但通常都被称为"黑杂种"。在轨头干活的工作队常常会用光枕木，而没有枕木，所有的工作都会渐渐停滞下来，无法继续。所以，一些"范·维尔维克号"的幸存者就被派往丛林深处，受命伐木并加工临时的枕木。而他们当中，就有机舱技师雷奥纳多·威廉姆斯，一个彻头彻尾的海军炮舰士兵，亦是"蜻蜓号"当初的幸存者中军衔最高的那人。然而不幸的是，他们的监工便是那个可怕的"黑下士"。

机舱技师威廉姆斯一直以来都是萨塞克斯的朱迪的忠实粉丝。他曾与朱迪在炮舰上待过一段时间，舰船沉没后，也和她一同被困在了那座"海难岛"上，还喝过她奇迹般地从地下刨出的淡水，并与她一起经历了后来的种种冒险与磨难。他常常称她为战俘们的"绝妙救星"，夸她是"万里挑一的好狗"——而且字字发自肺腑。但是，朱迪只有一个，她不可能在每个人需要她的时候，都能及时地出现在他们身边。

一次，雷奥纳多·威廉姆斯和准下士史密斯正在砍伐一棵巨树。当地人一般都不动这样的巨树，因为知道其中暗藏危险。其中一些巨树的叶子背面长有针刺一般的绒毛，一旦树身遭到斧子的攻击就会震动颤抖，而那些绒毛就会如雨般落下来，把人身上扎成可怕的红色，还会起奇痒无比的疹子。其他一些巨树是火蚁的殖民地，而火蚁是一种极具攻击性且会让你痛苦不已的对手。

树就是火蚁的家，所以它们会不顾一切地疯狂捍卫家园。几秒钟之内，它们就能遍布伐木人的胳膊、腿和头部，直到他浑身都感觉像是着了火一样。最令人痛恨的一个朝鲜看守甚至利用火蚁发明了一

—— // ∧ \\ ——

种他专用的刑罚。此人绰号"肥猪"，喜欢把战俘绑在柱子上，浑身扒光，脚不着地，然后把他采集来的火蚁塞进战俘的口、鼻和生殖器中，再留其于太阳下暴晒，任其在火蚁的蜇咬与毒液中痛苦扭曲。

一段时间后，随着朱迪和她的朋友们不断沿着铁路向前推进，"肥猪"将成为威胁他们的主要压迫者。不过眼下，"黑下士"还是最让人担心的首要麻烦。如果你不得不砍伐那些主宰丛林深处的巨树，就必须万分小心谨慎，尤其是在"黑下士"恶毒的目光下劳作，更是得加倍小心。

有那么一瞬间，准下士史密斯一定是走神儿了，因为他开始和旁边的战俘瞎扯闲聊起来。单是在劳作时讲话这一项"无礼行为"就足以将"黑下士"杀气腾腾的怒火拱起来了。当史密斯抡起斧子时，这个朝鲜看守毫无预兆地突然用枪托向他的头部猛击，史密斯一下就失去了平衡，本来要挥向大树的斧子，硬是重重地砍在了他自己的脚上。

对"黑下士"而言，史密斯现在只是不断增多的受难者中的又一个而已，当他们不再有利用价值时，就只能被丢弃一边。一个受重伤的英国战俘对眼下修建天皇铁路的工作毫无用处。因此，"黑下士"下令将这个正在大出血的重伤战俘扔到轨头去，说是送战俘们上工的有轨卡车会送他回营。无奈之下，威廉姆斯和其他人只能照做，但是在将史密斯搬到轨头的途中，他们还是设法凑合着给他的腿进行了简单的止血包扎，以免他因失血过多而死。

等他们终于完成了这一天的劳作，已是晚上7点钟，而可怜的史密斯还躺在有轨卡车的边上。他们好不容易才带他回到战俘营，但那时的准下士史密斯已经命悬一线了，只有把受伤的腿截肢才能保住性命。英国战俘营地的医生不得不在没有任何手术器械、药物，甚至没有任何止疼药的情况下，为史密斯做了截肢手术——而这一切都只是因为史密斯在"黑下士"监工的劳动队里，竟然敢在工作的时候与人讲话。

　　这一次，朱迪没能在现场保护她这位战俘朋友免遭看守的毒手，但是即将到来的一次，她会的。而且那之后，只要有斗争，她都会为她的伙伴们而战。

　　不同寻常的是，迄今为止，"范·维尔维克号"的生还者几乎都没有丧失斗志，或者说是反抗精神。他们刚被带来苏门答腊铁路这个人间地狱时的震惊与痛苦正在开始逐渐消退，取而代之蓬勃而起的，是身处任何地方的英国军人都具备的那种典型的斗牛犬精神和黑色幽默精神，以及无论机会多么渺茫，收效多么微小，都要想方设法回击压迫者的热切渴望。

　　在这条魔鬼铁路上劳作的战俘们开始自嘲起来，说他们要组建一个北干巴鲁铁路工人联合会，简称"PBRWU"。所有生物，不论国籍和物种，都可以加入"PBRWU"：四条腿的同志和两条腿的一样受欢迎。他们会要求增加工资，缩短工时，改善工作条件并享有法定假日。他们会有一个餐厅，一个带酒吧的社交俱乐部，每年还要召开一次年会，发表一些简短的演说，然后供应钱能买得到的最好的啤酒和三明治。

　　这样的幽默主要是用来鼓舞士气的，而与此同时，即使他们每天都在艰辛地修建这条铁路，破坏它的想法也还是在那些有反抗倾向的战俘心中开始逐渐酝酿成形。弗兰克·威廉姆斯、雷奥纳多·威廉姆斯、乔克·德瓦尼、彼得·哈特利都知道，故意破坏日本天皇的铁路会将他们的生命置于极度危险之中，但是无论做与否，如今每天也都要面对各种危险与死亡，所以就算冒险，又能怎样，还能怎样。至于萨塞克斯的朱迪，她将以其独特且旁人无法效仿的方式，在这个冒险计划中扮演一个至关重要的角色。

"朱迪帮"想出来的破坏方法极其巧妙，但也非常简单。每当他们不用搬运和铺铁轨时，就会被组成一队去固定铁轨。通常情况下，这项工作需要用比较长的螺栓才能将铁轨扣进下面的枕木并钉牢。但是，日本人太过急于求成，所以选用了大量的金属长钉来替代螺栓。而这种长钉须用大号重锤敲打，使之穿过铁轨上的钎柄，再深深嵌入枕木之中。

在炎炎烈日下钉铁钉是个艰苦繁重的工作，但它同时也为搞破坏提供了绝佳的机会。这些长钉就像是大号的钝头凿子，如果将其"凿头"的锐刃顺着枕木的纹理砸下去，就会形成一处裂纹。当火车头驶过时，其重量就很可能会将这样的枕木压断，使轨枕一分为二，而最好的情况是，导致火车脱轨。

当然，这也是一把双刃剑，因为劳工们每天都需要乘坐有轨卡车往返于轨头与战俘营之间，所以他们自己很有可能会成为这项破坏行动的第一批受难者。但真若如此，那也只能认了。因为即便有风险，搞点破坏也比什么都不做强。

另一种破坏方式是，在安放枕木时，弗兰克和他的队友们会故意把木头横梁放在松软或不平的地面上，以期待当火车疾行而过时，其重压会让这些枕木偏斜，从而使铁轨弯曲变形。

不知为何，朱迪似乎总能感知到此类搞鬼行动的实施进程。每当这时，她想在丛林里狩猎的念头就会被立刻抛到脑后，取而代之的是，担负起首席哨兵的职责，趴在破坏者和看守最可能出现的方向之间。远远看去，她把肚子放在被太阳晒热的枕木上，头搁在向前伸展的前爪上，似乎睡得很熟。而事实上，在大伙儿察觉到看守要来之前很久，朱迪就已经微微睁开了一只警惕的眼睛。很快，她就会翻身起来，改为蹲俯的姿势，然后双耳前探，鼻子扫描般地嗅着空气中的各种气味，以辨认是"摔跤手""金刚"，还是"黑下士"正在靠近。一旦她确定了是他们之中的任何一个，就会立即发出她特有的号叫———一种她只用于警示有可恨的看守正在靠近的号叫。在此之前，没人知道萨塞克斯的朱迪也会狼嚎，但如今若是她发出了狼嚎，那肯定不是日本人就是朝鲜人过来了。事实证明，朱迪的号叫一次又一次地救他们于危难之中。

然而，大自然本身才是这条魔鬼铁路的破坏者们最大的合作伙伴。随着1944年9月的季风吹来，大雨开始冲刷黑暗的山峦，热带风暴的上空，乌云密布。电闪雷鸣之下，大型动物们都开始向较为干燥的高地转移。

丛林之中，充满了各种生命。朱迪就经常在轨头附近发现大型猫科动物的足迹。还有一次，一组战俘在一坨大象粪便的解救下才得以逃过一顿毒打。当时，这几个战俘请求看守准许他们去树林里面方便，实则是忍不住了想去抽口烟。那时候，战俘营里只是偶尔能弄到一点儿烟草，而每每这时，彼得·哈特利就发现他的《圣经》也会相应地特别抢手，因为印《圣经》的那种极薄的纸特别适合用来卷烟！

当然，这种对抽烟的渴求也有其严肃的一面：至少在一段时间内，吸烟可以减轻饥饿的痛苦。但是，这支吸烟小队一定是在林子里晃得太久了，以至于那个看守竟找了过来。看守隐约闻到了烟味，于是要求战俘们向他证明刚刚的确是有内急，来这儿排便的。就在这时，其中一名战俘发现旁边恰有一坨大象的粪便，便指着说：在那儿呢——这难道还不足以证明吗？那个看守难以置信地盯着那坨大象的粪便，幽幽地说，"很多人的便便（benjo）啊，"那个战俘连忙解释道——是，很多人的。于是，看守惊讶地挠了挠头，也没再说什

—— // ∧ \\ ——

么，只是命令他们赶快回去干活，这事儿就算过去了。

随着暴雨的侵袭越来越猛烈，成群的大象开始迁徙，去寻找更为干燥的地域。但是很快，它们的去路就意外地被这条奇怪的线状物体挡住了。它们本能地后退了几步，但是这周围并没有其他路，下面也无路可走。无奈之下，领头的公象还是爬上了铁轨并越了过去，而其他的大象也紧随其后。就这样，象群经过之处，那些被长钉破坏过的脆弱的枕木全都被踩成了碎片，而本就没被好好安放的铁轨也出现了扭曲与偏离。

除了大象，其他之前尽量避开它们的动物，最近也越靠越近。一天晚上，日本看守们突然高喊示警，说有只"老虎"闯进了他们的牲口棚，还抓走了几只"日本猪"（他们养牲口是为了补充他们也不甚丰盛的伙食）。尽管战俘们已疲惫不堪，但此时的营房里还是传出了阵阵笑声，只听见有人跟着喊："是哪几只日本猪被老虎抓走了啊？"

不过，除了这样稀有的轻快时分，季风也带给大家更多的折磨与苦难。那像瀑布一般，从黑压压的天空中倾泻而下的雨水惊人得冰冷。连绵不绝的暴风雨导致气温不断下降，带来一个又一个寒冷潮湿的夜晚。对于那些健康的、营养充足的，且有足够铺盖的成人来说，这可能不算什么。但是，对这些饥饿的、瘦弱的，睡觉时能有条毛毯都算幸运的战俘劳工而言，如此境遇可能就是致命的。

食物，从来没有像现在这样重要过：他们所有的谈话都是关于它，所有的梦境也都在描绘它，甚至所有的计划都是关于如何能够弄到它的。找到足够的卡路里来驱赶寒冷，延缓死亡，成了他们现在唯一需要全情投入的事业。任何东西，只要凑合能吃，都会被他们抓来并吃掉，而最精于此道的莫过于一只叫朱迪的英国指示犬。

不过，她的任务不再是指示猎物的方位——或者至少，不再是通常意义上的指示了。每天他们在轨头干活的时候，朱迪都会在丛林里跳上跳下，迂回跑动，然后猛冲向前，一下子抓住她的猎物。通常会是一条蛇。苏门答腊的丛林里到处都有蛇，而且其中许多都有剧毒。朱迪会不断在蛇的周围跳跃舞动，与其对峙，直到对方筋疲力尽、晕头转向之际，便冲上前去，猛然出击。她会一下抓住蛇的尾巴，像甩鞭子一样拼命地甩动蛇身，直到将它的脖子甩断为止。之后，她便会骄傲地把猎物带回，放在弗兰克的脚边。

朱迪这个技艺超群的捕猎能手，甚至得到了看守们的赏识与称赞。当然，他们这么做，是因为他们也可从中获利。大多数的猎物朱迪都乐于自己搞定，但偶尔她也会碰到一些连她都搞不定的猎物，比如丛林里的野猪、鹿、熊和老虎。因此，每当她遇到这种体量的动物时，就会开始凶猛地狂叫。看守们很快就明白了那叫声的所指与含义，于是会端着枪跑过来，希冀能就此得到一些鲜肉吃。毫无疑问，他们会把最好的部分留给自己，把些杂碎、毛皮和骨头留给战俘们。

每天晚上，四号战俘营都会支起几十个"流浪汉火炉"——用小罐头盒做炊具——放在柴火上烤。不管那火上炮制的是什么，战俘们都会围在火堆旁边，不停地扇火，就像一群女巫围着冒诡异气泡的魔法大锅似的。蛇肉吃起来其实很像鸡肉，而且煮出的汤鲜美可口。不过除了蛇，丛林里还有许多其他猎物，稀奇古怪，各种各样——比如巨型蔗鼠、巨蜥，甚至还有猴子——但是没有任何一种猎物能够逃过朱迪这只异常饥饿的狗的注意，或是逃过她那帮饿得半死的人类朋友的注意。

战俘们已经学会了在午歇时间去林中寻觅些吃食。菌类、植物根茎、浆果、水果，任何能吃的东西都会被采摘下来。从那些几代都生活在这片野蛮地域上的荷兰人身上，他们学会了什么东西是有毒的，什么东西最好不要碰。而那些当地劳工则更多地教会了他们什么东西是可食用的，能够补充他们严重贫乏的饮食，从而加大活下去的概率。

在"黑下士"当着伐树小队的面，做出企图谋杀的暴行后不久，雷奥纳多·威廉姆斯又重新回到了轨头，与朱迪等一起劳作。不过，他偶然注意到这只大家都无比珍爱的狗好像有些不太对劲，于是他推断，朱迪定是被哪条蛇咬了。当时，他和其他战俘碰巧正在一群当地劳工旁边清除植被。

雷奥纳多·威廉姆斯开始密切留意这些劳工，希望他们知道什么土办法，能够治愈朱迪所遭的蛇咬。期间，他发现这些劳工的指尖上都有一种奇怪的亮绿色。于是他用手比画着，问对方这是为什么。为了向他解释清楚，一个劳工把这位英国海军士兵带到了一株灌木跟前，然后用一只手的大拇指和食指顺着其茎向下撸，叶子纷纷落下时，他便用另一只手并拢手指的前半部分将它们全部接住。

接着，这个劳工比画着烹饪和吃叶子的动作，向他解释说，这里面含有铁。而铁，恰恰是战俘饮食中最缺乏的营养成分之一。雷奥纳多很快便把这个知识传播给了其他人。尽管这种叶子很难吃，但从那以后，他和他的朋友们指尖上也开始常常沾染着一抹明亮的绿色了。

战俘们采摘叶子或蘑菇的行为，看守们还可以容忍，但是与当地人进行物物交易是绝对不行的。乍看起来，这些经历过海难的人已经失去了所有东西，应该没有什么可以用来交易的了。但事实上，他们很多人还留有一枚宝贵的戒指——或许是订婚戒指，或许是非常珍贵的结婚戒指，又或许是祖传的戒指——而金子在哪里都是值钱的。问题在于，战俘与当地人的接触是被严令禁止的，一旦被发现有违规行为，就会遭受残酷的惩罚。

这一次，朱迪又要在铁路线上的物物交易中扮演关键角色了。她轻跳着在安铁轨的战俘们身边跑来跑去，时刻警惕着任何风吹草动。如今，弗兰克·威廉姆斯已经能够完全读懂她的身体语言了。朱迪会以一种特殊的姿势来示意交易机会近在眼前——她会停下来，开始嗅闻一株灌木，然后把头和肩膀都伸进灌木丛里，只留后半截身躯在外面，还有她那轻轻摆动、又长又白的尾巴。这就表示灌木丛里藏有一个当地人，正在伺机与战俘们交易。

乔克·德瓦尼可是个极会讨价还价的老江湖，不过还是那句话，最令人惊叹的是如何能在看守的眼皮子底下，既和对方谈妥条件，又能顺利完成交易。一天，一个战俘拿出了一枚破旧的金戒指——比较老旧，也有破损，但仍是一块实实在在的金子——想要交易。他反复走过那片朱迪指示的灌木丛，许多次后，才最终在低语中把这笔买卖敲定做成。

他用戒指换来了犹如一笔巨款般的烟草和咖啡，外加一窝鸡蛋和一把香蕉。烟草和咖啡在战俘营里可是很贵的，因为它们是这里非正式的招投标物品，可以用来与其他人交换任何对方所能提供的物品——当然最好是能够食用且有营养的食物。

与当地人物物交易和在丛林里寻觅吃食，对于抵抗饥饿和延缓死亡至关重要。而给日本人搞破坏，则对抵抗和延缓意志消沉、一心求死，至关重要——若是到了那一步，肉身的消亡也只是早晚的事儿了。但是，在那些最坏的看守眼里，进行这些活动的战俘都该判死罪。

形如枯槁的人们在炎炎烈日下艰苦劳作——这就是"范·维尔维克号"幸存者们现在的生活。日复一日，从周到月，非人的环境带来了不断攀升的伤亡率。随着战俘们的身体日益衰弱，正常的身体机能开始紊乱崩溃。

然而，疾病也不能成为逃避苦役的借口，战俘们必须在这条没完没了的地狱铁路上永无止境地劳作。

—— // ∧ \\ ——

第二十章

有一名生病的战俘，名叫汤姆·斯科特，绰号"乔迪"，是和弗兰克他们一起安放铁轨的，也在朱迪警惕目光的照拂之下。不过，他们非常倒霉地由最坏的看守来监工，那便是"黑下士"。汤姆·斯科特又瘦又弱，身体状况很不好，还有些尿频，有一次控制不住站在那儿就尿了，尿在了铁路路堤上。不幸的是，这一幕恰好被"黑下士"当场撞见，顿时便怒不可遏，发起飙来。

"这个战俘竟然敢亵渎天皇的铁路，""黑下士"鬼吼鬼叫起来，"就冲这个，他就该死！"

这个暴跳如雷的看守一手拿着步枪，一手挥舞着粗竹棒，直奔这个有罪之人而来，满眼杀气。汤姆·斯科特吓呆了，以为这下自己死定了。他的双膝抖个不停，感觉自己根本动不了了。但是，"黑下士"走过了他，将竹棒挥向了劳动队的小头目，因为他"有责任"阻止其队员在尊敬的天皇陛下的铁路上小便，但他没有。

"黑下士"冲着这个小队长——一个英国皇家空军中士一通发作，他愤怒地咆哮着，手中的竹棒不断抽在小队长的头上和肩上。他

—— // ∧ \\ ——

尖声咒骂着，还不断提及大日本皇军和他尊贵的裕仁天皇，好像这一荒唐的亵渎行为已无可挽回地侮辱了这两者。

等他打得大汗淋漓、气喘吁吁时，便要求这个小队长转头来打这个犯错的战俘。一名英国战俘就这样被逼无奈地去直面另一名英国战俘，而这个暴怒的朝鲜看守还在一边敲打着小队长的头，一边强迫他往死里打他手下的这名战俘。小队长只得半心半意地打了汤姆·斯科特几下，但这愈发激怒了"黑下士"，使他下手越来越重。在"黑下士"看来，这个小队长应该热情高涨，凶残卖力地去打斯科特，因为这是他赐予他的惩罚犯错之人的"荣幸"。

如果不赶紧想办法施以援手，这个小队长很快就会被打得倒在地上，而所有人都知道对于倒下的战俘等待他的将会是什么。如果你不能站着受罚，像"黑下士"这样的看守很可能会上来就是几脚，狠踢你的脑袋，直到你失去意识，昏死过去。

这时候，汤姆·斯科特一步步走到了浑身是血，已经摇摇晃晃的小队长身边，大声喊道："打我呀，中士！看在上帝的分上，打我！"

终于，这名英国皇家空军的中士开始如"黑下士"所愿出手了，他攥紧了拳头，重重地打了他的战俘兄弟，一拳又一拳。现在轮到汤姆·斯科特开始在重击下前后摇摆了。很明显，再这样下去，一定会以有人受重伤，甚至丧命告终，除非……

一个身影在一旁一直注视着这一切。那是朱迪。她变得越来越激动不安，嘴角咧开，露出了典型的咆哮姿态，一双眼睛被这一幕她不得不目睹的——她的朋友们不得不忍受的——恐怖景象，逼得通红。突然之间，她转了一圈，猛地冲进了灌木丛。不一会儿，就听见灌木丛中传来她那绝不会有错的号叫声——啊呜，呜，呜，呜，呜——那是她遇到大型动物，需要看守用枪来把对方撂倒时，才会发出的

—— // 八 \\ ——

叫声。

不知怎的，这激烈的叫声似乎穿透了"黑下士"盲目的愤怒。他手中那根沾满鲜血的竹棒突然停在了空中。"黑下士"向灌木丛扫了一眼，大脑开始试图分析这突如其来的新信息，并且要在两者的优先权竞争中做出抉择：是把这个犯错的战俘打死以捍卫天皇的荣誉，还是去打那只动物弄些肉来吃？

显然，他的饥饿感战胜了他对天皇效忠的责任感，因为他已经端着枪，冲向那片传来叫声的灌木丛了。而那两个被打的受难者此时已不需要再继续了。他们浑身是血，满是淤青，跌跌撞撞地朝着轨头直奔而去，以尽可能躲开"黑下士"的凶残虐待，能躲多远是多远。

当然，灌木丛里并没有什么大型动物。压根也没有过。朱迪只是目睹了刚刚那一场残忍的虐打，意识到需要分散一下"黑下士"的注意力，才能救出那两个受难者，所以决定一试。但她这么做，却是非常冒险的。像"黑下士"这样的看守一旦意识到她在耍自己，很可能会一枪打死她。但是，帮助弱者是朱迪的天性与本能，而且在这条地狱铁路上，这些受压迫者大多都是她的战俘朋友，她怎么可能见死不救。

这一次，至少朱迪迅速冲进了丛林，成功地甩掉了"黑下士"，并且没过多久，便又回到了工作队。但是，在这条贯穿苏门答腊的铁路上，总让人觉得，她活着的每一天都像是借来的时间，她的生命随时都可能被夺走。毕竟，她已经骗过死神许多次了，也已经骗了很久了，可谁的运气都会有用光的一天——总有那么一天。

朱迪第一次挑战死神时，还是一只从上海养狗场的铁丝网下偷偷溜出去的小狗崽；而第二次，她从"蠓虫号"的甲板上摔落进滚滚长江时，已经是一个"少女"了。再之后，在汉口码头，她差点儿死在日本卫兵的枪口下；"蚱蜢号"沉没时，她又被困在了淹没的住舱甲板上；在因德拉吉里河畔，饥饿的鳄鱼用尖利的牙齿咬伤过她；被装在麻袋里偷运出格劳格尔一号时，也是千钧一发，生死一线；从被塞出"范·维尔维克号"沉船的舷窗，到在新加坡港口，再次被尼西上尉充满杀气的目光盯上，哪一次不是九死一生。

任谁都能算出来，迄今为止，她已经侥幸逃生八次了，可谁又知道，在这条浸透了鲜血的铁路上，她还能骗过死神多久。

就好像是为了要提醒"范·维尔维克号"的幸存者那些他们曾经遭受过的苦难一般，又有一批沉船受难者要来加入他们了。如果说他们的遭遇有什么区别的话，那就是后者的经历还要更加黑暗恐怖，充满不幸。1944年9月中旬，日本货轮"顺阳丸"从邻近的爪哇起航出发，船上塞满了人，大约有2300名盟军战俘和4200名当地劳工。也就是说，这艘锈迹斑斑的破船上装载了大约6500名被强制奴役的劳工，比"范·维尔维克号"上的人数还要多出九倍。

1944年9月18日，"顺阳丸"在苏门答腊外海海域遭到英国皇家海军潜艇"贸易风号"（*HMS Tradewind*）的鱼雷袭击。这艘运输船连中两枚鱼雷，几分钟之内船尾便已沉没。大约5600名战俘和劳工在这次沉船事件中丧生，这一准确数据也使之成为至今为止最惨烈的一次海难。

9月22日，400多名"顺阳丸"的幸存者出现在四号战俘营，加入到了前一批海难幸存者当中，成为修建这条地狱铁路的强制劳工。当他们蹒跚走进战俘营时，犹如一支鬼魅军团。他们当中有一个人，叫劳斯·沃伊西，是一名在新加坡被俘的年轻的英国士兵。在来此之前，劳斯已经是日军手下的一名战俘了。他曾被逼在哈拉古岛

（Haruku）——素有"香料群岛"之称的马鲁古群岛（Moluccas）之中的一座珊瑚岛上为日本人在光秃秃的，如砂纸一般被尘土覆盖的珊瑚礁地质上开出一条飞机跑道来。

"顺阳丸"沉没时，劳斯全靠抓紧了一个简易木筏，才得以捡回了一条命。那个木筏其实是用船里滚出来的一个前面带玻璃的柜橱，外加几块绑在两侧的木板，拼凑而成的。他用一根长长的绳子把胳膊绑在了那个简易木筏上，才让自己能够保持漂浮。就这样漂了48小时后，他的腋下被绳子磨出了一道道红肿的伤痕，他也开始出现了幻觉。他发誓说自己看见了一座人间天堂在召唤他——灯火通明的海岸上，有音乐，有欢笑，还有舞蹈。最后，他被一艘日本船救了起来并被带到了北干巴鲁，随后又来到了这条铁路。

眼看着劳斯和其他几百名刚抵达四号战俘营的沉船幸存者状态极糟，那些"已经立足的"战俘们主动承担起了在轨头相对繁重的劳作。"顺阳丸"的幸存者们则被分配了营地周围较轻的活儿——挑水、砍柴、挖建公共厕所等。这给了劳斯充足的时间来适应新环境，而这里在很多方面都与他之前待过的那个丛林覆盖的哈拉古岛非常相似。只不过，在四号战俘营有一件事情让他非常吃惊，那就是他们居然有一只狗。

和弗兰克·威廉姆斯一样，劳斯也是个无可救药的动物爱好者，而且即便最近遭受了各种苦难，也没能扼杀他对动物由衷的喜爱。但是，当他看到一只如此容貌出众，相对健康，并且显然是可食用的狗依旧存活在这个地狱般的战俘营里时，他还是惊呆了，因为这太违反常规，难以置信了。劳斯不懂，朱迪的守护者们是如何才能让她远离他人的锅灶，没有成为一道美食的。要知道，在这里活下来是每天斗争的主题，而为了生存，任何四条腿的东西都将被吃掉，朱迪却能好端端地站在这里，可谓一个奇迹。

回想在哈拉古岛时，劳斯他自己还曾吃过一只猫，这让他抱恨终生。长时间折磨人的饥饿感是会让人丧失所有正常思维的。在这条地狱铁路上，战俘们被逼无奈，逮到什么都能吃；而在四号战俘营里，任何活物都是有价的，无论多小或是看起来多么不堪下咽。一只小老鼠值一个荷兰盾，一只大老鼠价值两个半荷兰盾，甚至连苍蝇都有其价值，简直变态到违反自然规律。

在这些黑白颠倒、犹如噩梦的战俘营里，日本人规定那些因病重不能参加劳动的战俘，每天必须捉够200只苍蝇，才能换得半份伙食。按照日本人的逻辑，生病之人既然不参加劳作，也就不需要那么多食物——用不了那么多卡路里。苍蝇会传播许多在战俘营里肆虐的传染病，所以这些病号就应该按照定量来抓苍蝇，从而使自己变得有用一些——否则就没有食物可吃。

如果一个病号需要休息，就必须花钱来买安宁，即花钱让别人替他抓他的定量。一些战俘甚至还拼凑出了巧妙的捕苍蝇神器，这样多出来的苍蝇还可以拿来卖。另一些人则靠雕刻其他人需要的木制品来赚一点钱——比如木底儿的凉鞋就是最为普遍的常需单品。有几个"顺阳丸"的幸存者在沉船时丢失了自己的假牙。于是，有个战俘就成了用森林里砍来的硬木块定制假牙的专家。

在"顺阳丸"幸存者们加入铁路劳动队后不久，莱斯·瑟尔也完成了前方营地的建设，重新回到了他的老朋友当中。他被轨头一幕幕可怕的景象惊得目瞪口呆。一群瘦得可怕的人影在这里拖拉扛拽，艰苦劳作，汗流浃背，声声呻吟，直到一天的工作结束，或者直到他们在工地倒下为止。那些在建设中受伤的，或者实在病得太重无法继续的战俘，都会被送往令人胆战的二号战俘营——所谓的死亡战俘营。

这里条件恶劣，再加上极度营养不良，连最轻微的伤口都难以愈合。事实上，所有的战俘都患上了恐怖的热带溃疡，有些人的创面甚至有茶碟那么大。这些溃疡侵蚀着血肉，直透骨髓。疟疾、痢疾、脚气病，还有热衰竭也越来越普遍。然而，在二号战俘营里，几乎没有任何医药用品。尽管戴维斯中校一再向日本人指出他们有多么迫切需要医药用品，但是奈何日本人根本不作为，一切都没有任何改善。

事实上，日本指挥官们好像非常乐意看到受伤或得病的战俘自己死去。这让许多人都怀疑这条苏门答腊铁路不仅是一个建设项目，更是一个灭杀项目。截止到1944年10月，这里每天都会有十名甚至更多战俘死亡。平均下来，这条被诅咒的铁路上，每一公里就要吞噬掉大约二十名盟军战俘和四百名当地劳工的性命。

然而，令人难以置信的是，来到这条铁路大约四个月后，盟军战俘们的意志仍旧没有被击垮。正如莱斯·瑟尔所言："我们说着冷笑话，互相支持，互相鼓励。无论如何，我们都在坚持，紧紧抓住那纤弱的生命线。"而且幸运的是，一则此时亟须、振奋人心的好消息就要传进这个战俘们如奴隶般日日做着苦役的人间地狱了。

以前，在格劳格尔一号的时候，他们就有一台秘密战俘收音机，如今在这条地狱铁路上，他们也有一台。所有听来的消息都是以"谣传"的形式沿着这条铁路线传播的，以掩盖和伪装其及时性与准确性。大家一直都觉得，这台收音机应该是由一名军官在操控，而且他还得有一条铝质的假腿，这样才好把收音机藏在里面。据推测，每天晚上收听过消息后，收音机都会被拆卸开来，然后每个部件都会被小心翼翼地包起来，藏进他的义肢中！

临近1944年10月底的时候，拜这台秘密收音机所赐，战俘营里谣言四起，风云变幻，搅动着每个人的心。苏门答腊铁路上有几个美国战俘，其中一个在四号战俘营，名叫乔治·达菲。他同弗兰克·威廉姆斯一样，之前也是一名商船海员，直到他所在的那艘名叫"美国领袖号"（*The American Leader*）的货轮被一艘德军战舰击沉后，他才被德军俘获。之后，他又被移交给了日本人，所以才会来到这里。对达菲和数得着的几个美国战俘而言，他们的国籍在这苏门答腊的丛林中，既有利，亦有弊。

1944年10月最后一周的一个晚上，日本看守们举行了一场醉酒会。他们喝着一杯接一杯的日本米酒，肆意地庆祝着，那听起来好像胜利的歌声在战俘营内久久回荡。第二天一早，日本看守们就开始吹嘘日本海军赢得了一场决定性的胜利。那时，二战期间规模最大的海战——莱特湾海战[1]——刚刚在菲律宾海域爆发。按照看守们所说，他们大日本天皇的海军击沉了多艘美国战舰，包括一艘轻型航空母舰、两艘护航航空母舰、两艘驱逐舰和一艘护航驱逐舰。

然而，战俘们的秘密收音机很快证实了日本看守的说法完全是骗人的。事实上，莱特湾一战给了日本人致命的打击。他们所说的盟军方面的损失倒是不假，但是日本海军所付出的代价可要惨重得多。日军的一艘舰队航空母舰、三艘轻型航空母舰、三艘战舰、十艘巡洋舰和十一艘驱逐舰全部被击沉，共12500人阵亡。整个战役中，日军共损失二十八艘军舰，而盟军只损失了六艘。

---

[1] 莱特湾海战（The Battle of Leyte Gulf）是爆发于1944年10月20日，持续至10月26日，发生在莱特湾（Leyte Gulf，菲律宾东部海湾，位于莱特岛东部和萨马岛南面，南接苏里高海峡）附近的一次海战。它是二战期间最大规模的一次海战，亦有历史学家称其为历史上最大规模的海战，其中美日航空母舰的对决，最终彻底摧毁了日军的航母力量。

越是紧密封锁，越证明这个消息的确实可靠。日军的宣传机器终究无法阻止他自己的军队得知如此巨大的损失，甚至无法阻止那些生活在被时间遗忘的世界中，被奴役的战俘们获知真相。日本看守和朝鲜看守都不可能注意不到，战俘营里的气氛已经悄然改变。那本以为不可战胜的日本战争机器终于在莱特湾遭受了重创，而多亏了他们的秘密收音机，这些被奴役的战俘才知道了如此大快人心的消息。

差不多也是在这个时候，四号战俘营的战俘们被迁至位于鲁布克萨卡特（Loeboeksakat）的五号战俘营，沿着铁路线前进了大约二十三公里。这次迁移也是为了与铁路向前的进展速度保持一致。弗兰克·威廉姆斯、莱斯·瑟尔、彼得·哈特利牧师，外加朱迪都在迁移之列，还有美国船员乔治·达菲。五号战俘营里大约有一千名战俘，其中大多数是荷兰人、英国人和澳大利亚人，外加数得着的几个美国人——是他们的国家军队在莱特湾重创了日军，创造了看起来不可能的战绩。

在战俘营时间久了，乔治·达菲也从其他战俘那里学会了荷兰语，甚至经常被错认成荷兰人。在五号战俘营，他被指派为一个工作队的小头目，队里大多是澳大利亚人。他们主要负责将通往丛林的一条支路上的沙砾装进敞口的铁路货车，货车装满后会回到轨头，将沙砾卸空。

出于好心，达菲在某棵树下划定了一片区域，给那些病得太重，无法工作的战俘休息用。然而，上午10时左右，当树荫下躺着六个骨瘦如柴的战俘时，达菲注意到有个日本看守正向他们走来。他赶紧跑过去，解释说这些人病得太重，不能工作了。这却激怒了那个日本看守。他立刻查问达菲是不是澳大利亚人。达菲则假装听不懂他的问题。

"英国的？"那个看守问道，"你是英国人吗？"

达菲再次耸了耸肩，做出一副听不懂的样子。

"布兰达的？"那个看守继续查问道——布兰达（Blanda）是马来语的荷兰人。

当达菲试图表示自己仍旧听不懂时，那个看守开始解下自己身上背着的步枪，这是个明确的信号，表示这个美国人要挨打了。就在此时，达菲突然身体前倾，用手指直戳那个日本看守的胸膛，然后又指指自己，宣布道：

"美国！美国！我是美国人！"

那个日本看守的眼珠子都要瞪出来了。显然，他并不知道他所负责的路段上还有可怕的美国敌人。他挥了挥手，让达菲回去干活，但是很快就听说他把自己气得够呛，火冒三丈。到了午饭时间，那个日本看守终于还是发作了。为了某些莫须有的罪名，那个看守抓起了步枪的枪管，像挥棒球棒似的，铆足了力气，冲着达菲身上就是一下，直击其肋骨下方。而这一击的力道实在是太大，直接就把这个美国人打倒在地了。还好，达菲知道倒下就可能被踢到不省人事的危险，所以很快便挣扎着爬了起来。之后，他又被打倒了两次，那个看守才满意。

吃过午饭后，一些战俘朋友试图劝达菲不要再回到工作队上工了，毕竟他身上仍旧相当疼痛，况且那个看守显然是在故意找他这个美国人的茬儿。但是达菲拒绝退缩，而奇怪的是，那天下午没有返回工地的竟是那个日本看守。这极大地鼓舞了这个美国人的自信心——只要反抗，日本人也是可以被打败的。

就这样，一股复苏的反抗精神席卷了五号战俘营里的英国人和澳大利亚人，特别是那几个美国人。随着季风带来的雨势愈发猛烈，连森林里都已经洪水泛滥，水位高涨了，而这些被奴役的战俘们此时也正士气高涨，因为那台铁路秘密收音机里正不断传来美军胜利的好消息。

三号战俘营已经完全被水淹了，不得不马上迁移。而五号战俘营的工作队则被派往一条涨水的小溪畔，重筑加固那里的铁路路堤。劳作期间，突然有两头丛林水牛出现在了河对岸。离得最近的看守，是个朝鲜人，立刻兴奋地端起枪，开了火。然而一枪都没有打中。此时，他的身边正巧有个美国战俘，一想到白白错失这么大一份送上门的美食，就忍不住从毫无防备的朝鲜看守手中把枪夺了过来，然后单膝跪地，连射两枪，两头水牛便应声倒地了。

那个美国人把枪塞还到已经惊呆了的朝鲜看守手中之后，便开始回收猎物——水牛肉。他要了一根绳子，挎在自己瘦骨嶙峋的身上，便蹚进了湍急的河流中。或许那个朝鲜看守早已对美国人的骁勇善战有所耳闻，又或许他也开始担心自己在这场战争中是否选错了边，站错了队，但是无论如何，他都没有阻拦那个美国人，直到两头水牛都被装上了一节敞篷的铁路货车厢。那天晚上，五号战俘营里出现了前所未有的"公平"景象，看守们竟然与战俘们一起平分了水牛肉。

不过，如此团结的景象毕竟是极为罕见的，而且随着日本帝国在战场上的情势日益恶化，这样的事情注定变得更为少有。这可能违背常规，令人极难相信，事实却是如此——当日本人开始要直面失败的同时，他们更加冷酷无情、毫无悔意地驱使并奴役着盟军的战俘们，强迫他们加长工时，却减少食物配给，甚至逼着他们在劳作中死去。

1944年的圣诞节就快来了，然而对"范·维尔维克号"的幸存者们而言，这将是他们近三年的被俘生活中最为黑暗惨淡的一个节日。

第二十一章

　　从"范·维尔维克号"的幸存者们第一眼看到北干巴鲁，到现在已经整整六个月了，以这里为起点的这条铁路，向前推进的每一寸都要白白牺牲掉无数人的性命。在季风大雨中被损毁的桥梁已经修整完毕，现在数量巨大的新枕木与铁轨正在沿着铁路线步步铺设当中。看起来，好像这条铁路的监工们准备加倍努力地赶工完成这里的修建，不计代价，不论后果。

　　他们是如此急切地想要推进这条铁路的建设，以至于差一点儿就要连圣诞节假日都取消了。但是，鉴于战俘当中已经有了反叛情绪，日本指挥官无奈之下，只得宣布1944年12月25日"放假一天"。每个战俘营内都有两个户外厨房，一个是给看守们做饭的，另一个则是给战俘们做饭的。战俘厨房里面当值的都是些只能做"轻活儿"的战俘——一般不是生病还在恢复中的，就是还能走动的一些伤员。1944年的圣诞前夜，五号战俘营里就已谣言四起，听说厨师们为了第二天的节日准备了一些特别的东西。

　　所有人都想到了食物，一如往常。

—— // ∧ \\ ——

几个星期以来，厨师们已经积攒了不少食材，所以从圣诞节的早餐开始，便是一顿大家都不敢相信的美味大餐：每人五个木薯团子，外加美妙至极的咖啡。木薯团子是用最普通的木薯粉揉成的，但是被炸成了中空的甜甜圈模样，上面还洒了肉桂和珍贵的糖。午餐更是丰盛得让人惊喜非常，有小咸鱼干和炒米饭，还有咖啡。

　　而晚餐才是真正的奇迹：厨师们不知从哪儿搞到了可以煮汤的棕豆，调味的参巴辣豆，外加高尔夫球大小的一种有些腥臭但绝对美味的鱼丸，还有咖啡。不过，就在晚餐刚刚给大家带来了一些预料之外的美好时，那些越来越暴躁易怒的日本看守还是想方设法地给欢乐的节日气氛泼了一盆冷水。

　　圣诞节本身并没有被取消，但是日本人下令禁止唱歌。也就是说，这个圣诞节不能有圣诞颂歌了。

　　在汉口外滩的"最强者俱乐部"里，朱迪就曾与船员们一起放声高唱过颂歌，即使是在格劳格尔一号上演圣诞童话剧时，她也曾用其野性的歌喉伴唱过，增添了不少节日欢愉。而今晚，这样的景象无法再现了。至于彼得·哈特利牧师，虽然他坚持要举办一场圣诞礼拜，但因其病重已被丢弃到二号战俘营，即"死亡战俘营"，使得这个礼拜也显得有些忧悒寡欢。

　　如此，五号战俘营那些还算健康的战俘们只得来到二号战俘营，加入伤病员当中，把医院的营房挤得水泄不通，连个转身挪动的余地都没有。礼拜会上也只能用乐器演奏圣诞颂歌，以代替唱诗班的演唱。这些凄惨可怜、形容枯槁的战俘们挤在粗糙砍制的铺板上，噼啪作响、忽明忽暗的油灯照在他们身上，在单薄的树叶墙面上投下一片诡异的影子。

　　当乐师们开始弹奏《平安夜，圣善夜》的曲调时，这些双眼空洞的活死人们再也抑制不住自己，都跟着这无比熟悉的旋律哼唱了起来，一时间整个营房里都充满了轻柔的哼鸣声……但也仅此而已，没有一个声音敢高唱出来。

尽管白天享受到了圣诞大餐，但此时许多人心中难过，甚至热泪盈眶。在这条地狱铁路上，在这个黑白颠倒的疯狂世界里，日本人竟然禁止歌唱，这是多么不可思议的残忍与黑暗啊！

圣诞节刚过去四天，五号战俘营的所有人就被再次转移了。这一回，他们将前往位于利帕卡因（Lipatkain）的七号战俘营，大约沿铁路线再向前五十公里左右。对于这个地狱一般的地方，"利帕卡因"这个名字翻译过来的意思可能太过诗情画意了些。在当地语言中，这个名字意为"莎笼裙上的皱褶"——而莎笼裙（sarong）是当地人围裹在腰间的一种色彩绚丽的传统裙子。

然而眼下，这样的一条裙子也已成为大多数沉船幸存者愿意不惜一切去换取的衣服了。因为，他们除了每人有一块日本人分发的又脏又破的灰色缠腰布之外，根本没有任何其他可以蔽体的衣物。

七号战俘营和他们以前待过的那些战俘营并没有多大区别，只是更加偏远，营房也更不结实罢了。这里又有了一帮看守的新组合，他们每个人都有一个古怪而又贴切的绰号：金刚、糊涂蛋、吼猴等等。这其中就有之前提到过的那个绰号"肥猪"的看守，专门擅长用火蚁折磨落在他手里的战俘。"肥猪"是这里最恶毒的看守，又肥又胖，长着一双几乎看不见的小猪眼，还有两颗从他那肥厚的上嘴唇下面龅出来的大门牙。从一张楔形的麻子脸，到一对上下翻动的招风耳，他浑身上下都散发着一种邪恶又残忍的气息。

不过幸运的是，这个"肥猪"还没来及向新到七号战俘营的战俘们施展其恶毒招数，就遭了报应。一天，他被派往九号战俘营，即铁路仓库，去收取一批新到的铁轨。然而，正当装载铁轨时，暴风雨来袭，一时间飙举电至，甚是吓人。因恐铁轨可能引来雷击，所有人都躲到了丛林边缘，那里稍有遮蔽。

突然，丛林里传来一声可怕的尖叫，紧接着是一连串的枪声。原来是"肥猪"正在林中方便，却不想被一只老虎盯上了。等他的同伴想尽办法才把老虎赶走时，他已经被咬得面目全非。看守们赶忙把他从铁路线上撤下来，送往北干巴鲁的日军医院，那里与战俘们的医院相比可好太多了，基本上不缺任何医疗设施与药品。但是，等"肥猪"抵达那里的时候，早已伤重不治，死去多时了。

听说他的死讯后，七号战俘营里几乎没人伤心难过。事实上，他的死倒是启发了不少非同寻常的"模仿"。有一两个战俘甚至可以完美模仿老虎的吼叫声，惟妙惟肖，足以乱真。每到月黑风高的夜晚，他们便开始学着老虎的样子吼叫，吓得看守们阵阵心慌。因为畏惧老虎，日本人和朝鲜人都不敢走出他们的营房，而此时，战俘们便趁机溜进日本人养牲畜的圈舍，偷走一只鸡或者一头羊。等到第二天清晨，这只"偷吃的动物"便会销声匿迹，踪影全无。若任何人问起来，牲畜棚失窃的罪责就只能怪到某只夜间造访的"老虎"身上了。

1945年1月10日，第一个战势逆转的明确迹象出现在了苏门答腊的上空。一架流线完美的银色美国B-29"超级空中堡垒"（*Superfortress*）——一种在当时极其先进的重型远程轰炸机，在附近的巴东港刚刚完成轰炸返航，飞过了北干巴鲁的上空。终于，这个被时间遗忘已久的小岛回到了美国人的视野中——他们期盼多时的解放者就要来了。

没有看守能够忽视眼前的事实，美国人不仅能够驾驶如此高精尖的战机飞越苏门答腊铁路所在的领土，而且看起来无所顾忌，也毫无损伤。这一见闻的直接结果是，从那之后，看守们无论去哪儿都会戴着钢盔和防毒面具……而战俘工作队的日子则开始更加痛苦难熬，犹如炼狱。

每天清晨7点钟，起床号就会吹响，叫醒所有的战俘，而每天晚上不劳作到10点钟，他们都不可能回营休息。他们每天都要在残忍的监工无情地驱使下，被迫在外劳作超过14个小时。然而，这些日本和朝鲜看守越是不断加压，战俘们就越能想出些绝妙的方法来搞破坏，因为他们无比痛恨这条铁路——是这条铁路夺走了他们无数同伴的生命。

朱迪负责望风，是他们最有力的护卫者，而弗兰克·威廉姆斯、莱斯·瑟尔、乔克·德瓦尼和其他人则开始用腐烂的木头筑建路堤，然后在上面遮盖一层薄薄的泥沙。远看过去，这样的路堤似乎很是坚固，而事实上，但凡有一列哈诺玛格[1]的火车头从上面呼啸而过，这种路堤就会瓦解、下陷，乃至分崩离析，引发一次小型滑坡。

近几个星期，"朱迪帮"还学会了如何敲掉固定铁轨用的长铁钉的钉头。他们将铁轨固定在轨枕上时，只将钉头钉进去，看起来就好像整根钉子都在里面了，而事实上里面根本没有任何结实的东西可以固定铁轨。这是一个能够大面积破坏铁轨连接的万全之策，但是若被抓到藏有钉头，或是没有钉头的长钉，他们就算是得到了一张去往坟墓的单程票，必死无疑了。

1　哈诺玛格（Hanomag, Hannoversche Maschinenbau AG）是德国著名的蒸汽火车（头）、拖拉机、卡车和军用车辆的制造商，总部设立在德国莱纳河畔的汉诺威（Hannover）。二战期间，几乎所有的半履带式军用或民用车辆都叫"the Hanomag"。

更多盟军的得胜消息从铁路沿线80公里以外的地方渗透到了七号战俘营。这一次，是位于北干巴鲁的一号战俘营里的秘密收音机传来的消息：随着比尔·斯利姆率传奇的第十四军将日军赶出了缅甸，英国及其联邦国家也开始采取行动了。看守们接连收到日军前线失利的消息，而手边上他们治下的所有战俘几乎都是来自这些打击日本的盟国的。

可想而知，双方的紧张关系已经达到了一触即发的程度。

有迹象表明，日本人已经开始将重要物资与军事力量转离此区域：坦克和野战炮，以及满载着军事设备的卡车，都在向东移动，前往新加坡。历史似乎在重演，只不过这一次是日本人要去打一场新加坡保卫战了，捍卫这座英国曾经的"海岛要塞"。这对战俘们而言倒是个不错的盼头，毕竟他们中的很多人就是因为新加坡一战，才失去了自己的要塞，成了流离失所的败军之兵，而那种挫败感曾让他们久久不能从耻辱中抬起头来。

到1945年2月，他们已经修好了大约120公里的铁路，但仍剩下100公里甚至更长的距离需要继续，而且这最后的一段必须要穿过地形最为险峻的区域——巴里桑山脉。死亡人数开始急剧攀升。三月间，光七号战俘营就死了41名战俘。紧跟着的一个月，情况更糟。仅在四月的头七天，七号战俘营就有25人死亡。如果按照这个速度，不到十个月的时间，七号战俘营里的所有战俘就会全部死光，而死亡率还在持续攀升。

盟军可能快要赢得这场世界大战了，但是战俘营里的所有人都在担心，等胜利到来时，他们中还有没有人能活着。人死得实在太快，这里就快没有几个身体健全的战俘能够赶上为前者挖坟、抬棺和举行葬礼了。那些原本负责为厨房捡些柴火、干些轻活的战俘们现在都被派去把尸体抬到墓地或是为死人挖坟了。

然而好在，朱迪和她的几个最要好的伙伴总算都挺了过来。彼得·哈特利牧师奇迹般地逃离了二号战俘营，即死亡战俘营。他从死人堆里爬了出来，回到了轨头的工地。可是一回来，就被叫去主持葬礼了。在二号战俘营犹如噩梦的几个星期里，这位自学成才的牧师几乎快要失去他对上帝的信仰了。他曾两度被扔进"死亡之屋"——一间专门为临终之人准备的营房。

死亡战俘营奇缺止痛药等医用药品以及消毒器械等任何应有的医疗器械，情况严重到逼得医生们不得不用蝇蛆来治疗热带溃疡。他们将蛆放入伤口之中，并用布片包裹，然后任这些蛆吃掉已经坏死的肉和被感染的组织，直到溃疡彻底被清干净为止。

没有治疟疾的药，医生们就学着从周边丛林里大片生长的金鸡纳树的树皮中提取出一种奎宁（俗称金鸡纳霜）。他们把这种树皮研磨成粉，再做成团子，混入每天早饭的木薯团子里，才让这种既难闻又令人作呕的自制药品勉强被接受。

因肮脏而感染的皮肤所继发的疥疮在这里大肆横行，虱子和跳蚤也无处不在。于是，医生们把最原始的硫磺溶解在旧汽油里，用于治疗疥疮。这些汽油都是他们从日本人废弃的军用卡车的机油箱里收集来的，而由此制成的这种又黑又黏的"油膏"将涂满病患的全身，并保持48个小时。

热带溃疡、疥疮、疟疾、脚气病——所有这些疾病，牧师彼得·哈特利几乎都得了个遍。然而，他仍旧看似不可思议地两度战胜了死亡，而这很大程度上要感谢一位天主教的神父帕特里克·罗克。是他，无惧被传染的风险，每日长达数小时地蹲坐在一个自制的小木凳上，不断安抚那些病患和濒死之人，无论他们是信徒与

—— // ∧ \\ ——

否。沿着铁路线修起的坟墓还在不断增加，犹如即将满溢的潮水，而这位天主教神父却帮助彼得·哈特利恢复了信仰，并给了他主持葬礼的勇气与力量。

每当有战俘死去，他的尸体就会被抬到"预备区"，在那里他的身体会被洗净，然后用一张草席裹起来。如果他尚有四位健全的好友，他们可以请求牧师在当晚为他举行一个正式的葬礼。如果死者没什么体格健全的朋友，他的尸身则会被放置在停尸房外面。负责伐木和砍柴的小队会在午休后抬上他的尸体——连同其他人的尸体，一般总是会有那么几具——送往墓地，在那里掘墓人会将他直接埋葬，没有任何仪式。如此便是在这条毫无人性、凶蛮残暴的铁路上，随时可见、草率了事的"自然死亡"。

在这里，死亡已经变成最平常不过的事情，以至于所有活下来的人对此都已习惯。不过，随着盟军对轴心国[1]军队的包围圈逐渐开始收紧，手持镰刀的死神也正在夺走一批又一批敌军官兵的生命。四月中旬，一连串的谣言开始沿着铁路线疯传。秘密收音机里传来的消息说，盟军已经登陆了日本主要岛屿中的两座——九州岛和本州岛，还说美国总统富兰克林·德拉诺·罗斯福已死于中风。

罗斯福确实已经去世，但事实上盟军并没有登陆日本本岛。可即便如此，这些谣言也还是没能逃过这条铁路上监工们的耳朵，让他们愈发孤注一掷，甚至还加大了赌注。1945年4月23日，日本人竟然下令将战俘们每日的伙食配给减至200克木薯粉和270克大米，这还是给上工的战俘的，而那些病重不能劳作的战俘则连这点量都得不到。

1　轴心国（Axis），是指在第二次世界大战中结成的法西斯国家联盟，以纳粹德国、意大利王国和日本帝国为首，外加与他们合作的一些国家及占领国。

四天之后，七号战俘营当月的死亡人数就已经有79人之多，而4月还尚未过完。每天战俘们都要尽快掩埋逝者，才能赶得上重病患和失去行动能力者被日日饿死的速度。

　　绝望之下，其中一名战俘医生有了灵感，说他们可以获得一种免费又富含蛋白质的食物。他曾看到战俘营里的鸡在公共厕所周边觅食，然后就长得肥肥胖胖的，之后他便意识到，那是因为它们吃了蛆的缘故。于是，这位医生和他的同伴们开始从公共厕所里捞出一桶又一桶的蛆，然后把它们洗净、做熟，再分给那些快要饿死的战俘。对很多人来说，这种令人作呕却富含蛋白质的食物确实能救人性命。

　　但是，在这条气氛异常紧张躁动的铁路上，没人能阻挡看守们愈发凶残的"掠食行为"。眼看着失败临近，他们的容忍度也几乎降至零点，侵犯与挑衅行为日益嚣张，变得更加咄咄逼人。而与此同时——或许也是感觉到了战争结束近在眼前——萨塞克斯的朱迪也变得比以往更加认真地守护着她的朋友们。

　　朱迪从来都无法掩藏她对看守的怨恨，只不过现在她似乎更加坚决，要尽其所能阻止这些最野蛮凶残的暴行——至少在她目光所及之处要如此。曾几何时，她能闪躲开看守踢向她侧腹的军靴，就已知足了，而现在她却毅然决然地坚守在原地，寸步不让。她会把身体蹲得很低，在敌人距她不足一英尺的时候，肌肉紧绷，随时准备一跃而起。她的嘴唇咧开，露出一排发黄的尖牙，喉咙里也会发出一声低沉的怒吼。大义凛然的朱迪敢于公然同充满杀气的仗势欺人者对峙。但是，她所面对的是早已丧心病狂的看守，他们视战俘的生命尚如草芥，更何况她这一只战俘狗。看守们都配有步枪，这本就是一场不公平的较量，若继续下去，只会是朱迪倒霉，最终还是逃不过死神的魔爪。朱迪的朋友们也能感觉到，他们在这地狱铁路的日子就快要结束了，所以他们谁也不可能接受在这最后一刻失去他们的神奇狗狗。

数月的相处让弗兰克·威廉姆斯与朱迪产生了非凡的默契，弗兰克甚至可以不必说话，犹如有心灵感应一般，与朱迪交流。而且，他总是能找到她。最近朱迪总是偷偷潜行，好像故意要跟看守发生对峙似的，但只要弗兰克说一句话或是轻轻抚摸一下她，她那双因愤怒而发红的眼睛便会柔和起来，而一场很可能致命的冲突便能就此避免。

鉴于最近的苗头不太对——朱迪不是跟这个看守，就是跟那个看守发生冲突——弗兰克想出了一个新"把戏"来保护她。这是他之前把她偷运出格劳格尔一号并带上"范·维尔维克号"时所发明的那个"跳进袋子"的演变版。现在，只要他轻打响指，朱迪就会迅速消失于铁路旁边浓密的丛林之中，然后在那里静静地隐藏着，直到安全了，她最爱的人就会轻吹口哨，把她叫回自己身边。

但是，这一天还是不可避免地来了——朱迪还是冲撞了看守。弗兰克·威廉姆斯和朱迪，以及"朱迪帮"的其他人这天正在轨头干活，这帮被奴役的战俘一如既往地被看守们驱使着，几近崩溃。或许本来并没有什么特别的事情引发之后的一切，但在1945年那个黑暗的春天里，这条铁路上的监工想要发泄无名怒火本就不需要任何理由。无论是何缘由，总之一个看守突然开始暴打一个战俘，一边叫骂着，一边用一根粗竹竿猛击那个战俘的头。

第一下就把那个战俘的头抽得向后一仰。紧跟着，是一下又一下。这种骇人的景象已经上演过无数次了——一个瘦得只剩皮包骨的战俘被凶狠地虐打，还要拼命挣扎着保持直立。在随后加大力道的一击下，他退了一步，眼看就要站不住的时候，面前突然出现了一只四条腿的捍卫者——是朱迪。她凶猛地怒吼着，狂叫着，毫不掩饰她的愤怒，她颈上的毛都竖了起来，双眼燃着熊熊怒火，就挡在那个看守和战俘之间。

一直以来，看守都是绝对强势的，从来没有想到也完全没有准备会受到任何抵抗，而这一刻，这个看守残暴的自信被动摇了。然而很快，他便从瞬间的无措中醒了过来，一只手渐渐放下了竹棍，而另一只手却摸向了其身后背着的有坂步枪的长枪管。朱迪可是不止一次见识过这种形状奇怪，会发出巨响的长棍有多厉害。她亲眼看到无数比她更大、更有力的野兽被这种长棍撂倒。而她也从中知道了这种"响棍"的射程及其可怕的威力。

朱迪的本能告诉她，该逃跑了。不管怎样，她的目的已经达到了：她成功将看守的怒火从那个战俘身上转移到了自己消瘦的肩膀上。只见她猛地转过身来，狂奔向路堤底部覆盖的茂密的灌木丛。但是，就在她那又白又细的尾巴正要消失于灌木丛中时，那个看守已经举起枪开始瞄准了。

那支长长的手动栓式步枪怒吼了一声，从枪口飞出了一颗子弹，直追朱迪疾驰的身影而去。一切都发生得太快了，弗兰克·威廉姆斯和他的同伴们根本无力调解斡旋。他们怕极了，怕那颗子弹会命中目标。不过，谢天谢地，灌木丛中并没有传来狗的悲鸣声，看来朱迪好像又一次毫发无损地逃过了一劫。

要不就是，那颗子弹一击毙命，让她永远地没了声息。

第二十二章

过了许久，弗兰克才觉得可以冒险把朱迪唤回他身边了，于是他轻轻吹了一声几乎听不大清的口哨。此时已经过去几个小时，他们的工作组早就沿着路堤向前移动了一大段了。等朱迪终于回到他身边时，弗兰克注意到她是一瘸一拐走回来的，然后他震惊地发现她的肩上赫然有一道鲜血淋淋的伤痕，甚为刺眼。那颗直径6.5毫米的子弹终究还是擦过了她的肩，仅仅偏离她的头几厘米而已，离她的心脏也并没有多远。

在这条地狱铁路黑暗又恶毒的世界里，除了弗兰克无尽的疼爱，确实也没有什么合适的奖励可以奖给像朱迪这样勇猛又坚定的神犬了。不过，朱迪还是到处转了转，给自己找了个奖品。她回来还没一会儿，林中就传来了一阵持续而兴奋的叫声。弗兰克担心朱迪可能遇到了什么体型庞大，她搞不定的动物，或是碰巧遇到了那个歹毒的看守，于是赶忙跑去查看。

他却意外地发现，朱迪正在试图把一根无比巨大的骨头拖进她自己事先刨好的坑里，一副蠢萌的可笑模样。看到弗兰克来了，她停了一会儿，用她那特有的眼神看着他——像是在说，猜猜我找到了什么？然后就又开始拖她的大骨头。弗兰克推测，这么大的骨头只可能是大象的。

这确实是一份足够大的奖品，正好可以奖励朱迪的坚持不懈，只要她能叼得住、啃得动就行。

1945年4月29日，是日本天皇的生日，看守们又举办了一个醉酒会以示庆祝。而这一天对于七号战俘营的战俘们而言——包括萨塞克斯的朱迪在内——却是极为暗淡凄凉的一天，因为他们在一天之内就死了10个兄弟。为了庆祝这个"吉祥"的日子，日本人认为应该送一头猪给这些战俘营的"同居者"，但是很快他们便改了主意，又把猪收了回去，只留下那头猪的头和内脏给几百号战俘分食。

愤懑不平与憎恶仇恨在看守们与战俘们之间来来回回地激荡沸腾，愈演愈烈。战俘营里搞破坏的方式也变得前所未有得胆大妄为，越来越铤而走险了。那些能够进入厨房的战俘会把已感染了病菌的浓痰吐进给看守们准备的一桶桶粥里，甚至将痢疾病人的排泄物都悄悄掺进看守们的饮食里。

一个战俘得知某一种竹子表皮上的绒毛有毒，如若食用，会引发内伤，于是他便偷偷地把一些这种竹子的绒毛放进了给新来的一队朝鲜看守准备的咖啡里。那些喝了他炮制的毒咖啡的看守，很快就病情危重了。不过几天，他们在战俘营里巡走时就已经开始摇摇晃晃，跌跌撞撞了，发炎红肿的咽喉处还都系着一片湿布。喝了那杯有毒的咖啡后一周，这批朝鲜看守就都被撤走换新了，因为任何事情都不可以阻碍这条铁路的建设。

但是到了1945年5月初，这条铁路的进展速度却慢到犹如在痛苦地爬行一般。他们曾在最初两个月的建设中完成了20公里的铁路。可是现在，他们每天却只能推进几十码。尽管这些战俘确实非常虚弱，但他们所付出的劳力丝毫没有减少——事实上，这些被奴役的战俘们所受的驱使比以往任何时候都要更甚。战俘和当地劳工开始被迫24小时轮班倒地劳作，每到晚上，日本人就用冒着浓烟、噼啪作响的橡胶火把来照亮工地，好让这折磨人的劳作在夜间仍可继续。

问题出在了险峻的地形上。一队又一队的当地劳工被派往前方，要在最不可能通过的地段上靠手凿斧砍，生生开出一条路来。那里是一个幽深的海绵状大峡谷，在位于穆迪库罗（Moedikoelo）的十一号战俘营的正前方，恰是这条铁路200公里的标记处。在那里，关坦河直插入巴里桑山脉的心脏，而五十多年前，第一个勘查出这条路线的荷兰工程师W.伊泽曼，也是死于此地。

而1945年的5、6月间，这里还将夺走无数人的性命。

尚还健在的战俘们，每天的情绪都是上上下下的，一时狂喜万分，下一刻就凄风苦雨。盟军取胜的惊人消息燃起了大家的希望，觉得这场战争肯定就要结束了，只是眼前的战俘营里和轨头上还没有任何变化。这些足以致命、毁灭灵魂又徒劳无用的工作仍在夜以继日地持续，似乎没有尽头。这一切根本就毫无意义——现在日本人显然是要输掉这场战争了，那继续修建这条铁路还能有什么意义？

5月的第二周，似乎总是坚不可摧的乔克·德瓦尼带来了一条不可思议的消息。一日辛苦的劳作后，乔克回到了跟朱迪等一起住的那间营房，身上藏了许多新鲜的水果和蔬菜。当他把这些意外之喜的好东西分给莱斯·瑟尔、弗兰克·威廉姆斯、朱迪等老朋友时，他表示，咱们得搞一个特别的庆祝。

—— // ∧ \\ ——

无论是什么消息，乔克似乎总是第一个打听到的人，而今天，还真是让他中了头彩。欧洲的战争已经结束了，他宣布道。德国已投降，盟军在整个欧洲大获全胜。

　　"作为特别款待，"他补充道，"我给你们带来了这些水果，以示庆祝！"

　　他解释说，这些水果和蔬菜是他从一个日本人的墓前"解救"过来的。一个战俘营的看守最近刚刚去世，他的朋友们按照日本人的传统和信仰，在他的坟前供了高高的一大堆新鲜的香蕉、芒果和木薯之类的水果蔬菜。

　　"反正到明天早晨这些水果蔬菜也就都没有了，"他笑着说道，"还有谁比咱们更配消受这些呢？"

　　一开始，战俘们都不相信乔克带来的这条消息。然而，这条消息恰恰是确实的：1945年5月8日标志着欧洲战场的全面胜利——记为欧洲胜利日（VE Day）。尽管这个消息从战俘们的秘密收音机里渗透出来，再沿着这条可恶的铁路线传到七号战俘营，前后花了不少时间，延迟了一些。

　　随着纳粹德国战败，战俘们的伙食配给也日渐恶化。食物越给越少，而且质量也比以前更差。斋藤将军——日军在东南亚的最高指挥官，下令减少所有战俘的食物配给，只要够他们活着，还能被奴役利用，就可以了。他们就这样在日本人的"深思熟虑"下，被剥夺了所有营养补充，以防止他们可能发动的战俘起义得到任何形式的"鼓励"。

　　就在欧洲胜利日的几天前，七号战俘营的战俘们又被逼签署了一份与他们在格劳格尔一号时已经"同意"的那份合约类似的声明——第二份不逃跑合约。合约声明，他们在任何情况下都不会尝试任何形式的逃跑。一言以蔽之，日本人的态度立场已经精神分裂得不轻了，简直是偏执妄想狂：他们既需要战俘们如奴隶一般劳作，修完这条铁路；又要饿他们个半死，使其易于驯服且没有造"主人"反的能力。

到6月中旬，苏门答腊铁路上所有战俘营战俘的总负责人斯莱尼·戴维斯中校几乎每天都在言辞激烈地向日方与其对接的负责人土肥中尉抗议。他用数据告诉对方，战俘们的死亡率正在急剧攀升，已经完全失控了。然而，土肥中尉的回复是，盟军战俘正在试图以死亡的方式故意破坏这条铁路以及日军的战果。

被转到二号战俘营的重病战俘数量也在与日俱增，但是根据日本人的定额制度，每个战俘营都必须派出一定数量的"健康"战俘，也就是说，必须有差不多数量的"康复"战俘顶替新到的重病患，重返轨头工作。可是，二号战俘营里根本就没有什么恢复健康的战俘，因而许多勉强还算活着的人都被迫重新加入工作队中。

不久之后，还是在6月中旬，戴维斯中校收到了日方负责人所传达的最后通牒，其内容既让人意外，又令人费解。土肥中尉宣布了一个不可更改的铁路完工时间——无论如何，这条铁路都必须在1945年8月15日之前完工。因此，只要还能站起来的战俘都被要求必须出工——没有例外。尽管戴维斯中校仍在义愤填膺地抗议，日本人还是对着花名册开始点名，然后把那些形容枯槁鬼魅的，甚至几乎站不住的人全都赶去了轨头上工。

此时，每个战俘的心里都燃起了希望的火光——这一切真的就要结束了，只要他们能挺得住。另一方面，他们也有恐怕与畏惧——只是鲜有人将其宣之于口罢了，但是在他们每个人内心最黑暗的角落里，都有一种感觉——日本人事实上不会让他们任何人活下来，也不会允许任何人走出这座人间地狱并将这里发生的一切昭告天下。而这样的恐惧并不是没有道理的。

一些工作队被派去执行另一种"轻活"——为战俘营挖防空洞。可问题是，这些工程设计根本就不像盟军士兵以前见过的此类防御工事。防空洞应该挖得又窄又深，两侧有高高的土墙，顶上要覆盖大块的木板、横梁，并加筑厚厚的土层，才能抵挡轰炸，提供足够的保护。而现在，工作队按照日本人要求，沿着铁路所挖的都是又长又浅的壕沟，并且什么覆盖物都没有。

傻瓜都能猜得出日本人的意图是什么：这些壕沟做"万人坑"再合适不过了。它们大多位于操练场附近，战俘们每天清晨和夜晚都要在这些地方点名报数。不难想象，某一天清晨，当战俘们被召集起来，在原地被机枪扫射后，他们的尸体恰可就近推进这些敞开的坑里。

战俘们不知道的是，这样的命令事实上已经下达了。日军最高指挥部已经下令，一旦盟军踏足日本帝国的领土并对天皇有所威胁，那么所有盟军战俘都将被处死。换言之，如果美军和盟军对日本本土发动一场决定性的地面进攻，那么日军占领地区的所有盟军战俘都将被屠杀。

在这些充满不确定、恐惧和绝望的日子里，朱迪就像是一块磐石，无所转移地陪在大伙儿身边，让那些焦躁不安的灵魂有所依傍。弗兰克和朱迪几乎形影不离。不管他去哪儿，她都跟着，反之亦然。弗兰克现在的体重只有原来的一半了。当然莱斯·瑟尔、乔克·德瓦尼、彼得·哈特利牧师，还有其他长久相伴的朋友们，也都是如此。可只要弗兰克和朱迪在一起，他们就还能保持坚强。

在日益加剧的压力下，七号战俘营里还是有人没扛住。其中之一，是个年轻的战俘，大家都叫他"捕手"。莱斯·瑟尔目睹了他被命运撂倒的那个瞬间。当时，一名朝鲜看守正指责他没有向自己鞠躬致敬，对他高声辱骂，还要上前击打这个年轻英国士兵的头。

而"捕手"转过身，做出了惊人的举动：他瘦骨嶙峋的拳头如风车一般向那个震惊的看守打去，把对方打得连连后退。其他看守见状，赶忙过来支援，于是"捕手"很快被制服并带走了。次日上午，所有人都清楚地看到了他的命运：他被关进一个狭小的竹笼里，放在操练场边上一个谁都能看得见的地方。

"捕手"会被一直关在那里，无论风雨日晒。他将承受无尽的饥饿，并任由飞禽走兽、蚊虫鼠蚁对他日夜不停地生生蚕食。这样的命运无疑会把许多稍微软弱的人逼到发疯或更甚。

1945年7月27日，"范·维尔维克号"的幸存者们已经来到这条地狱铁路整整一年了。许多人已经被俘超过1000天了，而他们的苦难仍旧没有结束。看起来虽是不可能完成的任务，但这条铁路还是蜿蜒穿过了整个坦大峡谷，马上就要抵达另一边了，而谁都不愿去细想，究竟有多少人的性命——包括盟军战俘和当地劳工——被这个阴森黑暗的山谷所吞噬。

大批战俘甚至已经被船只运往铁路的终点——穆拉，如此便可从终点逆向进行修建。现在的计划是从铁路两端相向推进，然后在中间的某处汇合。然而，到处都有迹象表明，盟军正在逼近他们。上一次看到美军B-29"超级空中堡垒"轰炸机从营地上方低空飞过就好像是昨天发生的事一样。很多人都在猜测，其中一些飞机肯定是军事侦察机，正在帮助规划一次解放整个东南亚地区，包括苏门答腊在内的战役。

但没人能确定什么。

—— // ∧ \\ ——

第二十三章

　　没过多久就传来了惊人的消息。1945年8月的第二个星期，一个奇怪的谣言传遍了整条铁路。而这条令人无论如何都不敢相信的消息却是千真万确的事实。一个威力大到不可思议的武器被扔在了日本本州岛西南岸的一个城市——广岛（Hiroshima）。战俘和看守都在用一种怀疑的语气低声谈论着这件事：美国的这个超级武器显然已将整座城市夷为了平地。

　　这说的当然就是那颗代号"小男孩"（*Little Boy*）的原子弹。1945年8月6日，一架美国空军B-29"银盘"远程轰炸机[1]——一种专门适用于携载核武器的飞机——将"小男孩"投到了广岛。三天后，另一颗代号"胖子"（*Fat Man*）的原子弹被扔在了日本长崎（Nagasaki）。这两颗原子弹总共终结了25万人的生命，但若不使用它

1　这里所提到的美军B-29"银盘"远程轰炸机（B-29 Silverplate long-rang bomber）其实是经过改造的B-29"超级空中堡垒"重型远程轰炸机，而"银盘"则是其所参与的"曼哈顿计划"（Manhattan Project，第二次世界大战期间研发与制造原子弹的一项大型军事工程）的代称。

们，入侵日本本土无疑会导致上百万人的伤亡——这同样不堪设想。

原子弹爆炸后，日本看守们似乎陷入了一种盲目的狂怒中。出去干活的工作队每天只有四个小时的休息时间。一些人甚至接连几天都没回过营地，一直在轨头做苦役。美国商船的船员乔治·达菲就是被送往铁路的另一端，十二号战俘营的人之一。那里根本谈不上有食物配给，他和他的战俘同伴们只能吃些橡胶树的果实，而这种果子充满了致命的氰化物。他们不得不费力地进行事先准备：切片、浸泡、清洗和晾干，然后方能食用。那些食用了处理方式不当的果实的战俘则会死于可怕的氰化物中毒。

朱迪等所在的七号战俘营，最近好像发生了一些怪异又没有先例的事情。"捕手"——那个反抗看守虐待的年轻战俘被不声不响地从竹笼里放了出来，既没有明确的解释，也没有任何仪式。被释放后的他几乎无法站立，更不用说行走了，整个人嘟嘟囔囔，半疯半癫，只好被送去医院营房。如果有食物、适当的治疗和休息，"捕手"的身体或许还能康复，但是他的心智还能否恢复，就很难说了。

那之后，日本人冷不防地宣布，要所有战俘都把头发和眉毛剃了，胡子刮了，以彻底除掉战俘营中的虱子。可一直以来，看守们几乎从不关心其人类奴隶的健康。于是，大家纷纷猜测，这些日本监工终于开始接受无可避免的事实了：他们输了这场战争，这些战俘最终会被解放，而很可能就要轮到他们自己为在此所犯下的不堪言说的可怕罪行付出代价了。

但是对于弗兰克、朱迪和他们的支持者而言，灭虱行动带来了更为严重而可怕的后果。这些看守宣布说，朱迪，这个跨苏门答腊铁路上的"女英雄"，是虱子的寄主，所以必须交由他们处决。而弗兰克、莱斯、乔克和许多真心喜欢朱迪的人都怀疑，这根本就不是什么灭虱举措。事实上，这些看守们同战俘们一起，也在或多或少地挨饿。如今他们这是饿急了，所以盯上了这只地狱铁路上的传奇幸存者——他们的吉祥物狗狗，想把她吃掉。

也是从这时起，弗兰克和朱迪的"消失行动"才开始真正启动。一夜之间，她就变成了一只幽灵狗。弗兰克一打响指，她就迅速冲进灌木丛中，然后待在里面，直到她的主人认为安全了——基本上，就是要等到附近没有饥饿的或者凶神恶煞的看守出现时，弗兰克才会轻吹口哨，叫她出来。如此，这一人一狗才一次次躲过了饿极的看守们最恐怖的掠食行为，直到不可能的事情竟然达成的那一天：铁路完工了。

完工前的最后时日简直是一团糟。暴雨一直下个不停，把最后的几百米冲成了一片预料之外的危险泥滩。战俘们依旧被驱赶着劳作，直到他们跌进泥潭为止。被奴役的他们开始24小时不停歇的劳作，每天只能在轨头附近抽空打个小盹，连一日三餐都被合成了一顿吃。直到1945年8月14日，两支工作队——一队从北干巴鲁向终点推进，另一队从穆拉向中间推进——终于碰头了。

第二天，也就是8月15日，破晓的阳光分外明亮，洒遍了整个苏门答腊丛林。大部分战俘都获得了一个难得的休息日，除了一小部分人被要求要在两队接轨处执行一项特别的任务。到处的气氛都特别诡异，呈现出一种完全超现实的感觉。过去几天的赶工完全是要人命的节奏，看守们还动不动打骂他们——更不用说有多少人已丧命其间了——而现在，这些看守竟然反常地与他们闲聊起来，甚至态度友好。

绝大多数战俘都很好奇，想知道这究竟意味着什么。而那一小部分战俘则被要求参加一个举办在铁路接轨处的庆祝仪式。

—— // 八 \\ ——

日本人命令他们摆放一些木桌与木椅，紧挨着最后一节铁轨准备安放的那个结点。桌子上还放了几瓶日本米酒和一些饼干。然后，他们被要求走到灌木丛里，保持安静且不能被看见。庆祝仪式快到中午时分才开始。太阳已经升得老高，天也热得难受，于是一名日本军官只发表了一个简短的讲话。讲话完毕后，最后一节铁轨被抬到指定位置，然后那个军官拿出一根金质的长钉——它是整条铁路上固定铁轨所用的所有长钉的母本模型。

　　这根金质长钉被轻轻插入了钎柄，然后一个日本将军拿起了一把仪式专用的锤子，并应邀将这根钉子敲进了枕木。完成后，现场的日本人恭敬地沉默了几秒钟，随后便全体齐声高喊起他们的"Banzai"来："日本万岁！日本万岁！日本万岁！""Banzai"直译过来就是"一万年"的意思，既是一种日本传统的战场呐喊（表示"冲啊"），也是向天皇致敬时的一种尊称。

　　这些日本军官的喊声回荡在铁路的上空，也传进了蜷伏在灌木丛里的战俘们耳中，只不过他们的声音听起来并不怎么坚定自信。这倒也不奇怪。因为，就在那天凌晨零点零分的时候，日本帝国已经向盟军投降了。当这条用无数人的苦难、屈辱与鲜血换来的跨苏门答腊铁路终于完工之时，战争已经结束了。这些正啃着饼干、喝着米酒的日本军官对此心知肚明，但他们仍要继续举行这样一个正式的铁路竣工仪式。

　　当然，缩在灌木丛里的战俘们不可能知道战争已经结束了，而这些日本军官也没打算告诉他们。铁路线上所有的看守都对此保持缄默。在战俘营里，朱迪和她的伙伴们知道一切都跟以前不同了，变化在即——可是没有人确切知道这个变化究竟是什么。

　　那天晚上，铁路沿线上上下下所有战俘营的指挥官都做了一个类似的宣告：铁路已经完工，战俘们可以休息了，并且一旦日本人有了补给，就会给他们增加食物配给。只一条，所有人都不得离开战俘营。

日子一天天在这种怪异的气氛中度过，他们好像处于某种非现实的不定状态中，不好不坏，令人茫然无措。之前所有的迹象都表明战争肯定是要结束了，于是又开始谣言四起了。他们看见日本人在好几个地方燃起了大堆篝火，想要烧掉所有的战俘营文件。"顺阳丸"的幸存者——英国战俘劳斯·沃伊西——就在自己的战俘营里看见了这样一幕。他们是在销毁可以证明他们有罪的证据吗？他很怀疑。因为看起来确实像是如此。

日本人似乎还有很多大米储备，因此战俘们每人每天的大米配给量被增加到2600克——这可是过去几周那饿死人的配给量的十倍。对大多数人而言，这个量太多了，因为他们的胃已经被饿得萎缩了，根本吃不了。除了食物配给大幅增加外，连彼得·哈特利牧师都不敢相信的是，他们居然收到了日本红十字会送来的一批包裹。尽管这些包裹里没什么有用的东西，但这无疑是个明确的信号，表示战争结束了，战俘们终于要自由了，对吧？

在朱迪所在的战俘营，由她这样一个神奇的幸存者来宣布这个好消息——向那些在这条铁路上熬过一年的战俘们最终确认他们已得解放——再合适不过了。

1945年9月4日的清晨，当战俘们醒来准备开始不知所措的又一天时，却听到一种非常奇怪的声音：一阵嘹亮而持久，还不知为何很是喜悦的狗吠声。最近这些日子，朱迪都活得像只幽灵狗，只有弗兰克吹口哨叫她时，才会偶尔冒险出现在战俘营里。这个早晨，她却跑来肆无忌惮地大叫。

朱迪很早之前就知道在战俘营里沉默是金，大声吠叫只会引来那些想要伤害她的人不必要的注意。但是这个早晨，当太阳升起，普照丛林的时候，她竟如此无所顾忌地叫了起来。弗兰克赶忙跑出去想叫她安静，可是他很快就意识到战俘营里不知怎么的，好像完全不同了。无论他看向哪里，似乎都看不到一个日本或朝鲜看守的影子。

这时，他才明白为什么朱迪叫得如此欢快。她向弗兰克走来，身边还有两个全副武装的人，穿着整齐的英国皇家海军陆战队军装。朱迪在他们身边跳来跳去，本能地知道，好人终于来了。

四名伞兵在吉迪恩·雅各布斯少校的指挥下，从一架"解放者"远程轰炸机上跳下，落于他们之前所在的战俘营格劳格尔一号附近。然后从那里前往北干巴鲁，又一路沿着铁路到了这里。难以置信的是，盟军此前对这里正在修建一条跨苏门答腊铁路根本毫不知情，直到雅各布斯少校跳伞而下时，才发现了它的存在。

当这些瘦得只剩一把骨头的战俘摇摇晃晃地走出营房，迎接刚刚抵达的解放者时，有些人高兴得大哭了起来，有些人则拍手大笑，更多人却是安静的，懵懂而不明所以。原先一直飘扬在战俘营上空的日本太阳旗被换成了两面临时的荷兰国旗和英国国旗。

但即便是现在，很多人仍不敢相信期盼已久的解放真的来了。即便是现在，有些人还是会因为遭受了太长时间的折磨而无法存活下去。他们曾那么顽强地挨过了无数黑暗的岁月，却要在这最后的日子里，要在这些跨苏门答腊铁路周围的战俘营被废除之时，死去。这太悲惨了。不过，对于弗兰克·威廉姆斯、莱斯·瑟尔、乔克·德瓦尼、彼得·哈特利、劳斯·沃伊西和乔治·达菲，以及许许多多其他的盟军战俘而言，这一天是他们盼望已久、梦寐以求的解脱之日。而对萨塞克斯的朱迪——这条地狱铁路上最受爱戴的神犬来说，这一天是她漫漫回家之路的开端。

或许总是要有些插曲发生，反正这一路上还有最后一道坎儿，最后一次企图分离这一人一狗的意外。本来朱迪和她的伙伴们终于要启航回国了——他们将乘坐"安特诺尔号"（*Antenor*）经由新加坡，返回英格兰。此时的朱迪已经快10岁，而这将是她平生第一次不受任何威胁地乘坐一艘船，没有水匪，也没有敌人的轰炸与鱼雷攻击，但前提是，她得能登上这艘船才行。

　　当弗兰克拿到他的登船文件时，发现一条脚注这样写道，"以下规定将被严格执行：不得将狗、鸟和任何宠物带上船"。

　　弗兰克深情地望了一眼此刻蜷伏在他脚边的朱迪，"他们不让带狗上船呢，我的姑娘，"他小声说道，语音轻柔，"只有前战俘才行——当然，说的就是你。"

　　弗兰克显然不可能遵守这个规定，连考虑都不会考虑的，朱迪的其他前战俘同伴们也是一样。这次，他们不用再把朱迪藏在麻袋里躲避杀气腾腾的尼西上尉了，但仍旧需要将她偷运上"安特诺尔号"，并且计划周密精确，高效无误，当然也只有这些机智勇敢的人才能一次又一次地救她于危难之中。

　　弗兰克一直等到登船的舷梯上几乎没有人的时候才开始行动。他先让朱迪躲在一排行囊背包之间，自己则装作随意地走上船。然后是莱斯·瑟尔和其他人，只不过他们在梯板顶端停了下来，同负责监督登船的工作人员闲聊了起来。

　　当所有人看起来聊得甚是投入之时，弗兰克便朝着码头方向轻轻吹了一声口哨。于是，只见一个白底赤肝色的身影在梯板上一闪而过，弗兰克和他的同伴们就这样把朱迪带上了船。

　　终于，这只无数次从铁丝网下溜出去的狗要启程回家了。

尾声

在他们返回大不列颠的途中，朱迪除了有几个信得过的战俘老朋友相助，还得到了其他一些人的帮助，其中特别值得一提的是一个在船上厨房工作的船员。他也是个不折不扣的爱狗人士，所以朱迪在船上的每一餐都是由他精心准备，亲手制作的，满满的都是爱。不过，对于弗兰克和朱迪这一人一狗的考验还远没有结束。

根据英国严格的检疫法，他们在利物浦上岸后，朱迪必须要与弗兰克等人分开，忍受六个月的隔离期。可想而知，当朱迪在利物浦码头与她的伙伴们分开，被带往附近的哈克布里奇养狗场时，是多么难过和不知所措。不过，这场小别倒是让她与弗兰克随后的重聚更加甜蜜，而且到那时，朱迪这只战俘狗已经成了全国轰动的"大人物"了。

重聚后，这一人一狗受到了英国媒体和军方的热情追捧。当朱迪走出哈克布里奇养狗场时，早已等待在外的公众欢欣洋溢地迎接了她。伴着不停闪烁的镁光灯，这只从地狱铁路幸存下来，如今家喻户晓的战俘狗兴奋地走进了欢呼的人群中。朱迪甚至还荣幸地参加了英国广播公司（BBC）的一档胜利日特别节目，接受了"采访"，而她的叫声通过电波传遍了全国，传到了无数热心听众的耳边。事后，好像没有人抱怨说，他们听不懂这只英雄狗在说什么。

朱迪参观游览了伦敦，还应召加入了"归国战俘联合会"（Returned Prisoners of War Association），成了其中唯一的犬类会员。她还与另外三只战狗一同出现在温布利体育场——成为BBC"闪电战与前线明星"特辑的报道对象。她成了英国皇家空军的官方吉祥物，还得到了一件绣有空军标志的飞行夹克。弗兰克·威廉姆斯也荣获了一枚圣伊莱斯白色十字勋章（White Cross of Saint Giles），这是英国著名的动物组织"英国人民兽医药房"（PDSA）颁发给人类的最高荣誉，而朱迪则荣获了这一组织颁发的，素有"动物维多利亚十字勋章"之称的"迪肯勋章"（Dickin Medal）。

报刊上关于朱迪的报道，最典型的标题就是：炮舰朱迪拯救无数生命——赢得勋章与养老金。朱迪甚至还得到了一个可敬的动物慈善组织——"摆尾者俱乐部"（Tailwaggers Club）慷慨赠予的一大笔善款，为了让她能够"享受生活，安度余生"。就这样，朱迪骄傲地佩戴着她的迪肯勋章——上面刻有"我们也服役了"的字样——作为最受英国公众追捧的一名真正的四条腿的战争"女英雄"，同弗兰克一起到访了学校、儿童医院以及各种公开会场。

朱迪那独一无二的迪肯勋章上有这样一段贴切的题词：

为其在日本战俘营中鼓舞了身边无数同伴的伟大勇气与耐力，也为其拯救过无数生命的聪慧与机警。

用自己的聪慧与机警拯救他人生命，的确如此。朱迪曾经无数次在各种境遇下拯救过许多同伴的生命——从她在长江上巡航时，一直到地狱铁路，而这其中既有军人，也有平民。

※

那条倒霉的铁路，以无数人的生命为代价，强行穿越苏门答腊的丛林，最终却在日本向盟军投降的那天竣工了。究竟是什么驱使着那些日本监工在面对自己无可避免的失败的同时，却仍要强行修完那条铁路，这始终是个谜。根据我所做的全部调查，看起来似乎没有比"避免丢脸"更合适的说法可以解释他们这种既无意义又惨无人道的"坚持"——而"脸面"在那时的日本文化中被视为最重要的东西。若那最后几周要人性命的疯狂建设只是为了维护日本人的面子，那如此牺牲成千上万盟军与印尼劳工的生命就更应该受到严厉的谴责。

那条铁路，不论完工与否，都不会对日本人的战局有任何帮助，因为即使他们将所有的战俘都奴役到力竭而亡，他们所期待的一切也注定会崩溃。总有一些人指责诋毁美军不应对广岛与长崎使用原子弹。这些人需要记住的是：如果不使用原子弹，盟军战俘与当地劳工还要在日本人的控制下忍受更长时间难以名状的痛苦与折磨，并且将会牺牲不计其数的生命。根据随后披露的文件，日军战俘营的监督者们确实曾接到命令，一旦盟军踏足日本本土并"危及天皇"，就处决所有战俘。

在多个苏门答腊铁路沿线的战俘营里，战俘们都曾被迫挖下那些显然是给他们自己准备的"万人坑"。如果日本人对盟军入侵日本本土的担心真的成了现实，那这些"万人坑"只能是为了大规模处决战俘所准备的，别无他解。而使用原子弹让这样的入侵变得没有必要了。投向广岛与长崎的原子弹逼迫日本人来到谈判桌前求和——而这种和平才能让那些被解放后几个星期仍旧活着的战俘们拥有回家的权利。

至于那条铁路，它本就是无力、无效又无意义的，这一点在战争结束后的几个月里就被完全印证了。它根本就没有投入使用。战败的日本人离开此地后，那条倒霉的铁路上就再也没有出现过任何火车了。日本人投降后还不到一年，铁路沿线的许多桥段就被季风暴雨给冲垮了，连那些铁轨也被当地人陆陆续续地拆掉当废铁卖了。

1951年，印度尼西亚国家铁路局确实对这条北干巴鲁至穆拉的铁路——至少是它还存留的部分——进行过一次实地勘查。这次调查的最终建议是，只有北干巴鲁至洛根（Logan）路段——即最开始的100公里——值得修复，而这一部分正是通往日军当初想要为其战争加力而急切渴望开采的萨普（Sapoe）和卡鲁（Karoe）煤矿的路段。

然而这一建议最终并没有实施，也因此，今天大多数印度尼西亚人都不记得有这样一条铁路曾经存在过。他们并不知道，那些躺在丛林里或是村落空地上的生锈废弃的火车头——那些他们的孩子们当作临时攀登架的东西——是怎么来到这里的。这条靠着刀劈斧砍，穿越了丛林、崖壁、岩石与泥沼，以无数人的生命为代价的铁路就这样渐渐消失了，几乎没留下任何痕迹。

这条铁路又重新被丛林吞没了，连同无数为建造它而死去之人的累累白骨。谈及这段历史的人常常会忽略一个事实，那就是被迫与盟军战俘一起修建这条铁路的当地劳工，其骇人听闻的死亡率甚至超过了80%，几乎与德国集中营的死亡率相当。

绝对确切的死亡人数从未公布过，也没人知道，但北干巴鲁至穆拉的铁路至少夺走了约700名英国、荷兰、美国、澳大利亚和其他盟国战俘的生命，外加8万有余的印度尼西亚人。这还不包括因乘坐"范·维尔维克号"和"顺阳丸"而遭鱼雷袭击沉船，葬身苏门答腊海域的约1800名盟军战俘。而这么多被奴役的战俘所遭受的难言苦楚与折磨都是徒劳无用、毫无意义的。

军士怀特——就是那个在"蚱蜢号"搁浅后，把朱迪从淹没的住舱甲板救出来的海军士官——后来真的完成了他史诗般的逃亡行动。他和几个同伴乘小船几周后抵达了印度，虽然一路上只能靠观星来推测航位并导航，他们最终还是顺利登陆了，并且他们上岸的地方距印度海边城市金奈[1]仅有几十公里。当然那时，"蚱蜢号"的主要幸存者已经落入日本人之手，朱迪也在其列。

战后，朱迪和弗兰克在他的家乡朴次茅斯度过了安逸快乐的两年。他经常把朱迪带到他们当地的斯坦肖酒店（Stamshaw Hotel），给同席同饮的伙伴们讲她的冒险故事。可他始终不愿提及他作为战俘的经历，唯一肯向他人说起的只有朱迪为挽救他和战俘营里许多人的性命所做出的巨大贡献。

"她最大的贡献……就是给了我一个活下去的理由。我所要做的就是看着她和她疲惫充血的双眼，然后我就会问自己：'如果我死了，她怎么办？'我必须坚持下去。即便那意味着我只能等待奇迹出现。"

时至1948年，弗兰克开始对在英国的生活感到厌倦了，想要寻求更广阔的空间，开开眼界。于是他接受了一家在海外经营的食品公司所提供的职位，要前往东非坦桑尼亚（Tanzania）去管理一个很大的

1　金奈（泰米尔语：Chennai），旧称马德拉斯（英语：Madras），位于印度半岛东南部的科罗曼德尔海岸上，是印度第四大城市，泰米尔纳德邦首府，大型商业与工业中心，以丰富的文化遗产而著称。1996年官方将其改名为金奈，但旧称马德拉斯也仍被广泛使用。

花生种植园。朱迪，当然要跟他一起去——如此，这一对曾在海外经历过无数苦难才幸存下来的好朋友又要再次前往异国他乡了。

可以想见，一只像朱迪这样阅历丰富的狗，会有多么兴奋激动地想要开始他们的新冒险。在坦桑尼亚，她生了自己的第三胎，也是最后一窝狗宝宝，她还渐渐开始精于追击各种东非奇异的野生动物，只是除了一样——狒狒。那些狒狒经常成群结队地围着她又舞又跳，故意挑衅这只样貌非凡的白底赤肝色英国指示犬，逗她追击它们中的一只，可朱迪往往会被逗得忍不住冲向整群狒狒。而这时，那些狒狒就会四散逃开，还唧唧咕咕地嘲笑她。

当然，这里的灌木丛中还有比那些顽皮的狒狒更大更生猛的动物。一天晚上，弗兰克的男仆阿卜杜尔在他们种植园的房子外面留了满满一锡铁盆的洗澡水，打算第二天早上再倒掉。结果，深更半夜的，弗兰克和朱迪被窗外传来的一阵喷喷啜饮的声音给吵醒了。朱迪立刻冲出去勘察，发现一个泥棕色的庞然大物正在喝着盆里最后一点洗澡水。竟然是一头大象。朱迪冲着它狂叫，但它全然不为所动，只是继续自顾自地喝光了盆里所有的洗澡水。

直到弗兰克也出来跟朱迪一起驱赶它时，这头渴坏了的大象才算是解了渴，终于决定离开了。但朱迪还是被激怒了。她叼住那个此刻显然是轻了许多的锡铁澡盆，开始往房间里拖拽。弗兰克试图阻止她，表示反正盆里也没剩什么水了，没必要拿回来，可朱迪根本不听。等她把澡盆安全拖进房里后，还转回头冲着那在东非大草原的银色月光下渐行渐远的大象背影吼了几嗓子。直到大象彻底消失不见了，她才蜷伏在门廊处，准备睡觉，不过却始终都留意着她主人的宝贝澡盆。

弗兰克种植园的工作需要他经常坐飞机前往坦桑尼亚各地，以及更广阔的东非地区。而他总是尽可能带上朱迪——他最忠实的伙伴——一同出行。一次飞行前，他惊讶地看到朱迪欢欣雀跃，异常自觉地钻进了飞机上的狗笼，一反通常在此情况下的狂叫与抗拒。弗兰克对此迷惑不解，不懂为什么这次她这么容易就登机了。

飞机着陆时，他得到了答案。朱迪笼子的顶上有一个开口，足够她把头从里面探出来，而她笼子的上方刚好放着一箱别人托运的新鲜宰杀的猎物。于是，朱迪便享受了一场飞机上的盛宴，而那些肉大部分都被她狼吞虎咽地吃到了肚里。

看来，朱迪这个终极幸存者从没有忘记她在日本战俘营里学到的教训：如果眼前有食物可吃，她最好赶紧抢过来，先不论后果。

1950年2月，弗兰克带着14岁的朱迪，开着他们的吉普车出门办公。当时雨下得很大，所以弗兰克不想走得离他们在纳钦圭阿（Nachingwea）附近种植园里的住所太远。于是没开多久，他便和工人们在灌木丛里搭起了帐篷，准备露营，而朱迪则一如他们往常出野外时一般，跑到周围去排查危险。

一开始，弗兰克并没有特别担心。但是三个小时过去了，还是哪儿都找不见朱迪，他开始有些慌了，并赶忙组织一支搜寻队。他的工人们跟他一起吹口哨，喊朱迪的名字，可是朱迪始终都没有出现。黄昏将近，弗兰克开始越来越忧心焦急。这时，他的一个当地工头，阿卜杜拉，在灌木丛里发现了一些脚印，显然是走失的朱迪留下的。

于是，阿卜杜拉开始用当地人的方法追踪朱迪，而弗兰克始终同他并肩前行，寸步不离。当他们注意到一串豹子的脚印似乎一直尾随着朱迪时，弗兰克变得更加惶然了。他们跟着朱迪的脚印沿着一条小路走了几英里，到了一个偏僻的村庄，但那里没人见过这只狗。而她的脚印也从此不见了。朱迪，似乎，就这样凭空消失了。

—— // ∧ \\ ——

弗兰克开始张贴告示，悬赏500先令，只求寻回他的朱迪，并且把这个消息传遍了周围所有的村落。要知道，500先令在当时尚未独立的坦桑尼亚可是一笔不小的数目，然而三天过去了，却仍旧没有任何消息。弗兰克都快要绝望了，可就在第四天的下午，一个当地人跑进了他们的营地，通知阿卜杜拉说朱迪已经找到了。一听到这个消息，弗兰克和阿卜杜拉立刻便跳上了他们的吉普车，由那个当地人带路，直奔朱迪而去。

一位村里的长者接待了他们，并把他们带到了一个棚屋里。当他打开门，朱迪就在那里。可是她苦难的经历已让她筋疲力尽，几乎连站都站不起来了。看到弗兰克，她才挣扎着站了起来，无力地摇了摇尾巴，但很快便又倒下了。之后，朱迪被裹在毯子里，带回了他们的家。回到家后，他们帮她把身上因在灌木丛里逗留而粘上的成百上千的牛蜱都弄了下来，还清洗了她的伤口，并消了毒。

朱迪这才吃了一些弗兰克给她的食物，看起来舒服不少，随后便沉沉睡去了。之后的几天，她都在慢慢恢复体力，弗兰克希望最糟的状况都已经过去了，可是2月16日的晚上，也就是她失而复还后的几天，朱迪突然开始呜咽哀鸣。弗兰克整夜都守在她身旁，但只要她一醒过来，就会痛苦地哀鸣。到太阳升起来的时候，她已经不能站立，显然非常不适。

弗兰克抱着她，穿过纳钦圭阿的街道，前往医院，而他的朱迪即使躺在他的怀中，也仍旧呜咽不已。经检查，医院里的英国医生詹金斯发现朱迪长了乳腺瘤，便立刻为她做了手术。起初，手术似乎成功了，几个小时后，这只无数次战胜死神的狗却被凶猛的破伤风感染击垮了。她仍旧在努力坚持，但很明显已经非常痛苦了。医生很清楚，她快要走了。

"让我帮她结束吧，弗兰克。"他建议道。

弗兰克无言地点了点头，表示了默许，于是坦桑尼亚时间1950年2月17日下午5点，朱迪永远地睡去了。

朱迪被放进了一口简单的木棺里，身上裹着那件她成为英国皇家空军官方吉祥物时获赠的飞行夹克。她被葬在了离她与弗兰克共同的家不远的地方，就在纳钦圭阿。弗兰克和他的工人们用从灌木丛里采集来的白色石片，在她的坟墓上堆起了一个光滑的石棺，石棺顶上有一块匾，匾上有铭文云：

在此纪念

迪肯勋章——犬类维多利亚十字勋章获得者

纯种英国指示犬

朱迪

1936年2月生于上海，1950年去世。

曾于1942年2月14日负伤。

1942年2月14日，曾随英国皇家海军"蚱蜢号"

于林加群岛遭遇轰炸与沉船。

1943年6月26日，曾随"范·维尔维克号"

于马六甲海峡遭遇鱼雷袭击。

1942年3月—1945年8月，为日军战俘。

终其一生，曾到访或服役于以下诸地：

中国、锡兰、爪哇、英国、埃及、缅甸、

新加坡、马来亚、苏门答腊，东非。